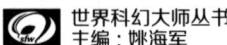
世界科幻大师丛书
主编：姚海军

MAN PLUS
火星超人

[美]弗里德里克·波尔 著　雏城 译

四川科学技术出版社

Man Plus By Frederik Pohl
Copyright © Frederik Pohl 1976
Simplified Chinese translation copyright © 2018 By Science Fiction World
Published by arrangement with Curtis Brown Ltd.
Through Bardon–Chinese Media Agency
All rights reserved.

图书在版编目（CIP）数据

火星超人 / [美]弗雷德里克·波尔 著; 雒城 译
-- 成都: 四川科学技术出版社,2018.10
（世界科幻大师丛书 / 姚海军主编）

ISBN978-7-5364-9218-9

Ⅰ.①火… Ⅱ.①弗…②雒… Ⅲ.①科学幻想小说—美国—现代Ⅳ.① I712.45

中国版本图书馆 CIP 数据核字（2018）第 228210 号

图进字 21-2016-219

世界科幻大师丛书

火星超人

出 品 人	钱丹凝
丛书主编	姚海军
著　者	[美]弗雷德里克·波尔
译　者	雒城
责任编辑	宋齐　姚海军
特邀编辑	赵伟轩
封面绘画	黄钦
封面设计	姚佳
版面设计	姚佳
责任出版	欧晓春
出版发行	四川科学技术出版社
	四川省成都市槐树街 2 号出版大厦　邮政编码: 610031
成品尺寸	140mm × 203mm
印　张	7.375
字　数	174 千
插　页	2
印　刷	四川华龙印务有限公司
版　次	2018 年 12 月成都第一版
印　次	2018 年 12 月成都第一次印刷
定　价	26.00 元

ISBN978-7-5364-9218-9

弗雷德里克·波尔和他的《火星超人》

■姚海军

弗雷德里克·波尔（Frederik Pohl, 1919—2013）是为数不多的几位在新世纪前便来过中国的科幻大师之一，他创作了多部经典性的科幻小说，也以编辑、版权代理人的身份为科幻文学的繁荣做出过重要贡献，获得过包括雨果奖在内的几乎所有重要科幻奖项。但令人遗憾的是，波尔在中国却未拥有与之相匹配的知名度和影响力。他无疑是一位被我们忽视了的科幻大师。

波尔出生于美国纽约市布鲁克林区的一个普通家庭，十一岁时因偶然接触到的一本廉价科幻杂志成为科幻迷，从此如鱼儿游入海洋，找到了真正属于自己的世界。

波尔在20世纪30年代中期就已经在科幻迷当中小有名气。他是世界科幻史上著名的俱乐部"未来信徒"的创始人之一。这个俱乐部的成员当中有多人后来成为美国科幻的中坚，如阿西莫夫、考恩布鲁斯、奈特等。也因此，波尔在1939年便以特邀嘉宾的身份参加了第一届世界科幻大会。

1939年至1943年，波尔开始担任《惊骇故事》和《超级科学故事》的编辑。但这两本科幻杂志都不是很有影响，不久就相继停刊。1943年至1945年，波尔应征入伍，作为驻意大利的空军气象员，在短短两年内荣获多枚战斗勋章。不久二战结束，作家们纷纷从军人转为文职，波尔成为年轻作家们的版权代理人。由于他对出版机制的深入了解，很多作家都愿意通过他将作品卖给出版商。阿西莫夫的不少作品就是通过波尔的努力才与广大科幻迷见面的，这其中包括他的重要长篇《天空石子》。

50年代，波尔一改以往用笔名发表作品的习惯，开始用真名发表作品。他充分发挥作为一名作家的聪明才智，保持了差不多十年的高峰期。这期间，他与C.M.考恩布鲁斯合作出版了不同凡响的社会科幻小说《太空商人》和《狼毒》等作品。可以说，《太空商人》同时确定了两位作家在科幻界的地位。对50年代的年轻读者来说，波尔和考恩布鲁斯是两柄剖析社会问题的手术刀。即使是在今天，他们的一些观点仍然直刺唯利主义者们的心脏。也是在50年代中间，波尔开始了与另一位重要作家杰克·威廉森长达三十七年的合作。这两位科幻长青树断断续续共同创作了《海底舰队》等三个科幻系列。

到了60年代，波尔的主要身份是科幻编辑，他先后担任两本科幻杂志《假如》和《银河》的主编。在此期间，《假如》曾连续三年获得雨果奖最佳科幻杂志奖，而《银河》也发表了很多知名作家的重要作品。这两本杂志成了美国科幻的主导，但波尔却发现，他几乎失去了全部的写作时间。

在70年代，波尔才真正找回了自己作为科幻作家的职业身份，他的创作高峰期也因此再次到来。1976年，他的《火星超人》获得星云奖。1978年，波尔凭借"稀奇人"系列的第一部《通向宇宙之门》获得了雨果奖、星云奖和坎贝尔奖三大科幻奖。1979年，他的另一部重要长篇《吉姆》获得美国国家图书奖。一系列新的荣誉，让波尔从一位知名作家变成了科幻界的权威人士。他仍保持着和蔼可亲的风范，对科幻的爱也更加炽热了。当有人问"如果你改写纯文学作品，会拥有更多读者，可你为什么仍继续写科幻？"时，波尔回答说："我之所以写科幻小说，是因为我喜欢它，喜欢它探索的领域……我认为科幻读者是最好的读者。他们聪明、活跃，容易交流……科幻对我来说永远是个迷人的奇境。"

波尔的科幻小说不仅富含一流的科幻创意和对科技发展的深刻洞见，在写法上也更能给人文学上的享受。他认为科幻小说并不是预言未来，而是描绘未来的可能性，以摒弃那些坏的未来。波尔经历了美国科幻文学发展的各个阶段，却总是能跟上时代的脉搏。一直到去世前，波尔都不断有作品发表或出版。

《火星超人》是波尔最重要的三部作品之一，不仅获得了星云奖，进入雨果奖决选名单，还取得了坎贝尔纪念奖第二名、轨迹奖第三名的佳绩。这部作品的诞生，有一段逸闻，说波尔应邀为一位女电影制片人创作一部太空赛博人的剧本。可当他花了数月时间完成任务，那位电影制片人却不知去向。他未能拿到稿费，于是便把剧本改写成了小说。

《火星超人》在1999年曾出版过中文版，当时译作《人变火星人》。小说讲的是，在世界即将陷入动荡之际，美国利用赛博人率先实现了火星移民，从而扭转了世界的危局。显然，从小说内容看，无论是《火星超人》还是《人变火星人》均未能传达出英文原书名 Man Plus 的全部意蕴（这是语言转化过程中无法避免的遗憾）。Man Plus 的重点是对自然人的硬件强化（小说主人公罗杰·托洛维的很多器官都被机械装置替换，甚至还"长"出了翅膀状的太阳能帆板）。英文书名原本包含着强烈的赛博朋克感和对人的异化的强调。

对火星加以改造以适应人类扩张需求是科幻小说中经常出现的主题。同样写火星移民，波尔却另辟蹊径。《火星超人》提供的移民方案不是去改造火星，而是对人进行机械性强化以适应火星。在这个过程中，火星人先驱经历的痛苦不难想见。他失去了原本的英雄光环，成为亲朋眼中无法亲近的怪物，甚至失去了性能力。对这一系列变化的描写充分展现了波尔作为一名小说家的不俗功力。围绕对罗杰的改造，科技界、科技界与政界的复杂关系被精细呈现。像弗兰肯斯坦一样，罗杰身上集中了人性与非人性的冲突，他虽然成了怪物，却也因此成了科幻小说史上又一个立体的人。

波尔的《火星超人》不仅在科技创想方面、在科幻与主流文学的融合方面取得了令人瞩目的突破，在未来国际政治格局方面也展现出惊人的预见性。这部科幻作品在四十三年前便预言了中国和亚洲的全方位崛起。对照今天的现实，小说中新亚盟的构成、新亚盟与美国的关系、中美在高科技领域的竞争与冲突都非常值得玩味。

《火星超人》的神奇不止于此。读到最后，你会惊讶于人类的渺小。人类登陆火星、人类所做的一切，都不过是另一个智慧种族所做的局。

目　录
CONTENTS

1.
一位宇航员和他的小世界

　　有必要向诸位介绍一下罗杰·托洛维。一个看上去不太重要的人类，八十亿活人中的一员。做个类比吧：他个人的重要性，并不超过存储中心一片单独的记忆芯片；但如果这份芯片碰巧存储了关键数据段，就可能会起到决定性的作用——托洛维的重要性就与此类似。

　　按人类的标准来说，他是个挺帅的男人，也算是个名人——尽管有些过气儿。

　　曾有那么一段时间，罗杰·托洛维在太空待过两个月零三个星期，跟其他五名宇航员一起。他们都很邋遢、欲火中烧，而且极度无聊。他当然不是因为这种状况出名的。这类细节不过是"名人八卦"之类的趣闻，只够在七点档电视节目里稍微提两句，帮大家度过一个无聊的夜晚。

　　但他还真当过名人，连贝专纳①、俾路支②和水牛城这种破地儿的人都听说过他。他还上过《时代》周刊封面。但他并非一人独享，而是跟同步轨道实验室的其他同事合的影，因为是大家一起交了好运，救了那帮没有调向喷射器、还想返回地球的苏联人。

　　所以呢，大家都是一夜成名。这事儿发生的时候，托洛维二十八岁，刚刚娶了一位绿眼睛、黑头发、像个瓷娃娃一样美的女教师。地球上的多莉，让天上的他时时惦记；而轨道上的罗格③，也让多莉成了名人，她因此很开心。

　　要让一位宇航员的妻子吸引媒体的注意力，需要一些特别之处，因为这类人物太多了，她们看起来也都过于相像。新闻圈的人常常会怀疑：NASA 给宇航员找老婆的时候，是不是参考过乔治亚州小姐参赛者名单？她们全都长一副样子，而且让你觉得：前脚刚换下泳装，她们马上就能拿起乐队指挥棒，或者全文背诵《雌性之神威》④。多莉·托洛维的智力看上去却要高一点点，尽管她绝对也好看到让人浮想联翩。在宇航员的妻子中，她是唯一能在《女士家庭月刊》（"自己动手烘焙十二种圣诞礼品"）和《名媛》杂志（"子女势必毁掉我的婚姻"）占据主要版面的人。

　　罗格对不生小孩的决定全力支持。事实上，多莉干什么他都全力支持，因为他对多莉的爱无以复加。

　　在这方面，他也跟自己的同事们不太一样：那些人往往会在太空项目运作期间，乘便结下若干露水姻缘。但在其他方面，他跟同事们就很相像了。他机敏、健康、聪明、帅气、技术功底过硬。有段时间，

　　① 即博茨瓦纳。1884 年成为英国的保护国，后成为南非殖民地，1966 年独立。

　　② 又称巴基斯坦俾路支斯坦，是巴基斯坦面积最大的省。

　　③ 罗杰的昵称。

　　④ 吉卜林的著名诗作，赞扬了动物中雌性个体的伟大力量。原标题为 *The Female of the Species*。作者在此处提到这部作品，有些调侃味道。

媒体甚至怀疑有一条隐秘生产线在组装宇航员。"成品"的身高变化区间仅有二十厘米,年龄相差大约十二岁,肤色仅有四个色阶,从浅咖色到维京式惨白。他们的业余爱好包括国际象棋、游泳、打猎、飞行、跳伞、钓鱼和高尔夫。他们跟国会议员和各国使节谈笑风生。等他们从航天任务中退役之后,他们会在航天技术公司找到工作,或者为需要提升公众形象的机构代言。他们的工作薪资丰厚。宇航员可是抢手货。他们可不只是公共媒体的宠儿,芸芸众生也都在仰慕他们。在全人类的眼中,他们的形象都很高大。

宇航员们代表的是一个美梦。对世俗众生而言,这个梦是无价之宝。尤其是当人们生活的俗世是加尔各答的腥臭街道,人们露宿道旁,一大早就得睁开惺忪睡眼,排队领取一小碗食物来果腹时。这是个残酷、黑暗的世界,而航天之梦会给它增加一点点美丽和激情。并不多,但聊胜于无。

在俄克拉荷马州的汤卡小镇,有个宇航员聚居的社区,邻里关系亲密,像棒球队家属区一样。每位宇航员执飞第一次任务之后,就等于加入了大联盟。从那时起,宇航员们就成了队友兼竞争对手。他们彼此争斗,抢夺出场机会,但也会切磋技艺,帮助队友免遭淘汰。像职业运动员一样,亦敌亦友。骨节肿大的老兵坐在一旁,看到手握步枪的小伙子雄姿英发,免不了会妒火中烧、怨愤难平,但这跟登陆某行星的备选宇航员看到一号人选穿戴防护服时的煎熬相比,也是小巫见大巫。

罗格和多莉夫妇跟社区邻里的关系非常融洽。他们很容易结交朋友。两人都有足够的特色,让人会感觉有趣,又没有怪癖到令人厌烦。尽管多莉本人不想要小孩,她对其他人家的孩子却很友好。那次维克·萨缪尔森去了太阳背面,失联长达五天,偏赶上弗纳·萨缪尔森临盆待产。多莉把弗纳家的三个小孩带到自己家。那时候,仨小孩都不超过五岁,其中两个还需要裹尿片,而她毫无怨言地洗洗换换,其他妻子们照料弗纳的家,让弗纳在 NASA 医院里安心生下第四个孩子。而且在圣诞派对上,罗杰和多莉从来都不是喝得最多的,也从来都不会第一个离开。

他们琴瑟和谐。

他们生活在一个美好的小世界。

他们知道,这一切都是幸运的。世界上其他地方却不完全是这样,战争这个小杂种四处肆虐,祸害亚非拉各地。西欧时不时被罢工潮折磨,经常出现物资短缺,冬天来临时,人们常常会冻得发抖。老百姓在挨饿,很多人怀着怨愤,世上很少有城市能让人独自安全走夜路。但汤卡保持着它封闭而祥和的氛围,而美国宇航员(跟苏联太空人和中国航天员一样)已经登上过水星、火星和月球,他们曾追逐彗星,也曾在气巨星周围的轨道停留。

托洛维本人执飞过五次重大任务。首先,他乘穿梭机给太空实验室运送了补给。那是在太空计划遭冻结后刚被恢复的早期,航天项目刚刚开始重启的时候。

然后他在第二代空间站停留了八十一天。这是他人生的重要时刻,也是让他登上《时代》周刊封面的大事件。俄国佬发射了一艘载人飞船前往水星,飞船顺利到达,顺利着陆,然后又顺利升空开始返航,但在这之后,就再没有一件事顺利了。俄国人在稳定推进器方面一直都有问题——早期太空人曾经把飞船开得转个不停,根本停不下来,然后在航天器里边吐得到处都是。这一回他们又遇上了麻烦,把高度调节器的燃料全用光了。

所以他们费了好大劲儿,让飞船进入一个偏心率特大的椭圆形轨道,大致环绕地球,然后就完全没办法脱离这个轨道着陆,也没办法持续保留在这个轨道上。到这时,他们的控制系统已经开始失准,而轨道近地点又已经低到地球大气的电离层，这样闯过来，飞船升温幅度会很可怕。

但罗杰和其他五名美国宇航员正好在附近停留，所驾驶的飞船被设计成拖曳专用，现有的燃料足以执行六次原定任务。其实燃料并不算多，但他们还是选择出手相救：他们把飞船路线和速度调整到跟"极光二号"接近，与之对接，并救出了里面的太空人。现场好一通零重力熊抱，加上胡子拉碴的热吻！在太空拖船上，俄国人拿出了他们带过来的少量物资，宇航员们来了次空中派对，醋栗汁与烈酒共饮，俄式大烤肠跟吉士汉堡互换。又飞了两个椭圆圈之后，"极光二号"化成了一团火球。"就像夜空中一声绚烂的叹息。"上过牛津大学的苏联太空人尤里·布罗宁如是说，然后又向援救者献上俄式热吻。

着陆时，大家只能两两拼床，绑得比情人还紧。但一回到地球，所有人都成了英雄，罗杰也不例外；他们都被世人崇拜，崇拜者中甚至包括多莉。

但那是很久以前的事了。

那之后，罗杰·托洛维还曾两次往返月球，负责养护飞船，协助射电望远镜团队进行轨道测试，准备在月球背面安放直径长达一百千米的电波反射镜面。他还参与过后来被放弃的火星登陆计划，他们又一次幸运地让所有人安全返回地球，但那个时候，航天界的荣光已经又一次黯淡下去了。任务失败的原因只是运气欠佳，加上机械故障，没什么大不了。

从那时起，罗杰的大部分工作……怎么说呢，都是社交性质的。他跟航天委员会的议员们打高尔夫，往返于欧洲的主要航天基地——苏黎世、慕尼黑、的里雅斯特等地。他的回忆录卖得还可以。时不时还会在某项任务中成为后备人选。随着太空项目的重要性急剧下降，从"国之要务"降为"应变演习为主"，他手里的重要任务也愈加稀少。

但现在，他还是得到了一个充当备用人选的新任务。尽管在他为航天局寻求政治支持时并不会提到这件事。他无权公开谈论相关情况。这个新的载人项目看上去早晚都会得到批准，也是所有航天计划中第一个被列为"绝密"的项目。

我们对罗杰·托洛维的预期很高，尽管他跟其他宇航员区别不大：受训有点儿过多，工作负担有点儿偏少，对目前工作状况很不满意，但只要还有一线担当大任的希望，就不愿意放弃现职，改行干别的。他们都是这个样，连那个当时成了怪物的家伙也不例外。

2.
总统的愿望

托洛维常常会想起当时那个成了怪物的男人，罗杰对他特别感兴趣。

他当时坐在副驾驶位，位于堪萨斯州上空二万四千米，眼里看到自动防御战机（IDF）雷达信息图上有一个小亮点在屏幕上闪烁着移动。"糟糕。"飞行员说。那个亮点是苏联一架图144超音速客机，跟英法研制的协和式相近，从加里森水坝发现它之后，他们驾驶的CB-5大型运输机一直在跟踪它。

托洛维微笑，又稍稍加了一点儿速。相对速度提升之后，那架"协和式"的闪烁频率有所上升。"我们刚刚险些被甩掉。"飞行员没好气地说，"你觉得他要去哪儿？委内瑞拉吗？"

"他最好是去那儿，"托洛维说，"考虑到两架飞机都已经消耗了那么多燃料。"

"是啊，没错。"飞行员回答。他的飞行速度早就超过了国际公约限定的一点五马赫,自己却一点儿也不惭愧。"塔尔萨①那边出了什么事? 他们通常都允许我们直接降落的,尤其是有你这样的大人物同行。"

"很可能是有来头更大的人物正在降落。"罗杰回答。这不是猜想,因为他知道另外一位大人物是谁,再没有比美国总统来头更大的人了。

"你还挺会驾驶这家伙的。"飞行员热情地夸奖他,"要不你来降落吧? ——我是说,等他们允许咱们落地时。"

"谢了,不必。我最好还是去后舱,把我那堆破烂行李收拾一下。"但他还是没有离开座位,仍在向下看。他们已经开始降低高度,最上层的卷积云就在他们下方;他们能感觉到云层下气流带来的颠簸。托洛维两手离开控制器,让正选飞行员接管飞机。他们很快就将掠过汤卡上空,城镇就在机身右翼。他想知道怪物过得怎样。

飞行员依然保持着那种对弱势群体的友善,"你现在飞行机会不多了,对吧?"

"只有像你这样大方的人给我机会时,我才能飞。"

"小事一桩。那你现在做什么呢? 假如你不介意我问的话。我是说,除了到处当贵宾之外。"

对这种问题,托洛维有个标准答案。"管理。"他说。别人问他现在做什么的时候,他总这样回答。有时候,问话的人有适合的资质发问,不只是得到了官方授权,而且经过了他个人脑子里的雷达过滤——他会自行甄别何人可信,何人不然。然后他会说:"我制造怪物。"如果对方的回应表明他们了解内情,他或许会再说一两句。

"探星项目医疗计划"本身并不是秘密。所有人都知道,他们在汤卡的工作目标,就是让宇航员准备好适应火星生活。他们达到目标

---

① 美国俄克拉荷马州东北部城市。

的方式才是秘密:怪物。如果托洛维说的过多,就将危及他的人身自由和职位。而罗杰喜欢他的工作。这份工作可以保障他美丽的妻子继续经营那间瓷器店。工作还给他一种感觉,相信自己在做一件值得被铭记的事,还让他有机会去一些有趣的地方。身为活跃的宇航员期间,他当然去过更加有趣的地方,但那都是在太空中,多少有点儿寂寞。他更喜欢能乘坐私人专机前往的地点,那里有奉承他的外交官,还有鸡尾酒会和热情洋溢的美女全程陪伴。当然,他需要考虑那些怪物,但他并不真正为那件事担心,至少不太担心。

他们在锡马龙河上空飞过,或者说,经过那条曲曲弯弯的红色峡谷。雨季时,这里会是一条河。喷气动力被调整为几乎竖直向下,发动机功率调低,飞机轻轻降落。

"谢谢你!"罗杰对飞行员说,然后便去贵宾舱收拾自己的行李。

这趟去过的地方有贝鲁特、罗马、塞维利亚和萨斯卡通,最终返回俄克拉荷马,每个地方都比上个地点更热。因为两夫妻都要出席总统讲话,多莉在机场的汽车旅店等他。他迅速换上妻子带来的衣服。他很高兴回到家,乐于继续制造怪物的工作,还有娇妻相陪。淋浴之后,他突然感到强烈的性冲动。他脑子里就有一台精准的生物钟,随时关注有多少时间可用,所以他没看手表:有时间。就算他们晚几分钟也没有关系。但多莉并不在之前那张椅子上。电视还开着,她的香烟在烟灰缸里,即将燃完,但她本人却不见踪影。罗杰坐在床沿上,裹着浴巾,一直等到脑钟提醒他,现在已经没有足够时间风流快活。然后他开始穿衣。多莉用力敲门时,他已经在打领带了。"抱歉,"罗杰开门后,她说,"我刚才老是找不到可乐售卖机。一杯给我,一杯给你。"

多莉几乎跟罗杰一样高,头发是自己选择的棕色,绿色眼眸则是天生的。她从手袋里取出一把小毛刷,帮他整理外衣后背和衣领,然后跟他碰了下可乐罐，喝起来。"我们最好出发吧。"她说，"你看起来帅极了。"

"你看起来适合被操。"他说着，一手搭在她肩上。

"我刚刚才涂好口红。"她避开嘴唇，只让他亲了下脸颊，"这样很好啊，看来其他小姐并没有把你榨干，对我还有点儿用。"

他好脾气地笑笑。他俩有个私人玩笑，说他每去一个城市，都会跟一个不同的女孩睡觉。他喜欢这个玩笑，但这不是真的。他有过几次婚外情，往往都勉强又麻烦，没什么满足感，但他喜欢把自己看作一个有魅力的男人，足以让妻子担心其他女性被他吸引。"我们还是不要让总统等太久。"他说，"我去退房，你去提车。"

他们实际上并没有让总统等，见到他之前，夫妻两人还要熬过两小时以上的时间。罗杰对安检流程比较熟悉，因为他之前也经历过。现在对刺杀行为加倍防范的可不只是美国总统。罗杰还曾为觐见教皇花过一整天时间，即便如此，他在教皇房间的每一分钟，身后都有一位手持四角帽的瑞士卫兵紧随。

实验室里一半的高管都来到了讲话现场。高层休息室特地经过清洁、保养，不再像是普通人可以随便喝咖啡的地方。就连平常被用作草稿纸的黑板和餐巾纸也已经被藏了起来。角落里放了屏风，最近处的窗户被关严；罗杰知道，这些是为了搜身。然后，他们要跟心理学家面谈；再然后，如果所有人都能通过，如果没在女帽饰针里发现致命注射剂，也没有在任何人脑子里发现谋杀意图，他们就将全体前往大讲堂，总统也将到场。

共有四名特工参与物品检查、搜身、磁性扫描，以及确认男性来客身份。只有两人动手，另外两人只是站在一旁，很可能随时准备掏枪开火。女性特工人员（她们名义上是"文秘"，但罗杰看出她们带了枪）给妻子们和凯瑟琳·多蒂搜身。女性被搜的地点是在一面齐肩高的屏风后，但罗杰可以从妻子脸上看出被拍打、抚摸的过程。多莉不喜欢被陌生人触碰。她甚至曾经不喜欢被任何人碰到身体，而陌生人尤其让她受不了。

等轮到罗杰自己，他开始理解妻子脸上显现出的那种愤怒。这帮人异乎寻常的过分。他的腋窝被查，腰带被解开，臀部中间被摸遍，连睾丸都被抚摸了一番。他衣袋里的所有东西都被取出，胸前的手绢被掸开，然后又被迅速叠好，比原样更规整，连他的皮带扣和手表带都有人用寸镜检查过。

所有人都一视同仁，甚至包括局长，他倒是一脸随和，放松地环顾周围，任由别人触摸他鬈曲的腋毛。唯一的例外是唐·凯曼，他今天特别穿了黑袍法衣，低声讨论之后，被带到另外一个房间脱掉这件衣服。"抱歉，神父。"保安说，"但是您应该也能理解。"

唐耸耸肩，跟随那人离开，回来时还是一脸不高兴。罗杰也开始觉得烦。他觉得，如果在搜身之后，能让一部分人马上去见心理专家，也能显得更合理一些。毕竟，这里都是重要人物，他们的时间很值钱。但特工们却有自己的运作原则，一切都要有条不紊，步步推进。直到所有人都被搜身，第一组的三个人才被带到打字室，那里被特别腾出来进行心理测试。

罗杰的心理医生是非洲裔，可能是特别有心安排的。事实上，医生的面部皮肤是浅咖啡色。他们坐在彼此相对的高背椅子上，膝盖之间距离十八英寸[①]。心理学家说："我会尽可能简短，并且少给您带来痛苦。您的父母都还在世吗？"

"不，事实上，他们都不在了。我父亲两年前过世；我母亲去世时我还在上大学。"

[①]1 英寸 = 2.54 厘米

"您的父亲生前是做什么的？"

"他在佛罗里达州，出租渔船。"罗杰半心半意地描述老爷子船上的凯拉格牌配饰，另一半的注意力用于维持对自己的二十四小时监控。对这种盘问，他有没有表现出足够的反感呢？还是演过分了？他是否足够放松？还是过度放松？

"我看到过您的妻子。"心理学家说，"一位看起来非常性感的女士。我这么说，您会介意吗？"

"一点儿也不介意。"罗杰说，同时开始生气。

"有些白人可能不会听我这样说。您对此有何看法呢？"

"我知道她性感火辣。"罗杰没好气地说，"所以我才决定娶她。"

"您会不会介意我更直接一点，打听一下两位的性生活质量如何呢？"

"不，当然不——呃，可恶。我当然介意。"罗杰激动地说，"我觉得，反正跟其他老夫老妻差不多吧。结婚几年之后，难免会的。"

心理学家身体向后靠，若有所思地看着罗杰，"对您来说，托洛维博士，这次会谈不过是例行公事。过去七年间，您每个季度都会接受此类检查，每次结果都很理想，完全处在正常范围以内。以前，您从未显现出暴力或者情绪不稳定迹象。那么，请容许我开门见山问一句，见到美国总统之前，您是否感到忐忑不安？"

"或许还是有点儿紧张。"罗杰说着，调整了自己的应对姿态。

"这很正常。您投票给达什了吗？"

"当然——等一下。这不关你的事！"

"是的，托洛维博士。您现在可以进入讲堂了。"

他们没有允许他回到原来的房间，而是进入另一间较小的会议室。凯瑟琳·多蒂随后便进来了。两人共事已经两年半，但她还是很客气。"看来我们已经通过了检查，托洛维上校，我的博士长官。"凯瑟琳照例看着他左肩上方，她指间夹着的香烟挡在了两人面部之间。"啊，好极了，我正想喝点儿什么。"她说着，朝他身后伸手。

一名身穿号衣的侍者——不对，罗杰提醒自己，是一名身穿侍者服装的特工——站在那里，手托一盘饮品。罗杰取了一杯威士忌加苏打水，高大的假肢学家则接过一杯雪利干白。"一定要把酒喝光。"她靠近罗杰肩膀，小声说，"我觉得，他们应该在酒里放了东西。"

"放什么东西？"

"让你镇静的东西。如果你没把酒喝光，他们就会安排一名持枪特工跟在你身后。"

为了让她满意，罗杰把威士忌一饮而尽，但心里却在嘀咕：像她这样满脑袋幻想和戒备心的人，是如何轻易通过心理测试的。跟心理学家相处的五分钟，已经让他警觉性提升，他已经开始在脑子里加速分析周边情况。为什么这女人在场时，他总会感觉有些别扭呢？恐怕并不仅仅是因为她的态度过于古板。他怀疑，问题可能是对方过于欣赏自己的勇气。他以前曾经试图解释，说现在当宇航员并不需要太多勇气，跟驾驶运输机差不多，难度很可能还比不上当出租车司机。当然，作为"次代人"的备胎人选，他的确面临实实在在的威胁。但这种威胁成立的前提，是前面的人全部失败，这就已经没理由让人过分担心。尽管如此，她看罗杰的眼神还是非常炽热，有时候他觉得这是仰慕，有时候觉得这是怜悯。

在他脑子里的另外一个部分，他一如既往地对妻子保持着警觉。她终于走进房间里，显然非常生气，以她的标准而言，也算是衣冠不整了。她花了一个小时梳起来的头发，现在已经披垂下来。长发及腰，像泛起微波的暗色瀑布，让她神似画家坦尼尔笔下的爱丽丝，假如坦尼尔为《花花公子》作画的话。罗杰快步上前来抚慰她，这项任务占去了他太多注意力，以至于他有些分神，没注意到周围的骚动，直到有人不十分响亮，也不特别庄重地说："女士们、先生们，美国总统驾到。"

费兹－詹姆斯·德桑汀面带微笑，一路点头进入房间，看上去跟电视上一模一样，只不过矮了一截。无须提示，实验室的人们就已经围成一个半圆，总统在内侧绕圈，跟每个人握手，由项目负责人跟在旁边做介绍。德桑汀显然做过充分准备。他拥有政治家那种能听清所有姓名，而且做出适当回应的能力。对凯瑟琳·多蒂，那句词儿是："很高兴我们的团队有个爱尔兰人，多蒂博士。"面对罗杰，他说："我见过你的，托洛维上校。就在那次营救俄国人的漂亮任务之后。我想想，那是七年前了，我还在国会担任委员会主席。也许你还记得。"罗杰当然记得，而且得意洋洋，因为总统记得这件事，同时知道对方是在刻意奉承自己。对多莉，他说："哦，我的天，托洛维夫人，像你这样美丽动人的女孩，怎么能跟这些工科宅男浪费人生呢？"罗杰听到这句话，身体有些僵硬。不只是因为这句话有贬低自己之嫌，而且因为多莉一直很反感这类空洞的夸赞。但当时，她并没有显出藐视，陈词滥调出自美国总统之口，反而会让她两眼放光。"他可真帅啊。"她小声说，目光追随他绕行半周。

总统走完这半圈之后，跳上小讲坛，"好的，朋友们，我来这里，首先是为了观看、倾听，而不是讲话。但我的确很抱歉，因为你们承受的那些破事儿。这不是我的主意。他们只是跟我说，外面坏人多，防范很有必要。毕竟自由世界的敌人仍是那副嘴脸，而'我们'依旧不改坦诚、天真。"他径直向着多莉的方向微笑，"告诉我，他们让你们进来之前，有没有要求诸位先把指尖泡软？"

多莉笑得花枝乱颤，让她丈夫很是吃惊（之前她还特别恶毒地抱怨，说自己的指甲油完全被毁了）。"他们当然这样做了，总统先生，就跟我的美甲师一个样。"她大声说。

"我为这个道歉。他们说要确保你们指甲里没有任何生化毒剂，以免握手时故意把我划伤。好吧，我猜，各位也只能听任那些特工摆布。不过，"他轻笑一声，"如果各位迷人的女士对此有意见，不妨想想我家那只可怜的老猫。还好它的趾甲上并未涂抹任何此类毒剂，因为它至少抓伤了三名特工，外加我的一个外甥和它自己的两只小猫仔。"总统大笑。罗杰有些吃惊地发现，他和多莉，还有其他人，也在跟着总统一起笑。

"不管怎样说，"总统开始切入正题，"我感谢各位的盛情款待。而对诸位推行次代人计划的努力，更有千倍的感谢和敬意。我无须提醒大家，此举对自由世界有何等重大的意义。火星就在那里，除了我们脚下这块地，那儿是太阳系唯一值得争夺的不动产。到这个十年之末，它就将有所归属，而且只有两个选择：它将属于他们，或者属于我们。而我想让我们取胜。在场的诸位就是确保我方胜利的人，因为你们会给大家提供能在火星生活的次代人。我想向各位表达真诚又深挚的谢意，我以民主自由世界所有人的名义感谢你们，感谢各位让梦想成真。现在——"他一面继续说，一面控制住现场礼貌的掌声，"我觉得自己该停止讲话，转而倾听了。我想要知道次代人计划目前的进展。斯坎扬将军，轮到您了。"

"好的，总统先生。"

沃恩·斯坎扬是格里瑟太空医学院实验部门的主任。他也是一位退役的两星上将，平时也是一副将军派头。他看了一下手表，扫了一眼常务助理（他有时称助理为副官），确定一切就绪，然后说："在哈特奈特中校完成热身测试之前，我们还有几分钟时间。我们不如就从闭路电视画面上看一看他的状况。然后我将告诉大家，今天会发生什么。"

房间里暗了下来。

平台后面，一面屏幕上出现了电视投影。一名"侍者"搬来椅子，想让总统坐下。他嘟囔了一句什么，椅子被搬回。屏幕微光下，看不清总统的表情。

屏幕上有个人。

他看起来已经不像人。他的名字曾是威利·哈特奈特，前宇航员，民主党党员，卫理派教徒，丈夫，父亲，业余鼓手，舞厅中优雅的常客，但现在已经完全看不出从前他的风采。当前画面中的他，是个怪物。

他看起来一点儿都不像人。他的两只眼睛放光，是有着血红棱面的球形。他的鼻孔肿大，有肉色折膜，像星鼻鼹鼠的长吻。他的皮肤是人造材料；肤色倒是正常日晒的那种黄棕，但质地却像是犀牛皮。他浑身上下就没有哪个地方保持了天生的形态。眼睛、耳朵、肺、鼻子、嘴巴、循环系统、感应中心、心脏、皮肤，一切都已经被替换，或者说被强化。肉眼可见的变化只是冰山一角。他体内的改造更为复杂，也更为重要。他的身体已经被重新组合，唯一目的就是让他在大量设备的协助下，得以在火星表面生存。

他已经成了赛博格——经过机械控制系统强化的生物体。他一半是人，一半是机器，两个原本异质的部分紧密融合，甚至连威尔·哈特奈特本人，当他获准照镜子时看到自己的模样，都不知道哪些部分是原来的身体，哪些部分是后来添加的。

尽管这个房间的几乎所有人都多少参与了创造赛博格的过程，尽管他们都很熟悉此人的照片、电视图像，甚至他本人，但还是忍不住惊叹。电视镜头捕捉到他时，他正在没完没了地做俯卧撑。摄像头就在他奇形怪状的头部上方一码，当哈特奈特手臂伸直时，他的两眼跟镜头高度相当，借助眼球棱面上的闪光，他可以对周围环境进行同步多重扫描。

他看起来样子很怪。罗杰回想起自己幼年时看过的电视节目，觉得他这位老友当前的样子，要比任何动画片里会说话的胡萝卜和恐怖片里的巨甲虫更怪。哈特奈特生于康涅狄格州的丹伯里，而他穿戴的所有可见设备产地都在加利福尼亚、俄克拉荷马、阿拉巴马或纽约。但它们的外形都不像是人体器官，甚至不像地球产品。他看起来就是个火星人。

如果说用途决定外观，那他就是个火星人。他为火星生活打造。在一定意义上，他也已经身在火星。格里瑟实验室拥有全世界最好的火星模拟舱。哈特奈特的俯卧撑是在富含氧化铁质的沙地上做的，这个控压舱的气压被降低到仅有十毫巴，密度仅相当于双重玻璃外气压的百分之一。他周围的气体温度被保持在零下四十五摄氏度。多组大功率紫外线灯照耀整个现场，其光谱组成跟火星冬季的白天一模一样。

尽管哈特奈特所处的环境并不是火星，却逼真到足以骗过火星人（假如世上曾有过火星人），仅有一个方面例外。除了那个细节欠缺之外，这地方简直足以唤醒巴勒斯笔下的拉斯·塔瓦斯，或者威尔斯的莫洛人，让他们环顾周围，并断定自己一定是在火星表面，深秋，中等纬度，日出之后不久。

而那个欠缺因素目前无法补全。他还在承受标准地球重力，而不是远远更小的火星表面重力。工程师们甚至计算过极端实验成本：要动用特别改装的喷气机，把整个实验室带上天，然后沿着事先计算的抛物线空投，至少每次能有十到二十分钟时间模拟出真正的火星重力。出于成本考虑，他们否决了这个设想，并且认定：他们已经充分估算，留出了容错空间，最终认定这一点缺陷不会带来太多麻烦。

哈特奈特的新身体在一个方面足以令所有人都放心：它绝不会

孱弱到无法应对任何可能的压力。他在地球都能举起五百磅的重物。等他真正到达火星，他的搬动能力可能超过半吨。

在一定意义上，地球上的哈特奈特要比将来火星上的他更为丑陋，因为他的遥测设备跟他本人一样怪异。他的两肩和头部都安装了感应器，测量脉搏、体温和皮肤压力。更有其他探测器深入坚硬的人造皮肤之下，测量其体液流动和阻力情况。他的背包里伸展出大量通信天线，像农民的扫帚。他身体系统的一切状态均在持续监测中，被编码，并传到每秒消耗一百米的宽幅记录磁带里。

总统在小声说着什么。罗杰发觉自己下意识地探身靠近，听到他末尾的半句："……他能听到我们在这里说的话吗？"

"除非我把大家的声音转到他的个人网络。"斯坎扬将军说。

"唔－嗯。"总统缓缓地说，但不管他本来想说什么，如果赛博格也听不到，他也就不打算说了。罗杰感到一阵强烈的同情。赛博格能听到时，他本人也不得不慎重选择措辞，甚至在老哈特奈特听不到时也会自行斟酌什么话能说。任何喝过啤酒、当过父亲的人，都不应该变成这么丑陋的模样。任何与此有关的表述，都难免令人不快。

赛博格似乎愿意永远继续他机械重复的体能训练。但那个给他信号保持节奏的人（"一二、一二"）住了口，赛博格也随之停下。他站起来。节奏分明，速度缓慢，就像这是一种他还没能熟悉的新舞步。出于一种已经失去现实意义的本能反应，他用皮肤厚实的手背擦了一下没有一丝皱纹的、光亮的塑料额头。

在暗处，罗杰·托洛维挪动位置，以便看得更清楚一些。绕开总统那张著名的、棱角分明的脸孔，就算是只能看到侧影，罗杰也能察觉总统在微微皱眉。罗杰一面揽住妻子的纤腰，一面想象：在动荡又艰险的世界上，给三亿美国人当总统是怎样的一种体验。在他前方暗处站着的这个男人，有权让核弹在九十分钟内向全球任何一个角落落下。这是战争权、惩戒权，也是财权。总统的权威最早让次代人计划得以启动：那项授权法案的名称是"为太空探索进行辅助研究的总统特别法案"。

斯坎扬将军说："总统先生，哈特奈特中校乐于向您展示他的若干假体功能，包括举重、跳高等。你想看什么都可以。"

"哦，我觉得他今天已经锻炼得够多了。"总统微笑道。

"好的，阁下，那我们就继续下面的事项。"他轻声对着麦克风说了些什么，然后又转回总统方向，"今天的测试项目，是在野外条件下拆卸并维修足底部件。我们预估，这个项目将耗时七分钟。如果我们组织一批人类技工，在设备齐全的维修中心完成同样的任务，平均用时五分钟。所以，如果哈特奈特中校能在预定时间内完成该项目，就已经是很出色的精细动作表现了。"

"好的，我明白了。"总统说，"他目前在做什么？"

"只是在待命，先生。我们将会把他的变压舱调整到一百五十毫巴，这样他能更容易听和说。"

总统尖锐地提出了质疑："我还以为你们有在绝对真空环境下跟他通信的设备呢。"

"这个嘛，呃，是的，先生。我们的确有，但我们在那方面碰到一些小麻烦。目前，我们在火星模拟状态下的基本通信手段是视觉信号，但我们预计，很快就能让声音系统正常运行。"

"好吧，我希望如此。"总统说。

在模拟舱层，这些人脚下三十米的地底，一名充当实验室助理的研究生收到信号，打开一副阀门，不是放入外界气体，而是罐装的火星常态气体，它们被事先混合，装在加压容器里。低沉的嘶鸣声中，气压渐渐上升。气压调整到一百五十毫巴的过程，对哈特奈特身体机能的运作没有任何帮助。他重新设计过的身体对多数环境因素都没有反应。它可以毫无区别地应对极地寒风、绝对真空或者地球赤道区域的湿热气候，那里的气压高达一千零八十毫巴，而且湿气弥漫。这些条件对他来说同等舒适，或者同样不舒适，因为哈特奈特曾经报告过，他的新身体经常会疼痛、抽搐、瘙痒。他们本可以完全打开阀门，让外面的空气一拥而入，但那样一来，下次测试之前又得排空。

嘶嘶声终于停息，他们听到赛博格的说话声。那声音单调又兴奋："谢靴(谢)①，保持住这巷(样)子，好呱(吗)？"过低的气压让他的声音听起来很奇怪，尤其是考虑到他也没有真正的气管和声带。当了一个月的赛博格之后，他的语言能力发生了退化，因为他连呼吸都开始忘记了。

罗杰身后，实验室的视觉系统专家幽怨地说："他们明知道那些眼睛不能承受突然的气压变化。要是有只眼睛炸裂造成麻烦的话，纯属他们自找的。"罗杰一脸痛苦，想象自己眼窝里有只棱球眼珠正在爆裂。他的妻子笑起来。

"坐下吧，布拉德。"她离开罗杰的胳膊。罗杰心不在焉地闪开，仍然紧盯着屏幕。刚才数数的那个声音正在说："听我倒计时。五、四、三、二、一。开始任务序列。"

赛博格笨拙地蹲下来。他身前放着一块黑漆金属罐的启动板。他不紧不慢地将一根微细螺丝刀伸入附近一个不可见的孔槽，完成一次精准的九十度拧转，又在另一块面板上做了同样的运作，然后取下面板。他粗大的手指小心翼翼地掠过意大利面一样纷乱多彩的电线，找到一根烧坏了的、红与糖白色交错条纹的线路，取下它，截短，取下烧坏的绝缘层，然后用手指一夹，就已经摘掉线头的一段绝缘体，再把线头放到接口上。这次操作最耗时的部分是等待焊接头预热。这花了一分多钟。然后新的接口被焊牢，乱七八糟的电路被塞回原处，

---

① 次代人口齿不清，原作中故意用了大量不规范的发音和词句。

盖板重装就位,赛博格起立。

"六分钟零十一又五分之二秒。"计数者说。

项目主任带领大家鼓掌。然后他站起来,发表了一段简短的演说。他告诉总统,次代人计划的目标,是改造人类躯体,让它可以在火星表面轻易生存,安全得就像普通人走过堪萨斯州的麦田。他回顾了历来的各次载人航天任务,从低空轨道到空间站,再到深空探索。他列举了若干关于火星的关键数据:地表面积实际大于地球,尽管它直径较小,因为那里没有海洋来浪费地表空间。温度范围适合生物繁衍——当然要经过适当的改造。财富潜力不可估量。总统看上去听得很专心,尽管他肯定已经熟知这里说过的每一个字。

然后他说:"谢谢您,斯坎扬将军。请容许我再强调一件事。"

他灵巧地登上讲坛,若有深意地笑对台下的科学家们。"我小的时候,"他开口说,"这个世界更简单一些。当时人类最大的挑战,就是帮助地球上不断出现的那些转向我方阵营的国家融入文明世界。那是铁幕时代。他们在他们一边,被封闭,被抑制。我们其他人在另一边。

"现在呢,"他继续说,"情况已经变了。自由世界经历了一些艰难岁月。我来这里,不是为了重复古旧的历史往事。往事不可追,指责任何人都毫无意义。每个人都知道是谁失去了中国,又把古巴推到了敌人一边。我们也知道是哪届政府失去了英国和巴基斯坦。我们不是一定要谈起那些往事。我们只要展望未来。

"而我要告诉大家,女士们、先生们。"他郑重地说,"人类自由的未来,就掌握在你们手中。也许我们在家乡星球的确经历了磨难。那都已经过去,无须再谈。我们可以将希望寄托于群星之间。我们仰首望天,能看到什么?我们看到另一个地球——火星。而你们杰出的项目总管,斯坎扬将军刚刚说过,它是一颗比我们家乡星球疆域更广阔的行星。而它,可以属于我们。

"那才是世界的未来。而你们就是要把这个未来交给我们来掌握。我知道你们一定能成功。我信赖你们每一个人!"

他意味深长地环顾房间,凝望每一双眼睛。老达什强烈的个人魅力让每一个人都有切身体会。

然后他突然微笑说:"谢谢大家!"接着,就在一群特工的簇拥下匆匆离去。

3.
人变火星人

　　曾几何时，火星被看作是另外一个地球。天文学家斯基亚帕雷利在1877年那次著名的大冲前后用他在米兰城的望远镜观察火星，发现了他认定为水渠的东西，宣称自己发现了"canali"，当时地球上有一半的文化界人士都把这个词理解为"运河"。几乎所有的天文学家都把自己的望远镜转向同一个方向，发现了更多同样的沟纹。

　　运河？那么它们一定是特意被挖掘出来的。做什么用呢？当然是引水——除了地球上的现实之外，并没有什么其他可以用来解释火星的参照系。

　　认定火星和地球接近的论证非常有说服力，到了世纪之交，全世界几乎已经没有人质疑这样的论断。人们普遍相信，火星上有一个比我们更为古老，也更有智慧的文明体系。如果我们能找到跟他们对话的方法，应该能学到多少神奇的知识啊！玻西瓦尔·洛维尔面对他的草稿本冥思苦想，提出了最初的沟通计划。他指出，如果在撒哈拉沙漠画出欧式几何学中的基本图形，或者用树枝拼出线条，或者挖掘沟渠，并在里面注入油料，然后找个没有月光的晚上，趁火星高悬于非洲大陆上空时点燃这些几何图形。他相信，那些陌生的火星人只要紧盯着他们的天文望远镜，就会看到地球上的奇景。他们将会认出那些方形和三角形。火星人将会知道，这是有意发出的通信信号，借助古老的智慧，他们一定能找出合适的方法给出回应。

并不是所有人都像洛维尔一样，坚定地相信那么多关于火星的假设。有人说，火星太小也太冷，根本不可能容纳高智能物种。挖掘运河？哦，这个嘛，其实很简单，农民都可以做的，而一个渴得要死的种族，肯定能挖出不少引水渠，甚至是在其他行星可见的巨大引水渠。生活在那里的种族一会像爱斯基摩人，永远被困在文明世界的门槛上，因为他们冰屋外面的世界过于艰难，让他们无法拥有足够的闲暇学会抽象思考。毫无疑问，等我们有了分辨率足够高的望远镜，足以看清火星人的面孔时，我们也只能看到一副野蛮的面目，坚忍、呆滞、蠢若牛马；他们能翻动土壤栽种庄稼，没错，但并没有能力开启精神层面的生活。

然而，不管被认定为睿智还是野蛮，火星人都存在——至少在当时，最有头脑的那批人这样认为。

然后人们制造了性能更好的望远镜，有了更好的办法理解他们的发现。除了曲面镜和平面镜之外，又有了光谱仪和摄像机。在天文学家们的眼睛和头脑里，火星的样子越来越清晰。随着那颗行星的形象越来越鲜明，臆想中那里的居民却日渐不复真实可信。火星空气太稀薄，水也太少，还那么冷。在更高分辨率镜头之下，所谓的运河也变得支离破碎，被看成是不规则的地表斑痕。本应出现在运河交汇处的城市也并不存在。

等到人类开始火星探测竞赛，第一艘"水手号"无人探测器飞掠火星表面,那些仅仅在人类幻想中存在过的火星人,也被不可挽回地宣告死亡。

那时候人们还是觉得,火星仍有存在生命的可能性,也许是低等植物,甚至是某种原始的两栖动物,但肯定跟人类大大不同。在火星表面,像人类那样呼吸空气的水基生物不可能活过一刻钟。

最快杀死他的办法,其实是空气缺乏。他的死因将不是简单的窒息,因为他还活不到足够窒息而亡的时间。在气压仅有十毫巴的火星表面,他的血液将会沸腾,死前承受到的痛苦近似于航空病。如果出于某种原因,他活着挺过了这一劫,他就会因为缺乏可呼吸的空气而死亡。要是这两轮都没能把他搞死——假如他背有气囊,戴了呼吸面罩,给他提供不含氮的空气,气压在地球和火星之间的某个数值上——他还是要死掉的。他会因为太阳辐射而死。他会因为火星的极端温度而死,那里最好的温度条件大致相当于地球的暖春,最冷时比极地夜晚更冷。他还可能被渴死。如果设法逃过了所有这些,他还是会缓慢地死掉,死是一定的,因为饥饿——在火星表面,完全找不到一点点人类能食用的东西。

但还有另外一种论证跟来自客观事实的结论相左。人类是不会被客观事实完全主宰的生物。如果事实会给人造成不快,他会致力于寻求改变,或者绕过它们。

人类无法在火星生存。但是,人类本来也无法在极地生存,而现在我们已经做到了。

人类总能在他理应死掉的地方活下去,因为他们能随身携带有利于自己的东西。他们在这方面的第一项发明就是衣服;第二项是耐储存的食物,像肉干和烤熟的谷物之类;他们的第三发明是火;他们最近的发明是一整套设备和系统,让他们能潜入深海、涉足太空。

人类登上的第一个地外天体是月球。它的环境甚至比火星还要糟糕，火星缺乏的那些必要生存条件(空气、水和食物)，在月球上完全没有。但是早在 20 世纪 60 年代，人类就已经登上月球，带着他们在生命支持系统中需要的空气、水和其他东西，将其全都装进太空服，或者载入登陆舱。从这个起点开始，想要构建更大的生命支持系统就绝非不可实现。当然这也并不容易，因为行动规模太大。但至少，扩大人造生存环境的思路很简单：创造近乎永久性的、可持续的闭合生态系统。所以，后勤支援的第一道难题是纯粹物流性质的。每一个人都需要几吨的补给品。而发射到太空中的每一磅重量都要花费上百万美元，用于准备燃料和硬件设施。

月球毕竟是环绕地球的，距离也只有二十五万英里^①左右。而说到火星，就算是每个世纪仅有几次的最接近时段，距离也超过月球的一百倍。

火星不仅离地球很远，还比地球更远离太阳。月球上每平方英寸得到的光照强度跟地球一样。而火星，根据反平方定律，其光照强度只有地球的一半。

从地球上的某点出发，火箭可以在每一天的任何时间前往月球。但火星和地球并不围绕对方旋转，两者同样环绕太阳，它们的公转速度不同，间距时大时小。只有在距离最近时，才适合在两地之间发射火箭。而这样的时机，大约每两年才有一次，发射窗口期有一个月零几周。

火星跟地球的若干相似之处，在建立火星殖民地的问题上也会成为障碍。它比月球更大，所以重力更接近于地球。但也因为它更大、重力更强，火箭就需要更多燃料才能在上面安全降落，也需要更多燃料才能升空返回。

①1 英里 ≈ 1.609 公里

这一切的结论就是: 月球殖民地可以仰赖地球补给, 而火星殖民地不能。

至少人类殖民地不能。

但如果是被改造过的人类呢?

假如我们选取一个标准配置的人, 改变一些"可选的"设备呢? 火星上没有可供人类呼吸的大气, 所以, 我们就把人体中的肺去除, 替换为微缩版除碳制氧系统。你当然需要能量才能做到这些, 但遥远的太阳会源源不断地提供。

人的血液会在火星沸腾。那好啊, 把血液也去掉, 至少抽掉四肢和身体表面的血——建造用发动机而不是肌肉提供能量的两臂和双腿, 只留一些血液来维护严密保护下的人脑。人类身体需要食物, 但如果主要肌肉系统都已经被机器取代, 食物需求量就将下降。只有脑子会全天候产生营养需求, 幸运的是, 以能量消耗而论, 脑子是人体最好养活的器官了。每天一片吐司面包, 就足够把它喂饱。

水? 它已经不是必需品了, 除了工程性损耗之外——就像汽车每行驶数千英里都要添加刹车液那样。一旦身体被改造成一个完全闭合的系统, 就不需要持续有水流动, 不再有饮水、循环、排尿、出汗这样的过程。

辐射? 这是个有两面性的问题。太阳耀斑会在不可预知的条件下发生, 即便在火星, 其强度也足以危及人类健康, 因此, 身体表面必须有一层人工皮肤。在平时, 火星也只有常规的可见光和来自太阳的紫外线, 光照不足以维持温度, 甚至不足以保持良好的能见度, 所以必须扩大体表面积来吸收光能(所以, 赛博格才会有巨大的蝙蝠耳形接收器), 并且将视力强化至最高水平。眼睛要被机械部件取代。

如果对人体采用了上述所有改造, 得到的结果就不完全是人类了。他是一个添加了大量机械硬件的人。

这个人已经变成了人类与机器的共生体,即所谓的赛博格。

史上第一个被改造为赛博格的人类,很可能就是威利·哈特奈特。这一点略微存疑。总有传言说齐康公司曾做过类似实验,开始运行良好,但随后失败了。但很明显,哈特奈特至少可以被看作是当前在世的唯一赛博格。他以普通人类的方式出生,以正常人的形态生活长达三十七年之久。只是在过去十八个月,他才开始被改变。

最初,改变幅度较小,而且都是暂时的。

他的心脏并没有被摘除,只不过偶尔会接受心脏搭桥手术,人们给他准备了一件易联结的软塑推动器,可以挂在一侧肩膀上,每次使用一个星期。

他的眼睛也没被摘除……当时还没有。它们只是被一层胶质膜挡住了,然后他的视神经跟快速运转的电子摄像头连接,练习识别这个世界令人困惑的新面貌。

那些要把他变成火星人的系统一个接一个被测试,直到每个系统都测试、调整、结果满意之后才开始做永久性的改变。

这些改变也不是真正永久性的,哈特奈特一直坚持得到这份承诺。医生们答应了哈特奈特,哈特奈特又许诺给他的妻子。所有改变都可逆,将来也会被逆转。等到任务完成,他安全返航之后,医生们会取掉硬件,重新为他替换温软的人体组织,而他也将恢复成纯粹的人类身体。

但他知道自己不可能完全恢复原貌。他们无法保存他本人的器官和身体组织,他们只能用类似的器官来取代。器官移植加上整容手术,那些人会竭尽所能让他恢复原来的样子。但如果他还想用原来的护照出游,上面贴以前的照片,希望怕是很渺茫。

他并不十分在意这个。他从不认为自己长相特别英俊。他满足于能有一双人类的眼睛，当然不是他自己的那一双。但医生们答应了选一双蓝色的眼睛，并且配有眼睑和睫毛，如果运气好，他们甚至觉得这双眼睛仍能流泪。（他预计是喜悦的泪水。）他的心脏又会变成一小坨肌肉，大小像他的拳头。它会把人类的鲜红血液输遍全身。他的肺部肌肉还将把空气吸入胸腔，人类的肺泡将会消耗氧气，释放二氧化碳。那双巨大的、有感光能力的蝙蝠耳（它们太麻烦了，因为支撑结构是按照火星重力环境制造的，不太适应地球，所以总是需要拆下来返厂维修）将会被拆除，然后弃用。如此费力制造，调试到跟他匹配的那层皮肤，还要同样费力地剥落下来，替换为人类皮肤，有排汗能力，并且可以滋生毛发。（他本身的皮肤还在，就在贴身的人工表层以下，但他估计这身皮撑不到实验结束。在人工皮层下面的皮肤，其常规功能都要被抑制。几乎可以肯定，这层皮将失去正常功能，将来只能被替换。）

哈特奈特的妻子逼他做出一项承诺，让他发誓在戴了可怕的赛博格面具期间，不要见自家的孩子。幸运的是孩子们年龄都还小，比较听话，老师、朋友、邻居和同学家长都得到了暗示：孩子的父亲去丛林探险，皮肤染上一点儿毛病，不适合见人。大家当然很好奇，但这个故事达到了目的。所有人都很合作，没有人催促特里的父亲来参加家长会，或者布伦达的老公一起来花园参加烧烤派对。

布伦达·哈特奈特本人曾经试图克制自己不去见丈夫，但时间一长，好奇心战胜了恐惧。她托人帮忙潜入实验箱观察室，那时威利正在进行协调性练习，他在红色沙地上骑自行车，两只机械手还托了一盆水。唐·凯曼当时陪同她，以为她会晕倒、尖叫，或者恶心呕吐。她没有出现上述症状。赛博格看上去很像日本恐怖片里的角色，难以让她当真。直到那天深夜，她才真把那个有蝙蝠耳、晶体眼的单车男当成自己家孩子他爸。第二天，她去找了项目医学总管，告诉他这么长时间之后，威利在性生活方面一定非常饥渴，她觉得自己应该能让他满足一下。医生不得不向她解释，威利之前都不好意思明说，在目前状态下，那种功能不得不被看作是多余因素，所以目前就被……呃，暂时下线了。

与此同时，赛博格还在辛辛苦苦做各种测试，等待下一轮伤痛的来临。

他的世界包括三个部分。第一部分是一套房间，压力数值约等于七千五百英尺① 海拔高度，以便工作人员进出，他们仅会感觉到些许不适。这是他睡觉的地方，当然是在他能睡时；进食也在这里，当他得到那一点点食物时。他一直都饿，持续的饥饿。他们努力过，但还是没能去除他的饥渴感。第二个部分是火星模拟舱。他在那里做体力锻炼，完成实验，以便他身体的设计者们观察他们制作的设备如何运行。第三个部分是有轮子的低压舱，用于把他从私人住所运送到实验区域，或者在偶尔有其他任务时，将其运送到其他地方。

火星模拟舱就像动物园里的笼子，他在里面要被人持续观察。而移动舱也无法给他任何满足，只是干等着被运往某处而已。

只有那小小的两间套房，实际上充当了他的家，能多少给他一点儿宽慰。他在那里有台自己的电视，有收音机、电话和他喜欢的书。有时候，其中一名研究生或者宇航员同事会来拜访他，跟他下象棋，或者尝试跟他聊天，尽管他们胸部压力很大，在七千五百英尺高度的空气中气喘吁吁。他期待这类拜访，并努力延长其时间。没人陪的时候，他就要靠自己。他偶尔读书。有时也会坐在电视前，不管里面在演什么。最经常做的是"休息"。他这样对监管者说，其实际含义是坐着或者躺

①1 英尺 ≈ 0.305 米

着, 让视觉系统处于待命状态。这就像闭上眼睛, 但依然清醒一样。他的感觉中一直会有足够强的光, 就像睡眠者紧闭的双眼还能被穿透一样; 声音也会马上被他察觉。这种时候, 他脑子会转得飞快, 会想到性、食物、嫉妒、愤怒、孩子、怀旧、爱……直到他请求解脱, 得到一份自我催眠课程, 让自己脑子放空。然后, 在"休息"模式中他几乎不做什么有意识的事, 神经系统休眠, 准备忍受下一波痛感, 脑子里数着每分每秒, 盼望实验结束, 重新获得正常身体的那一天。

还要好多秒之后他的愿望才能实现。他经常用乘法算这个答案。去往火星的轨道飞行要七个月, 回来也要七个月。两边都要逗留几个星期。一边是准备发射, 另一边是提交任务报告, 然后才能开始把他送回原来的身体中。若干个月 (没有人愿意跟他说具体多少个月) 用来施行手术, 让他的身体恢复原貌。

他能猜想出来的最精准秒数是大约四千五百万秒。误差范围有大约一千万之多。他能感觉到每一秒钟来到, 极缓慢地展开, 然后才蛮不情愿地离去。

心理专家曾经试图给他的每一分钟都做好计划, 以免这些想法出现。他拒绝了那些计划。他们试图借助迂回的测试和脑波扫描来理解他的想法。他任由这些人窥视, 但却暗中建立了一个城堡, 不让别人侵入。哈特奈特从来都不认为自己内涵丰富, 他知道自己兴趣范围有一英里宽, 深度却只有一英寸, 他从未认真思考过自己的人生。他喜欢这样随意生活。但现在, 他已经一无所有, 仅有思想才是自己的, 于是他开始守卫自己的精神世界。

他有时会希望自己不懂得如何反省自身, 他希望自己能理解以往选择的动机。

他为什么要自愿报名这项任务呢? 有时他试图回想, 然后断定他永远也想不清楚。是因为自由世界需要火星的生存空间? 还是他自己想要那份荣耀,成为史上第一位火星人?为挣钱?为了孩子们得到奖学金和其他好处?为了让布伦达爱上自己?

也许就是上述原因中的某个,但他已经想不起来。如果说他曾经知道过的话。

无论如何,他都已经加入。他唯一曾经确定无疑的事,就是现在已经无法退出。

他会任由那些人对自己的身体做任何事,无论多么野蛮,多么令人痛苦。他会登上那艘带他去火星的飞船。他会承受长达七个月的漫长旅程。他会到达火星表面,探索,占领土地,采集样本,照相,测试。他会从火星表面再度升空,设法熬过七个月的返程飞行。他会为那些人提供他们需要的全部信息。他会接受勋章、掌声、巡回演说、电视采访,还有图书出版合约。

然后他会把自己交回到医生手中,让他们恢复自己原来的样子。

所有这些,都是他下定决心要做的事。他曾经确信,自己能完成所有这一切。

他脑子里只有一个问题,到现在都没能找出答案。这跟他没有准备好应对的一种情况有关。当他最开始报名参与这项计划时,他们曾非常坦诚地告诉他,相关医学问题极为复杂,有很多未知因素;跟他有关的很多医学课题都要在实验中摸索答案。可能有些答案并不容易找到,或者目前的认识有错误。将来恢复他身体的过程有可能会……那个,碰到困难。从一开始,他们就跟他说得很清楚,然后他们就再没提过这件事。

但他还记得。他现在没解决的那个困惑就是:如果出于某种原因,当整个任务结束以后,他们还是无法马上恢复他的人类身躯,他又该怎么面对。他无法决定的是:到时候是安安静静自杀呢,还是干掉自己的朋友、上级和同事们,尽可能拉上更多人垫背。

4.
那帮接盘侠

　　罗杰·托洛维，美国空军预备役上校，拥有理学学士、硕士和荣誉博士学位。早上他起床时，夜班人员已经完成了对赛博格光感应器组的检修。它们上次被接入赛博格的身体时，曾有一次原因不明的电压降低，但检修过程中并未发现任何异常，表面检查也未发现任何异状。它们被认定为可以继续使用。

　　罗杰睡得不好。他肩上的责任很重，人类已经失去了自由和尊严，而他就在负责监管挽回败局的最后一线希望。他醒来后的第一个想法就是这个。罗杰·托洛维有他幼稚的一面，心理年龄大约只有九岁，这种状态最常出现在睡梦中。他心里的这个幼童会相信总统讲过的每一句话。尽管罗杰本人，作为外交人员、项目首脑、环球旅行者、去过十几个国家首都的人，在意识清醒的时候，并不认为"自由世界"曾经存在过。

　　他穿戴衣物，脑子里像平时一样，又在思考熟悉的道德困境。假设达什在讲真话,占领火星就意味着全人类的救赎,他想。那我们就能成功吗? 他想到了威利·哈特奈特,一个帅小伙(或者说曾经是,在人体改造专家对他动手之前),亲和友善。他有一双巧手。但这人也有一点点轻浮,如果你直言不讳的话。周六晚上去酒吧,他会比较容易喝多。如果参加聚会,也不能让他跟别人老婆在厨房里独处。

但不管罗杰用他所知的哪一套标准衡量,威利·哈特奈特都不是什么英雄人物。但世上又有谁是真的英雄? 他在脑子理了一遍赛博格项目的备选人员名单:一号替补,维克·弗莱巴特,目前在轮休;二号替补,卡尔·马齐尼,请了病假,因为他在某座雪山摔断了腿,仍在康复中;三号替补,他本人。

这三位,全都不是国父华盛顿从福吉谷带出的那种铁血战士。

他做了早餐,没有叫醒多莉,然后把车开出来,让发动机空转着停在路边。他去拿了早报,丢进车子,然后上车关上车门。隔壁邻居正一面走向车位,一面向他打招呼,"看过今早的新闻了吗? 据说达什总统昨晚来过我们市,出席一场高层会谈。"

罗杰随口回答:"不,我今天早上没开电视。"但我见过达什本人哦,他心想,我可以炫耀得让你目瞪口呆。这事儿不能说,其实也让他挺烦的。保密规则特别可恶。最近他跟多莉之间的矛盾,有一半都因为保密规则。事实就是: 在社区女士们的早间聊天会和共饮咖啡期间,她都只能说自己的丈夫是不再执飞的宇航员,现在做点儿管理工作。甚至到他出国时,也只能低调处理,"暂离本地""出差而已"——只能这样胡扯,而不能说:"这个嘛,我老公其实在会晤巴苏陀兰①空军总司令呢,就这个星期。"她抗拒过,现在还在抗拒,或者至少是足够频繁地向罗杰抱怨过。但据他所知,她还是没有违反过保密条令。因为至少有三位主妇在为实验室情报官充当密探,如果有异常,他肯定

---

① 莱索托的旧称。

会知道。

罗杰上车以后,才想起没有跟多莉吻别。

他对自己说,这事儿无关紧要。她现在还没醒,所以不会知道有没有这次吻别。而且如果她醒了,她还会抱怨被吵醒。就在犹豫的同时,他已经下意识地把车移入主干道,键入了实验室的代码。车子开始自动行驶。他叹了口气,打开电视,观看今日秀直到工作地点。

唐纳利·S.凯曼神父,耶稣会信徒,拥有文科学士、硕士和博士学位。当他开始在裘德圣母堂庆祝弥撒时,三英里之外,汤卡镇的另一端,赛博格正在贪婪地吞食当天唯一的那顿饭。咀嚼很困难,因为缺少练习,他牙床酸痛,唾液貌似也不能十分自然地分泌出来。但赛博格还是吃得很投入,甚至没想到当天的实验项目。等他吃完,就幽怨地看着空盘。

唐·凯曼时年三十一岁,是全世界最权威的太空生物学家(也就等于是火星问题专家),至少在自由世界首屈一指。(凯曼愿意承认,新西伯利亚的什克洛夫斯基研究所的老帕尔诺夫,对火星也略知一二。)他还是耶稣会传教士。他并不觉得自己首先要担当其中一个角色,然后用剩余的部分扮演另一个。他的工作是太空生物学,而他本人是传教士。他有条不紊、满怀欢欣地让教众感受神恩,喝下葡萄酒,念完最后的赎罪祷词,看了一眼手表,吹了一声口哨。他快要迟到了。他以创纪录的速度脱下法袍,拍了一下墨西哥裔祭坛男孩的肩,男孩微笑着为他开门。他们彼此欣赏,凯曼甚至觉得,将来某一天,这男孩也会成为传教士兼科学家。

现在,身穿休闲衬衣和宽松裤的凯曼跳上他的可调节敞篷车。这辆车是经典款,有轮子,而不使用气垫。它甚至可以在无导航的公路以外行驶。但离开公路又能找到什么呢?他拨入实验室的目的地编号,打开主动力电池,展开报纸。小汽车安静地靠近高速路,找到车流中的空当,加速插入,然后以八十英里时速载他去上班。

跟平常一样,报纸上的新闻多数都是坏消息。

在巴黎,MFP组织又一次发动炸弹袭击,扰乱钱德里加和平大会。以色列已经拒绝撤离开罗和大马士革。纽约城军管当局正试图偷偷越过布朗克斯白石大桥,给谢伊球场的驻军运送补给。结果有十五名士兵阵亡,车队已经返回布朗克斯。

凯曼难过地放下报纸。他把后视镜向后扳,然后摇上侧面车窗,让风小一些,接着开始梳理他齐肩的长发,两侧各梳二十五下。这对他来说也是一种仪式,跟弥撒一样。他当天还会再梳一轮,因为午餐时间约了克劳蒂尔达修女。她已经快被说服了,准备申请放弃自己的一部分誓言,而凯曼想要尽快跟她继续讨论这个话题,在合适的范围内尽可能经常性地深入。

因为他的路程更近,凯曼紧跟着罗杰·托洛维到达了实验中心。他们同时下车,把汽车交给停车系统,然后坐同一部电梯前往会议室。

当副主管 T. 嘉宝·德贝尔准备通过晨会给主要成员打气时,赛博格就在三十米之外,四肢张开,脸朝下,全身赤裸。在火星,他将食用低残留食物,而且食量很小。而在地球,人们觉得有必要让他的排泄系统保持运转,至少是在最低程度上可用,尽管皮肤和代谢系统的改变让排泄变得很困难。哈特奈特会为食物感到高兴,但他痛恨排泄物。

整个项目的总管是一位前将军。科学主管则曾是杰出的生物学家,跟威尔金斯和波林合作过。不过二十年前,他停止了科研工作,开始撰写各种申请报告,因为这些东西能带来物质回报。实际上,科学主管只是充当一个联络官的角色,一边是担当实际工作的人,另一边是身份模糊的外界人士,后者手里掌握着财权。

无论总管还是科学主管,都跟实验室当前的工作没有太大关系,所以实际负责处理日常杂务的是副主管先生。这一大早,他就收到厚厚一叠备忘录和报告,而且已经全部读完。

"上图。"他在自己的讲台上头也不抬地下令。头顶的屏幕上,威利·哈特奈特的怪异脸孔出现在纷乱的线条之中,变成雪花样乱码,然后又变成他的脸相。(图中仅有头部。会议室里的人看不出威利又在遭遇何种尴尬,尽管他们中大多数人都心知肚明。这些事全在每天的例行报告中。)图片已经失去色彩。扫描质量很差,图形显示不稳。但现在已经达到了有助于保密的程度(以防有敌方间谍闯入闭路影像系统),毕竟,在展示威利·哈特奈特方面,图像质量是高是低,反正也没有太大区别。

"好啦,"副主管粗声说,"你们昨晚都听过达什总统的讲话。他来这儿,并不是为了争取各位的选票,他想要的是行动。我也一样。我不想再碰到光学感应器故障之类的破事儿。"

他翻过一页。"早间进展报告,"他读道,"哈特奈特中校整体运作良好,但有三个分支系统除外。首先,人造心脏对低温下的长时间体能消耗反应不佳。第二,恒定角速度接收器对高于中段蓝标频率波段信号的反应能力相当差——这让我很失望,布拉德。"他抬头看了眼亚历山大·布拉德利,插了这么一句评论。后者是负责眼部接收系统的专家。"你明明知道的,我们想接收紫外线,也得依靠那个。第三,通信接口不理想。我昨晚不得不在总统面前承认了这个缺陷。他并不喜欢这样,而且,我也不喜欢这样。那台喉结麦克风不管用。事实上,我们还没有解决火星标准气压下的声音传导问题,如果我们找不到办法解决这个问题,就不得不后退一步,求助于视觉通信系统。而这样一来,就可能要多花十八个月。"

他环视整个房间,最后盯住了负责心脏的那人,"说吧。循环系统问题在哪儿?"

"问题出在积聚的热量上。"费纳曼辩解说,"心脏本身的运行状况无可挑剔。你想让我设计出极端状况下可用的心脏?我能做到,但成品会有八英尺高。我们要处理的是热量平衡。人造皮肤在低温下完全闭合,无法散热和透气。血液中的含氧量自然就会降低,而心跳也就必然会加速。心脏不就是这样的吗?要不然你想让他怎样?热量不平衡他就会昏厥,也许会脑部缺氧。要是脑子完了,你还能剩下什么?"

房间高处的墙面上,赛博格的那张脸毫无表情地旁观着。他已经改换了姿势。(排泄过程完成,便盘已经被取走,他现在是坐姿。)罗杰·托洛维对当前的讨论没什么兴趣,这跟他的专业领域完全无关,于是他思忖着打量赛博格。他很好奇,听到别人这样议论他本人,威利老伙计在想什么。罗杰因为对这件事好奇,还特意去查过哈特奈特的心理状况评估,但并没有太多收获。罗杰很确定他知道原因。所有宇航员都接受过太多问卷调查,以至于他们都很擅长回答问题,轻易就能给出提问者想要的答案。但现在,实验室的几乎所有人都已经有了同样的能力,或者是成心,或者只是不得不适应这样的环境。他觉得,这些人现在都很适合去玩扑克。他微笑着想起以前跟威利玩扑克的日子。他悄悄向赛博格眨眨眼,向他竖起大拇指。哈特奈特没有反应。透过那双多棱的红宝石眼睛,你完全无法推测他能看到什么。

"——我们不能再次更换皮肤。"皮膜部门的人在争论,"现在就已经超重。如果还要加入更多感应和控制器,他会觉得自己一直都穿着浸了水的衣服。"

意外地,屏幕那边传来了低沉的咆哮声:"你们他妈的以为现在就不是吗？"

一小段沉默，房间里所有人都想起，他们在讨论的是一个活人。然后皮肤部门那个人坚持说："所以嘛，我们想削减它、简化它，去掉一部分重量，而不是搞得更复杂。"

副主管抬起一只手。"你们两个碰下头。"他命令争论的双方，"别跟我说有什么做不到——你们必须做到。现在轮到你，布拉德。视觉信号缺失是怎么回事？"

亚历山大·布拉德利兴冲冲地说："尽在掌握。我可以解决这个。但是听着，威尔，很抱歉，但这意味着又一次重新植入。我已经知道问题出在哪里，都怪那个瞳孔调节系统，它把边缘波段给过滤掉了。系统整体并没有问题，只是——"

"那就让它管用起来。"副主管说，一面扫了眼钟表，"通信系统失灵的事儿呢？"

"这个要跟管呼吸的人谈。"硬件专家说，"如果他们能在体内多留一点点气体，哈特奈特就可以发声。电子发声系统本身没有问题，只是声波缺少传导媒介。"

"不可能的！"肺部专家喊叫起来，"你们现在只给我们留了五百毫升空间！他十分钟就能用光那么点儿空气。我已经跟他做过上百次训练，就是为了练习少消耗空气——"

"让他小声点儿说话不行吗？"副主管问。然后，就在通信专家开始画出频率反应图时，他又补充说："把问题解决，好不好？你们所有其他人，看起来进展不错，但是别松懈。"他把笔记收回塑料文件夹，交给助理。"就这样了，"他说，"现在，我们来谈重要的部分。"

他等着所有人安静下来，"总统昨晚来访的原因，是目标发射日期已经获得批准。朋友们，我们现在已经进入任务倒计时。"

"什么时候？"有人大声问。

副主管继续说:"越快越好。我们必须完成这项工作——我这么说的含意,是真正彻底完成——不是还会有故障,动不动返厂维修那种完成。我们要赶上下个月的发射窗口时间。发射日期定在了 11 月 12 日上午八时整。这样一来,我们还有四十三天,加二十二小时零几分钟的时间。"

当时有一秒钟的停顿,然后就是众口纷纭。就连赛博格本人的表情也明显发生了变化,尽管没有人能说清这代表了他怎样的内心活动。

副主管继续说:"不仅如此。而且日期已经定死了,不可更改。我们必须按时完成。现在我要告诉大家为什么。请关灯。"

房间里的灯光暗淡下去,副主管的副手没等信号提示,就开始在房间一端的墙上播放起幻灯片,让所有人都能看见,甚至包括遥远房间里的赛博格。幻灯显示的是一幅二维图,上面有一条粗粗的黑线,倾斜向上伸展,渐渐接近一个红色横条。图片上方,用鲜橙色的大字写道:**绝密。只可展示,不得复制。**

"我给各位解释一下你们看到的这幅图。"副主管说,"黑色斜线是一个复合参数,由二十二项趋势和指数归纳得出,包括国际信贷平衡状况、外国政府对美国公民的骚扰等方面。它衡量的是战争爆发的可能性。顶部红色横条写着 'O.H.',我可以告诉各位,它代表 '武装冲突开始'。这当然不是完全确定无疑的指标,但统计学专家们告诉大家,等这个指数到达上限,六小时内爆发战争的可能性将高达 90%,而且,正如各位所见,我们已经在接近那个危险的边缘。"

喧嚣声戛然而止,房间里极为安静。终于有个声音问:"这条线覆盖了多长时间?"

"背景数据有三十五年。"副主管说。人们多少放松了一点儿——如此说来,灾难之前的时间还能有几个月,而不是仅有几分钟。

然后凯瑟琳·多蒂问:"这张表上有没有说,我们开战的对象将是谁呢？"

副主管犹豫了一下，然后小心翼翼地说："不，图表中并未包含这个要素，但我觉得，我们每个人都可以自己去猜。我不介意告诉你们我个人的猜想。如果各位经常读报，就会注意到中国近期一直在谈论如果他们把新疆生产建设兵团的经验推广到澳大利亚腹地，将能增产多少粮食。好吧，不管堪培拉的卖国政府做何选择，我都很确信，本届美国政府不会坐视中国人接管该国。要是他们还想得到我的选票，就肯定不能无所作为。"过了一会儿，他又补充说，"这只是我个人的意见，不是官方立场。请不要把这个记入会议记录。我不知道官方对此有何回应，如果知道，也不会告诉大家。我本来就知道，现在大家也都已经知晓。这张图中预测的风险指数非常可怕。现在，核战爆发的危险等级正在快速提升，我们已经有了那种风险的预估日期。如果照当前局势发展，估计在不到七年之内，就会有90%以上的战争爆发风险。

"也就是说，"他继续讲，"如果在那之前我们还没有建成火星殖民地，就永远都别指望了。"

亚历山大·布拉德利，拥有理学学士、硕士和博士学位，电子工程专业，美国海军预备役中校。当布拉德利离开会议室，把会议专用的心事重重表情切换成更习惯的开朗模样来面对全世界时，赛博格正在适应火星模拟舱中的低压。监测他的人们有些担心。尽管他们无法借助表情来推测他的心理活动，却可以通过心跳、呼吸和重要生理指标来感知，这类数据都被实时传导给他们。在这些人看来，威利似乎有些躁动不安。他们提议推迟测试，但他生气地拒绝。"你们难道不机（知）道，战争就要靠（爆）发了吗？"他激动地质问，然后再也不回应更多呼叫。他们决定继续当天原定的测试，等到项目结束之后尽快重新检查他的心理状况。

亚历山大·布拉德利十岁时失去了父亲和他的左眼。那是感恩节后的星期天，全家人驾车从教堂返回的路上。天气突然转冷，晨露结成了冰，薄而且滑，马路像是被贴了一层膜。布拉德的父亲开车很小心，但他前方有车，后面也有车，两车道马路的另一侧还有逆向行驶的其他车辆。他集中精神保持一定车速，家人跟他说话，他的回复也很简短。他已经很小心，但还是不够。灾难发生时，他完全无能为力。在副驾驶位的布拉德看来，就像是有辆大型公交车，从一百码外向他们驶来，那车缓慢又平静，只是想左转弯而已，但它转弯的地方并没有岔路。布拉德的父亲死死踩住刹车。小汽车减速，滑行。有几秒钟，男孩坐在那里，看其他汽车从他们的侧面滑过来，他们自己也在缓慢地、不可避免地迎上去。整个过程庄重、缓慢、无可回避。没有人开口说话，不管是布拉德，或是他爸爸，还是后排他的妈妈。没有人做任何事，就好像他们都是演员，在为全国交通委员会做车祸现场演示。父亲静静地挺直身体，坐在方向盘后面，凝视撞过来的那辆车。那辆车的司机瞪圆了眼睛，从肩上侧对他们，像在询问。两边都没有动弹，直到汽车相撞。即便是在冰面上，摩擦力也减低了他们的速度，两车相撞时的相对速度应该不会明显高出二十五英里每小时。但这就够了。两位司机都丢了命——布拉德的父亲身体被刺穿，另一位掉了脑袋。布拉德和母亲尽管系了安全带，也都严重受伤，挤压、割伤、瘀青，还有内脏伤害。母亲的左腕终生无法动弹，而孩子失去了左眼。

二十三年后。布拉德还是会梦到那件事，就像刚刚才发生一样。在他的睡梦中，这情形还是会把他吓傻，醒来时一身汗，哭泣不已，喘不上气来。

当然这也不完全是坏事。他发现，丢了一只眼睛之后自己也得了不少好处。比如保险金，因为他老爸遇难，因为其他人致残。再有，他因伤不必参军，而得以加入海军预备役，实质上却维持平民生活，他本来还以为要积攒些实战经验的。还有，这给了他足够的理由，能够回避青少年时期那些最愚蠢的冒险和最烦人的义务。他从来都不必在野蛮的体育项目中证明自己的勇气，对自己最鄙视的那些健身活动，也从来都不需要硬着头皮参加。

最重要的福利，就是伤残让他得到了受教育的机会。所在州的福利系统有伤残儿童教育补助，帮他一直上完中学、大学和研究生院。让他得到了四项学位，成了全世界数得着的眼部感知系统专家。整体来说，车祸是个利大于弊的转机。即便是考虑到他妈妈在余生的十年中长期承受伤痛，脾气越来越糟糕，这还是值得的。

布拉德加入次代人计划，是因为他是业内顶尖的专家。他选择为海军工作，因为其他任何地方都没有那么完美的伤者。那些人被炮弹、刀枪和枪支伤害之后，只能送入坦桑尼亚、婆罗洲和锡兰的野战医院。他的工作成果引起了军方高层的注意。他们不是接收了布拉德，而是把他征调进来的。

他不确定的是，次代人计划能否算是他个人最好的职业选择。其他人加入太空计划，往往是出于那份虚荣心或者责任感。但布拉德利跟他们完全不同。他刚刚搞清楚华盛顿要员们的意图，就已经想到了此后的一系列后果和机遇。这是一条全新的道路，它意味着放弃某些计划，推迟另外一些，但他能看出将来的发展方向，比如说，用三年时间，为赛博格设计视觉系统。这件事可以让他全球闻名，然后他就可以退出计划，进入私人行医的无尽天地。每十万名美国人中，就有一百八十人失去单眼或双眼视力。这就意味着高达三十万名潜在顾客，其中每个人都希望得到业内顶尖人物的医治。

加入次代人计划，将马上把他标注为业内最佳。他将可以在四十岁之前开设个人诊所。规模刚好大到能让他亲自监管所有工作细节，由一批他亲自培养的年轻人运营，在他的指导下工作。它可能会扩展到，哦，或许一年五六百位病人，远低于潜在客户总数的百分之一。他会接受哪一个百分之一呢？其中至少一半会来自财力最雄厚、出手最大方的群体。当然，他也会为了慈善行医。每年至少医治一百人，一切全免费，甚至包括床头电话。而另外需要付钱的那部分人，则要付很多钱。"布拉德利诊所"（在他脑子里，这个名字已经像门宁格诊所一样威望崇高，历史悠久了）将会成为全世界医疗服务业的楷模，也会令他挣到很多钱。

预定三年的项目被拖延成五年，这并不是布拉德利的错，甚至不是他负责的部门导致了拖延，或者说，他至少没有主要责任。无论怎样，他现在还年轻。等他离开这里，至少还能剩下三十年的工作时间。除非他自己选择提前退休，也许保留一个更小规模的医务室，继续持股布拉德利诊所。为太空计划工作的另外一项福利，就是有那么多同事娶到那么美的女人为妻。布拉德利本人并不想结婚，但他很喜欢搞别人的老婆。

回到七个房间的实验室，他自己的地盘，布拉德教训了足够多的手下，确保瞳孔过滤组件能在本周内准备好进行移植，然后他扫了一眼手表，还不到十一点。他拨通了罗杰·托洛维的内线电话，对方稍后接通了电话。"一起吃午饭怎么样，罗格？我想跟你谈谈这个新的植入件。"

"哦，真糟糕，布拉德。我也想跟你去呢，但是我马上要到实验箱里陪威利·哈特奈特，至少得三个小时。也许明天吧。"

"那到时再谈。"布拉德高高兴兴地说，然后挂上电话。他并不吃惊。他已经查过托洛维的日程安排，但他还是很高兴。他告诉他的秘书他要出去参加一场会议，然后就去吃午餐，要到下午两点钟才能回来。然后他叫来他的车。他给车子输入了一个街角坐标，那是罗杰·托洛维的住处，也就是多莉·托洛维所在的地方。

5.
怪物之死

　　布拉德吹着口哨离开时，车载收音机里正在连续不断地播放国际新闻。山地军第十师已经退回里弗代尔。台风重创东南亚稻米产区。德桑汀总统已经下令美国代表团退出联合国关于稀缺资源利用的谈判。

　　有很多新闻并没有出现在只能提供声音信号的广播里，或者是新闻编辑并不知情，或者就是认为它们不重要。比如，这里一句都没提到两位中国男士出访澳大利亚的事，也没提到总统锁在保险柜里的秘密支持率调查结果，还有威利·哈特奈特正在接受的种种测试。布拉德没听到关于这些事的报道。如果他听见了，并且了解其重要性，他就会关心。他并不是特别麻木的人，也不是很邪恶，他只不过没那么好而已。

　　有时候，他会面临那种困惑。比如说，当时机已到，他需要甩掉某个女孩，或者摒弃一位患难之交时。有时候，别人也会指责他。这时，布拉德会微笑着耸耸肩，指出这世界并不公平。兰斯洛特也没有百战百胜。有时候，邪恶的黑衣骑士会让他落马。波比·费舍尔也不是全世界最可爱的棋手，他只是最强的那一个。如此种种。

所以布拉德也乐于承认：以世俗标准衡量，他并不是一个模范先生。事实上，他一直都不是。他幼年就遭遇不幸，脑子里的自我意识过度膨胀，所以他面对世界时，最关心的就是索取。跟中国开战吗？好吧，我们来想想，布拉德会在心里盘算，这当然会带来很多手术机会。也许我能趁机建立自己的医院。全球经济衰退？他的钱早就投资在农业部门，人们总是要吃饭的。

他不是个令人景仰的人。但这无所谓，他还是现时代最合适的人选，对赛博格项目有用，具体来说，就是为威利·哈特奈特提供将外界刺激转化为理性阐释的渠道。换句话说，就是把赛博格看到的东西转化成脑子里的结论，必须有那么一个过程，把不必要的信息过滤掉，否则，赛博格只能疯掉。

要理解这件事的缘由，考虑一下青蛙。

设想一只青蛙，把它看作一台机器，用途是繁殖小青蛙宝宝。这是达尔文主义的观念，也是进化论的核心内容。为了成功，青蛙必须活得足够长久，能让个体发育成熟，怀孕或者导致雌性个体怀孕。这就意味着它必须做到两件事：吃，以及避免自己被吃掉。

以脊椎动物的标准看，青蛙是一个很傻很天真的物种。它有脑子，但不大，也不复杂。青蛙的脑容量没有多少冗余，因而不能浪费在不必要的功能上。进化总是经济实用。雄性青蛙并不会写诗，或者因为担心雌蛙出轨而黯然伤神。它们也不想去考虑任何跟生存目标不直接相关的事务。

青蛙的眼睛也很简单。人眼要比蛙眼复杂很多。假设有个人走进房间，里面有一张桌子，上面放了一客牛排和若干炸鸡；就算他没有听力，没有味觉和嗅觉，也还是会被食物吸引，他的眼睛会转向牛排。人类眼睛里有个区域，被称作"中央凹"，那是视觉最敏感的地区，就是这个地方会让人关注重点。青蛙没有这种功能。它眼睛的每个部分的视力一样好，或者说同样差。因为蛙眼关注的重点，就是蛙类的"牛排"——个头小到值得被吞食，又没有大到可能咬自己的那些虫子。青蛙的有趣之处是：它什么都看不到，除非对象移动的方式像它的食物。你把能搞到的营养丰富的昆虫全都切成碎块，围在青蛙周围，它还是会被饿死——除非有只甲虫碰巧飞过。

如果人们考虑青蛙的进食方式，这个怪现象就比较容易理解了。青蛙占据着生态系统中很狭小的生存空间。在自然环境下，没有人在它的生活范围内放置肉糜。青蛙吃昆虫，所以它只能看见昆虫。如果有东西从它的视野中经过，大小跟昆虫相当，速度跟昆虫接近，青蛙就不会考虑自己是否肚饿，或者这种昆虫是不是好吃。它会直接吃掉，然后继续等下一只。

在实验室环境下，这种特性不利于它的生存。你可以用布片骗过青蛙，或者用绳子吊小块木头，任何速度合理、大小合适的物体都可以。它会吃掉这些东西，然后可能被饿死。但在自然环境下并没有这类骗局。在自然环境中，只有昆虫的移动方式像昆虫，而所有昆虫都是青蛙的美食。

这个原理不难理解。你把这事儿讲给一位天真的朋友，他可能会说："哦，这样啊，我明白了。青蛙无视任何看上去不像昆虫的东西。"错！青蛙才不会这样做。它没有无视非昆虫类对象，它根本就看不见这类东西。监测一只青蛙的感光神经，然后把一块大理石缓缓拖过它眼前，石头太大，速度太慢。这种情况下，没有任何仪器能侦测到神经脉动。根本就没有。蛙眼根本就不会费心"看到"青蛙没兴趣了解的东西。但只要用绳子甩一只死苍蝇过去，指针就会跳动，表明存在神经信号传导，青蛙的舌头会向外伸出，抓住目标。

接下来我们来看赛博格。布拉德利的工作就是在红宝石复眼和威利·哈特奈特的人脑之间建立一个信息过滤机制，解读并初步处理赛博格的全部视觉输入信号。那只"眼睛"能看到一切，甚至包括光谱中通常不可见的紫外线，甚至红外线。但人脑没有能力处理如此海量的信号输入。布拉德利的过滤阶段，就是要去除不重要的信息。

这个过程可谓是设计学杰作，因为在他狭小的专业领域，布拉德利还真是够强。但他不会亲临现场主持安装过程。这是因为布拉德有个约会，也因为美国总统急着上厕所以及来自中国的桑、辛两位先生要试吃比萨饼。世界历史就是这样被改变的。

杰瑞·魏德纳，时任布拉德的首席助理，监督了给赛博格更换视觉系统的过程，过程缓慢又艰难。这是一份琐碎又麻烦的工作，跟威利·哈特奈特有关的任何事务都是。整个过程他都极度痛苦。眼睑上的感觉神经早就已经被切下，否则他会日日夜夜感觉到钻心的疼痛。但现在的他还是能感知到进行中的一切，虽然不疼，心理上却极为不爽，因为知道别人正在把棱角分明的机器部件装到自己的敏感部位。他的真实视觉系统被置于待命模式，所以他只能"看到"模糊的身影移动。这已经够可恶，他痛恨这一切。

他在那儿躺了一小时，或者更久。魏德纳和其他人改变视觉潜能，记录测量读数，互相通报专业人士才懂得的数字。等他们终于满意，能接受他感应系统的应用能力，允许他站立时，他险些突然跌倒。"搞（倒）霉，"他生气地叫道，"又沟（头）晕了！"

魏德纳既担心又释然，他说："好吧，我们最好开始一轮眩晕症状检查。"于是又耽搁了三十分钟，平衡团队检查他的各种反应，直到他发作起来，"我搞（靠），快点儿。我能单脚溅（站）二十个轰（钟）头。

得（可）是这又能证明什么？"但他们还是让他继续单脚站立，测量在视觉系统关机情况下，他的手指能互相接近到何种程度。

平衡团队宣布他们已经满意，但杰瑞·魏德纳不满意。以前也出现过眩晕现象，但从来都没有找到过令人满意的原因。问题可能出在他体内的机械水平仪上，也可能出在他耳朵里天生的锤骨和砧骨上。魏德纳不能确定这症状跟自己负责的视觉信号过滤系统有关，但也不能确定无关。他希望布拉德赶紧从他漫长的午餐那里滚回来。

与此同时，半个地球之外，有两位中国人，分别姓桑和辛。我不是在跟你们开玩笑，这就是他们的真实姓氏。义和团运动期间，辛先生的曾祖父死于俄国人的炮口之下。他出生于长征路上，但在他出生前父亲就已经战死。辛先生本人已经接近九十岁，如今正在监管职业生涯中最大规模的水利工程项目，地点是澳大利亚一个名为菲茨罗伊克罗辛的小镇。这是他第一次在新亚洲人民共和国领土之外长住。他此行有两大目标：喝一瓶味道醇正的苏格兰威士忌，吃到一张比萨饼。跟同事桑先生一起，他们顺利喝到威士忌，有了一个良好开局，目前正在考虑吃比萨饼。

桑先生要年轻很多，还不到四十岁，不管怎么说，他都很尊重这位年长的同事。还有一个需要考虑的因素，就是桑的社会地位要比辛先生低好几级。桑刚刚完成了深入大沙沙漠[①]进行测绘的任务，他的团队辛苦了一整年。那里不只有黄沙，还有土壤，优质、可耕种、有肥力的土壤，只是缺少几种微量元素和水。桑的图纸标明的，是数百万平方英里土地的化学成分。有了桑的土壤地图，加上辛先生的大型汲水系统，借助十四组大型核能泵，他们可以让这百万平方英里的沙漠焕发生机。化学补充剂 + 遥远海岸的日光蒸馏水 = 每年十次的收成，来养活澳大利亚的一亿名新居民。

---

① 澳大利亚中部的广阔沙漠地带（The Grand Sand Desert）。

这个项目经过严格的论证，目前只有一条缺陷，就是原来那批澳洲移民，二战后大批移民的后代，他们不希望新移民来这里耕种。他们想自己占有这片土地。在菲茨罗伊克罗辛镇主要商业街，就在桑、辛两位先生步入丹尼比萨屋的同时，两名旧时代的澳洲移民，一个名字叫郭申科，另一个叫格雷德切克，正好离开柜台，不幸地认出了辛先生，因为在报纸上看到过他的照片。人们交头接耳。两位中国人闻出酒臭味，以为别人的不满是因为喝太多。他们想要继续进店，却被郭申科和格雷德切克推出了临街店门。冲突愈演愈烈，辛九十岁的脑壳撞到路牙石上，碎裂了。

这时，桑掏出了他携带的手枪，打死了两名袭击者。

这本来就是一次酒后斗殴。菲茨罗伊克罗辛的警察们处理过几千次更为严重的罪案。如果条件允许，他们本来也可以处理好这件事，但事情并没有到此为止，因为酒吧里还有一位女服务员，她也是新移民，是越南那边被救出来的。她认出了桑先生，也知道了辛先生的身份，拿起电话就联系了新亚盟通讯社驻拉格朗日领事馆的海岸分社，说有一位中国最著名的科学家被残忍地谋杀了。

十分钟以内，卫星网络就已经把消息传遍全世界，当时的报道版本可能有点儿不准确，但特别生动，富有戏剧性。

一个小时还没过去，新亚盟驻堪培拉领事馆就已经约见外交部部长，递交抗议书，自发的游行示威随即爆发于上海、西贡、广岛，还有十几座其他的新亚盟城市。六颗监视卫星调整轨道，以便飞掠澳洲西北部和巽他群岛周边海面。在墨尔本港外二十英里海面上，突然有个巨大的灰影浮出水面，漂浮在那里，不发出任何信号，也不做任何回应。然后它突然宣布，自己是新亚盟核潜艇"太阳号"，对友好港口进行常规拜访。这则消息适时到达，足以让澳大利亚皇家空军取消其已经下达的空袭计划，但也只是勉强来得及。

在科罗拉多州的普韦布洛，美国总统被人从午睡中叫醒。他坐在床沿上，痛苦地小口喝他的黑咖啡。国防部的联络官进来，递上一份军情报告并告知总统：根据北美防御司令部早已确定的应急预案，军方宣告进入红色警戒状态。他已经等到了卫星报告以及菲茨罗伊克罗辛任务团队发回的现场报告。他已经了解"太阳号"核潜艇浮出水面事件，但还不知道突袭行动已经取消。总结当前情况后，联络官对总统说："所以，目前就是要不要动手的问题，长官。司令部的建议是：五十分钟后发动袭击，但保留取消攻击的可能性。"

总统吼叫起来："我正烦着呢。他们在这破汤里放了什么鬼东西？"这时候，达什根本没心思考虑中国人的事儿。他刚刚梦到一份秘密民意调查的结果，显示他的支持率已经降到 17%，包括"优异"和"尚可"两项评分，另有 61% 的受调查者认为他的政府表现"很差"或者"不能令人满意"。其实这不是梦。这就是早上的政局报告让他看到的真实情况。

他把咖啡杯推开，闷闷不乐地考虑目前的抉择，全世界只有他一个人要承担这份责任。对新亚盟主要城市发射核弹，理论上是个可以取消的决定：火箭重返大气层之前，随时可以取消攻击，解除核弹头，让它们无害地落入大海。但事实上，新亚盟的情报站必将察知发射活动，谁知道这些亚洲人会做出什么反应？他腹部沉重，有如怀胎九月，看起来呕吐的风险极高。他的大秘幽怨地说："斯泰森医生早就叫您少吃卷心菜了，先生。也许我们应该告诉厨师，以后都别再熬那种汤。"

总统说："我现在不想听人说教。好吧，听着。我们将继续保持目前的警戒水平，直到我下达新命令。不发射，不报复。懂了吗？"

"遵命，长官。"国防部的人遗憾地说，"长官？我还有几条特别的质询，都来自司令部，是并于次代人计划的，负责 SWEPAC 的海军上将想知道——"

"你已经听到了！不得报复。其他一切照常进行。"他的大秘替他阐释了这一点，"我们的官方立场，"他说，"是将澳大利亚冲突事件定性为他国内务，与美国利益无关。我们的行动立场不会因此改变。我们的一切系统将照常运行，但不采取行动。是这样吗，总统先生？"

"正确。"达什嗓音粗重地说，"现在，如果你们能离开十分钟的话，我要去方便一下。"

布拉德的确考虑过给单位打电话，了解一下设备调整进展，但他又真心喜欢鸳鸯浴，互相往身上打肥皂的过程其乐无穷，而且那间切诺－斯特里普浴室装备里面还有沐浴油珠、肥皂泡，加上厚实的毛巾可以用作道具。他想起回去工作的时候已经是下午三点了。

到这时，其实已经晚了。魏德纳试过向副主管请求推迟测试，但副主管不肯亲自决断，而是向华盛顿请示。相关部门又联系了总统办公室，得到的答复是："不行，你们不能推迟。绝对不能，重复：绝对不能推迟此项或其他任何测试项目。"给出答复的是总统的首席秘书，他说话的同时，眼睛紧盯着总统私人办公室墙上的"战争风险"曲线。就在他说话的同时，粗大的黑线已经向上转折，更为接近红区。

所以，他们就继续测试了。魏德纳嘴唇紧绷，皱起眉头。一开始还算顺利，但随后就出了大问题。罗杰·托洛维当时还在神游天外，突然就听见赛博格叫自己的名字。他被困在机械躯干中，站在那里，穿戴着皮肤衣和呼吸面罩，站在粗粝的砂石间。"什么事儿，威利？"他问。

那双巨大的红宝石眼睛转向他，"我……我看看看不见你啊，罗杰！"赛博格尖叫着说。

然后他向后栽倒。就那么快。罗杰甚至都没来得及向他靠近，一阵巨大的气流便击中了他，把他跌跌撞撞地推向了倒在地上的那具怪物的躯体。

唐·凯曼从火星模拟舱外面相当于七千五百英尺海拔的适应舱绝望地奔跑进来。他没有锁门，他任由两侧密封门开着。他不再是一名科学家，他现在是神父。他两膝跪倒在威利·哈特奈特扭曲的身体旁边。

罗杰跟唐·凯曼一起看着那双血红的眼睛，看着同伴在合成肌肤的表面画十字，喃喃说着罗杰听不清楚的祈祷词。他不想听，他知道刚刚发生了什么。

赛博格项目的首要人选，正在他面前接受临终前的涂油礼。

此前的首席替补曾经是维克·弗莱巴特，却被总统特别下令移出名单。

第二号替补曾是卡尔·马齐尼，因为断腿，现在也不能接任。

第三号替补，现在必须上位的，就是他本人。

6.
凡人之惧

　　血肉之躯的凡人很难接受那么可怕的设想：要把他的一部分肌肉撕扯掉，然后换成钢铁、铜材、白银、塑料、铝和玻璃制品。我们能看出，托洛维当时的表现不太理智。他跌跌撞撞沿走廊逃开，急匆匆地远离火星模拟舱，就像有什么急事一样。但他并没有任何急事——除了想逃。在他看来，走廊就像是一座陷阱。他感觉到自己无法承受那份压力，哪怕只是有人走过来说，他为威利·哈特奈特的遭遇感到难过。他途经男士卫生间，停下来朝四周看，没有人注意他，于是他进去，站在小便池前，两眼迷离，眼睛盯着闪亮的镀铬洁具。门被推开时，他煞有介事地装作在拉拉链，冲水，但进来的只是个男孩，来自打字小组。此人漫不经心地扫了他一眼，径直走向另一个位置。

　　厕所外，副主管找到了他。"这事儿真他妈可恶，"他说，"我猜你也知道——"

　　"我知道。"托洛维说，很高兴自己的声音能如此冷静。

"我们要查清之前发生了什么，而且要快。九十分钟后，我要在我办公室开会。届时我们应该已经拿到初步尸检报告。我需要你在场。"

罗杰点头，扫了一眼腕表，干净利落地转身走开。目前最重要的事，他心想，就是装作自己很忙，让别人不好意思打扰。不幸的是，他想不起任何需要他处理的事务，甚至包括可以装作忙碌的项目，他找不到任何能让别人不来打扰的办法。不行，他确信，现在不能跟人谈话。人们或许以为，他躲着大家，就是为了思考自己的命运。但他并不害怕，他也没有怨天尤人。他只是还不能面对威利·哈特奈特之死对他个人生活带来的诸般变化，至少当时还不能——

他抬头看去，因为有人在叫他。

是乔恩·弗瑞林，布拉德的感官系统部门手术助理，他在找布拉德。

"哦，不。"托洛维说，他很高兴对方想谈的不是威利的死和自己的未来，"我不知道他现在在哪里。去吃午饭了吧，我猜。"

"他都走了俩钟头了。要是副主管召集的会议之前他回不来的话，屁股都会被人踹开花的。我可没信心应对所有问题——现在又不能出去找他，他们正在把赛博格的尸体送进我的实验室，我还得——"

"我替你去找他吧，"托洛维急切地说，"我给他家打电话。"

"试过了，没用。他也没留紧急联络号码。"

托洛维眨眨眼，突然感到一阵解脱，很高兴找到一个可以用心解决的难题。"你了解布拉德，"他说，"应该知道那哥儿们风流成性。我会找到他的。"于是他坐电梯去了行政楼层，转过两个弯，敲响一扇门，上面写着: 数据统计室。

那扇门后面的人跟统计学没有多大关系，而且他们也没有马上开门。相反，有个窥视孔打开，一只蓝眼睛向外看他。

"我是托洛维上校，事态紧急。"

"稍等。"有个年轻女孩的声音说。里面传来金属碰撞声和刮擦声，然后房门打开，她放托洛维进去。房间里另外还有四个人，都穿着平民服装，看上去全都不太起眼，这是他们故意做出来的样子。每个人都有一张带有盖板的旧式小桌，你很难想象的会出现在现代航天机构的那种类型。那种滑动桌面可以迅速下拉，掩盖住桌上所有物品。现在就是遮蔽状态。

"事关亚历山大·布拉德利医生。"罗杰说，"他需要在大约一小时内赶回他的部门，但手下却找不到他。哈特奈特中校已死，而且——"

那女孩说："我们了解哈特奈特中校的遭遇。您想让我们帮忙找到布拉德利医生吗？"

"不，我想自己去找他。但我希望你们告诉我能从哪里开始找。我知道你们监视着这里的每一个人，任何反常活动都有记录。"他倒是没有向那位女士挤眼睛，但是却从自己语调里听出了揶揄的味道。

女孩目不转睛地看了他一刻，然后说："他很可能就在——"

"你等一下！"女孩身后的男人大声说，他的声音出人意料地特别生气。

她摇摇头，看都没看就无视了那人的警告。"试试切诺–斯特里普漂浮酒店。"她说，"他通常都用拜克威斯这个化名开房。我会建议你打电话去找他。说起来，这件事还是由我们代劳比较好——"

"哦，不用。"托洛维随口回答，决心亲自处理这类琐事，"我必须自己跟他谈。"

那名年轻男子很郑重地说："托洛维博士，我们还是建议您委托我们——"

但他正在走出房门，点头致谢，不再听对方说什么。他已经打定主意，不打电话，直接就开车去酒店。这是个不错的借口，正好可以让他离开实验室，整理一下思绪。

在有空调的实验大楼之外，汤卡镇正在变得更加炎热。阳光甚至穿透了有色挡风玻璃，让托洛维的车里热气腾腾，空调制冷像是起不到作用。他笨拙地手动驾驶，拐弯时拖泥带水，前轮打滑。那座汽车旅馆有十五层高，外层全是玻璃幕墙，像是成心把阳光反射到他所在的方向，像阿基米德的镜子在防守叙拉古库斯城。他很高兴能在地下停车场下车，乘移动扶梯去大堂。

大堂跟建筑本身一样高，完全封闭的环境，房间全在大堂周围，悬空梯和游廊在头顶交错有致。大堂职员从未听说过亚历山大·布拉德利博士。

"请试试拜克威斯，"托洛维一面提醒说，一面递上一张大钞，"他有时候会忘了自己的名字。"

但这么说也没有用，那位职员要么是不知道布拉德在哪儿，要么就是不肯说。罗杰把车开出停靠区，在炙热的阳光下停留片刻，考虑下一步该如何行动。他漫不经心地盯着酒店前的浅水倒影池，这里也是空调系统的散热池。或许应该尝试给布拉德的住处打电话，他觉得。在大堂就应该这样做了。他并不想回头再进去一次。也不想从车里打电话。车载电话实质上就是个无线广播系统，而他更愿意私下交谈。他可以先回自己家，然后从那儿打电话，他这样打算。其实车程只有五分钟——

到这时候，罗杰才第一次想到：他真应该把刚刚发生的事情告诉妻子。

他并不期待尽到这番义务。不幸的是，通知多莉的过程也等于迫使自己面对现实。但罗杰对不可避免的事情有很好的心态，即便现实会令人不快。于是，他保持着平常心，让车子转弯，朝自己家行驶。

不幸的是，多莉也不在家。

他一面在门厅里给她打电话，一面向餐厅里瞥，看了后院的游戏池，找过了两个洗手间。多莉不在。肯定是出门购物了。这事儿也让人心烦，但无法改变。他正准备给她写张便条留下，看着窗外，思考着该怎样措辞，然后就看到她开车过来，就是那辆熟悉的两座微型车。

她还没来到门前，罗杰就替她开了门。

他以为妻子会觉得意外，却没想到她会站在原处，俏眉扬起，一动不动，脸上没有一丝表情。她看上去就像她自己的一张照片，在迈步的中途被定格了。

他说："我想跟你谈一件事儿。我刚从切诺－斯特里普酒店回来，因为这事儿跟布拉德也有关联。但是——"

她恢复了活力，礼貌地说："请让我先进屋坐下来。"她在门廊里停下来照镜子，脸上还是毫无表情。她抹平脸妆的几处小瑕疵，理理头发，走进客厅，没摘帽子就坐了下来。"今天外面可真热，是吧？"她说。

罗杰也坐了下来，试图理清思路。现在重要的是不要吓到她。他曾看过一期讲如何透露坏消息的电视节目，主讲人是某位心理医生，想要得到更多患者，又不想掉价到请人举着三明治包装箱做成的广告牌拉客，于是他去参加脱口秀，意图给自己的诊室钓到几个活人。永远不要直奔主题，他当时强调。要让对方有时间做好心理准备。一次透露一部分。看节目的时候，罗杰还感觉挺好笑。他还记得当时向多莉演示——亲爱的，你的零钱卡带了吗？……那好，因为待会儿你会用到它，来买一件黑裙子……黑裙是准备参加葬礼穿的，因为死者身份的关系，你肯定希望自己穿得好一点儿……好吧，死者生前毕竟是位很有魅力的女士。你也知道了，她的驾驶技术不是很好。警察说，她死在那辆卡车侧面的过程没有什么痛苦。你老爸的情绪恢复得不错。两人都觉得这事儿特好笑。

"请说吧。"多莉引导说，她从咖啡桌上的盒里取出一支香烟。点烟时，罗杰看出丁烷火焰微微晃动，吃惊地意识到妻子的手在发抖。他一面感到意外，一面却也有点儿开心。显然，她在让自己坚强起来，准备迎接坏消息。她一直都很敏感，他爱慕地想着，发觉对方已经做好准备，他就加快了揭晓步伐。

"是威利·哈特奈特，亲爱的。"他和颜悦色地说，"今天早上出了点儿意外，然后——"

他停顿了一下，等她跟上自己讲述的节奏。她看上去并不十分担心，反而有些不解。

"他死了。"托洛维简短地说，然后停下来，等着对方消化这条信息。

她若有所思地点头。她没明白，罗杰遗憾地想。她没完全懂。她以前曾经喜欢威利，但现在却没哭没叫，甚至没显出任何表情变化。

他干脆把一切全坦白，放弃了所有盘算。"当然，这意味着下一个会轮到我。"他说，尽力放慢语速，"其他人都已经离开了这个项目，你还记得吧，我跟你说过。所以，呃，我将是下一个被他们改造，去执行火星任务的那个人。"

妻子脸上的表情让他不解。那样子显得很脆弱、很担心，几乎就像她在等待更糟糕的消息，目前还不敢确认它会不会来。他不耐烦地说："亲爱的，你难道还没明白我在说什么吗？"

"那个，当然，这事儿——嗯，还真是挺难接受的。"他点头，满意了。而她继续说："但我还是有些困惑。你一开始，不是说这事儿跟布拉德和切诺 – 斯特里普酒店有关吗？"

"哦，抱歉。我知道我一下子跟你说太多了。是的，我说过自己刚刚去过那家酒店，去找布拉德。你知道的，看起来，威利的死因像是感官系统故障。嗯，这是布拉德的宝贝产品。而他偏偏还选择了这一天，借口去吃什么长时间的午饭，实际却是——嗯，我不知道该怎么跟你描述布拉德这个人。他很可能跟某位护士在某个地方幽会呢。但如果他不能及时赶回去开会，这事儿可就严重了——"他停下来看看自己手表，"哇哦，我自己也得赶紧回去了。但我的确想亲口告诉你这件事。"

"谢谢你，甜心。"她漫不经心地说，像是有心事，"你现在不是该给他打个电话吗？"

"谁呀？"

"当然是布拉德。"

"哦哦，当然，不过这事儿有点私密性。我不想有任何人旁听。此外，我怀疑他不会接听电话。事实上，酒店大堂的职员都不肯承认他入住过，而我不得不去安保部门查出他的去向。"他突然有个想法，他早知道多莉对布拉德有好感，有半秒钟，他想知道妻子会不会因为得知布拉德品行不端而感到难过，但这想法转眼消失。他爱慕地说："亲爱的，我不得不说，你应对这件事的表现棒极了。大多数女人碰到这种情况，早就开始歇斯底里了。"

她耸耸肩说："嗯，但是急有什么用？我们两个都清楚下面要发生的事情。"

他大着胆子说："将来我不会很好看的，多莉。还有，你也知道了，我觉得你我在身体层面上的夫妻关系会暂时中止——甚至不考虑我要有一年半出任务，不在地球上的事实。"

她看似在思考，然后又释然。之后她直视丈夫，微笑。她站起来，来到他身边，揽住他的肩膀。"我会为你感到骄傲。"她说，"而等你回来之后，我们还有好长好长的时间能长相厮守。"当他欠身想要亲吻时，她调皮地躲开，开玩笑地说："别闹，你还要赶回去上班呢。你打算怎么处理布拉德的事儿？"

"这个嘛，我或许可以回酒店一趟——"

她斩钉截铁地说:"别这样做,罗杰。让他管好自己的事吧。如果他总是行为不端,那是他自己的问题。我想你应该马上回去开会。而且——哦,这样就对了!我再出门一趟。然后反正也要经过酒店附近,要是看到布拉德的车子在停车场里,我就给他在上面贴个条儿。"

"我甚至都没想到这个办法。"他爱慕地说。

"所以不要再担心了。我不想让你考虑布拉德的事。未来还要有那么多变故,我们必须考虑的是你!"

乔纳森·弗瑞林,硕士,美国外科医师协会会员,美国睡眠医学会会员。

弗瑞林在太空医学领域浸淫多年,对尸体处置事务已经非常生疏。他尤其不能适应解剖自己朋友的尸体。反正宇航员遇难时,通常都不会留下遗体。如果他们在执行任务中遇难,通常都留不下什么来做医学分析。死在太空中的宇航员会被留在太空。死在地球附近的人,通常都已经被氢氧烈焰化为气体。两种情况下,都没有什么东西能送上手术台。

正在解剖的对象是威利·哈特奈特,这个认知让他很难接受。这种感受可完全不同于在战地拆解卡宾枪。最早把这些部件组装起来的时候,他也曾参与,比如这边那些白金焊点,那边黑箱里的微缩芯片;现在,又到分拆它们的时候了。唯一的区别,就是此处有血。尽管做了那么多改造,威利死时还是流了一身的尿,体内仍然有人类的血。

"冷冻,然后解剖。"他把一个大杯放在玻璃滑面上,给他手下的勤务护士,后者点头接过杯子。她叫克拉拉·布莱。俊俏的脸上似有哀戚,尽管别人也无法断定。弗瑞林一面夹起一根滴血的金属导线——它曾是视觉系统的一部分,一面好奇:她的难过有几分是为了赛博格,有几分是因为休闲派对被打断。她本打算明天开始休假,要去结婚的。旁边一扇门后的康复室里,就堆放着她婚礼派对上的纱裙和纸花。别人问过弗瑞林,解剖手术之前,要不要把那些都清理出去,这当然没有必要;目前没有人会到那间康复室中康复。

他抬头看到自己的外科手术助理,站在通常手术中的麻醉师位置,就大声问她:"有没有布拉德的消息?"

"他已经进楼了。"女医师回答。

这混蛋为什么还不滚过来?弗瑞林心想,但他没有说出来,只是点点头。他至少还回来了。不管这事儿还要带来多少令人不快的后果,弗瑞林至少无须独自承受了。

但他越是试探、找寻,就越是情不自禁地感到困惑。问题到底出在哪里?是什么害死了哈特奈特?电子元件看似毫无问题;他每拆下一种部件,都马上移交设备专家,现场进行即时检验。全都没有问题。脑部机体状况方面,也没有任何明显问题……

赛博格有没有可能平白无故死亡呢?

弗瑞林向后仰身,感觉到炽热的灯光,还有自己身上涔涔而下的汗水,本能地等着负责擦洗的护士来抹掉它们。但她不在场。他想起这件事,然后用衣袖抹了下额头。他继续工作,小心翼翼地分解、切除视觉神经系统——至少是剩余那部分。主要的视觉神经都已经跟眼珠一同移除,被更换为电子元件了。

然后他就看到了它。

首先是胼胝体①下渗出血液。然后,当他轻轻揭开灰白黏滑的动脉血管外壁来检查时,发现有个突出部早已爆开。血管爆裂。看来是心脏失常,类似中风的症状。

---

① 胼胝体是成熟大脑的左半球和右半球间进行信息交流的重要连接性神经通道,主体部分是一大束神经纤维。

弗瑞林的解剖到此为止。剩余部分可以随后再做，或者不做也行。也许人们应该让威利·哈特奈特剩余的身体尽可能保持原貌。现在，到了开会讨论的时间。

会议室同时也是医院图书馆，这就意味着：每到开会时间，查资料、搞研究之类的活动就得暂停。长桌旁边有十四张软垫座椅，这些椅子已经被全部占据，剩余的人动用了折叠椅，见缝插针安排空间。中间空出两个座位，是给布拉德和乔恩·弗瑞林预留的。两人去了实验室，据称是为了取到某些切片样本的最终检验结果；实际上，弗瑞林是要抓紧时间向上司汇报情况，讲述他漫长的"午餐"时间内发生的一切。其他所有人都已经就位，唐·凯曼和维克·萨缪尔（现在升职为罗杰的替补，而且看似并不开心），还有泰利·拉麦兹，首席心理咨询师，以及心脏与血液循环系统部门的所有人，全都在交头接耳，管理部门的全部高层干部，外加两位大明星。明星之一是罗杰·托洛维，他心神不定地坐在主位旁边，面带僵硬的微笑，听其他人谈论。另外一位是杰德·格里芬，总统手下的首席救火队员。他的职位仅仅是首席国务顾问而已，但就连傲慢成性的副主管，对他也像侍奉教皇一样毕恭毕敬。"我们随时可以开始，格里芬先生。"副主管（局长）建议。格里芬先生脸上笑容突现，摇摇头。

"还是等等另外两个人吧。"

布拉德和弗瑞林两人到达时，所有谈话马上中止，就像有人扳动了开关一样。"现在我们可以开始了。"杰德·格里芬说，而他声调中的那份忧虑，房间里所有人都听得出，因为每个人都有同样的担心。显而易见，格里芬无意独自承担他那份忧愁，而乐于与房间里所有人分享。"诸位还不知道，"他说，"这整个项目有多么接近被完全中止，不是等到明年或者下个月，不是暂停，也不是消减资金。我说的是立刻、完全中止。"

罗杰·托洛维的两眼离开布拉德,盯住格里芬。

"彻底,"格里芬重复说,"完全取消。"

看上去,他说这段话的时候还挺满足。托洛维心里想。

"而唯一拯救了它的,"格里芬说,"是这些。"他用一小叠泛绿色的电脑数据打印稿轻敲椭圆形桌面,"美国公众希望这个项目继续运行。"

托洛维感觉心头一紧,直到这个瞬间他才意识到:在此之前的那份希望,是多么短暂而又强烈。有一会儿,这句话简直像在责备他。

副主管清了清嗓子。"我听说,"他说,"民调结果显示出,呃,对我们事业明显的支持倾向。"

"初步结果的话,看似如此。"格里芬点头,"但如果你把所有数据收集起来,用电脑处理之后,结果就是强烈的、全国性的支持。这种状况已经足够真实。重要性达到二西格玛①,我记得你们爱这样说。人民想要一位美国公民到火星生活。

"但是,"他补充道,"民调是在今天的丑闻之前。天知道如果今天的消息泄露出去,会造成何种影响。本届政府绝不需要一次挫败,不需要某种要承担责任的事故。它需要成功,其意义重大到无法言喻。"

副主管转向弗瑞林。"情况怎样,弗瑞林医生?"他说。

弗瑞林站起来。"威利·哈特奈特死于心脏病。"他说,"完整的尸检报告正在录入,但最终结果就是这样。手术未发现系统性的身体机能衰竭。考虑到他的年龄和身体状况,这也是预料之中的事。死因是突发因素导致。短时血压过高,超过他的脑部承受限度。"他若有所思,低头看着自己的手指尖,"下面要说的只是猜测,"他说,"但已经是我目前能做到的最大限度。此后我将向耶鲁大学医学院的李普

---

① 作者生造的一种概念。

林格先生求证我的结论,还将联系安福德——"

"让你求证,见了鬼了。"格里芬冷冷地打断了他。

"您说什么?"弗瑞林猝不及防,非常震惊。

"不能咨询任何人。任何人都要得到最高级的保密授权才能知情。这事件紧急又重要,弗瑞林医生。"

"唔。那个……那么我只能独自承担判定责任了。导致心脏病发作的原因,是输入数据量过大,数据过载,使他无力应对。"

"这样也能导致心脏病发作?我从来没听说过。"格里芬抱怨说。

"要相当大的压力才会诱发,但的确可以发生,而且我们涉及的,是一种新形式的压力,格里芬先生。这就像是——好吧,我还是打个比方吧。如果你有个孩子,天生白内障,你可以带他看医生,医生能做手术,把翳障摘除。唯一需要注意的,就是必须在孩子青春期之前动手术。如果你届时还没能做这个手术,那就不如让他继续瞎着。十三四岁摘除白内障的孩子,有一个值得注意的共性:他们常常会在二十岁之前自杀。"

托洛维试图理解这番对话,但效果不佳。当副主管插嘴时,他松了一口气。"我感觉自己没能理解。这个案例跟威尔·哈特奈特有关系吗?"

"两者共同之处,就是输入信息过多。对那些摘除白内障的孩子而言,他们的问题表现为迷失感。他们接收到了新的感觉信息,但却没有相应的系统来处理。如果他们生来就有视力,视觉中枢就会发展出一套机能,来接收、处理、解释视像信息。如果天生失明,就不会有发育成熟的视觉系统,到了一定年龄,也就长不出来了。

"我认为,威利的问题,就是我们给了他无法处理的信息。他已经没有办法长出对应的处理机制。那些输入信号淹没了他,压力导致血管爆裂。而且,"他继续说,"我感觉罗杰也会落到同样的下场,如果我们硬要他面对同样的情况。"

格里芬短暂地扫了罗杰·托洛维一眼，像在掂量对方。托洛维干咳了一下，但没说什么。看起来，他也没什么可说。格里芬说："你跟我说这些，言外之意是什么呢，弗瑞林？"

医生摇摇头，"我没有别的意思。我只负责告诉您问题出在哪里，至于说怎样处理，这是别人要负责的。我并不认为你们就能处理好它。我是说，医学手段肯定无能为力。你们手头有人脑——不管是威利的，还是罗杰的。这就像，它生来只能接收广播信号，而你们现在要向它传输电视信号，它当然就不知道该如何处理了。"

这段时间，布拉德一直在写写画画，时不时带着好奇的表情抬头看。他再次低头看笔记本，写了点儿什么，细细察看，然后又写，整个房间所有人的注意力都集中在他身上了。

最终是副主管开了口："布拉德？听起来，球已经被打到你的半场了。"

布拉德抬头，微笑，"我正在处理这件事。"

"你同意弗瑞林医生的意见吗？"

"毫无疑问，他是对的。我们不能把原始信息输入没有准备的神经系统，如果那里没有现成的接收和处理体系。那些机制的确不存在于任何人脑，任何人都不例外。除非我们打算选取一名新生儿，改造这名婴儿，然后让他发育出我们想要的生理机制。"

"你是否在建议，我们要等新一代宇航员长大？"格里芬问。

"不，我在建议给罗杰建造信息处理电路，而不只是提供感应输入。给他过滤器、转译器——解读输入信号的方法，不管是不同波长的视觉信息，还是新增肌肉的动能感知信息。一切。"他说，"我来补充一下背景。在场各位有没有听说过麦克库洛赫与勒特文所做的蛙眼试验？"他环顾房间，"当然，格里芬，你知道，其他还有一两位也听说过。我最好还是重述一下。青蛙的视觉系统,不只是眼睛,也包括其他视觉器官,会过滤掉对它不重要的信息。如果有虫子在蛙眼面前经过,眼睛就会感应到它,视神经也会传导这条信息,然后脑子做出回应,青蛙吃掉小虫。假如有片小叶子在青蛙眼前飘落,它是不会吃的。但它并不是用脑子来决定不吃。它根本就没看到落叶。落叶图景的确在眼中成像,但在信号到达脑部之前,就已经被丢弃。脑子从来没有接收到蛙眼看到的这条信息,因为它不需要这样做。是否有落叶在面前飞过,对青蛙而言,根本就无关紧要。"

罗杰饶有兴趣地倾听这段对话,但还不是很懂。"等一下,"他说,"我要比青蛙复杂——我是说,人类都比青蛙更复杂。你怎么判定哪些是我'需要'知道的呢?"

"生存有关的各方面,罗格。我们有很多借助威利得到的数据。我感觉我们能做到。"

"谢谢。我希望你的把握性能更大一些。"

"哦,其实我的把握够大了。"布拉德笑着说,"这件事还真没有特别出乎我的意料。"

托洛维觉得喉头发紧,他的声音很尖厉,"你是说,你是故意让威利冒险,来——"

"不是啊,罗杰! 好啦,威利也是我的朋友,我以为原来至少有足够的容错空间,足以让他活下去。我犯了错,至少和你一样难过,罗杰。但我们都清楚,系统出现故障的风险始终都存在,而我们必须做到更好。"

"但以上这些,"格里芬沉痛地说,"在你的进度报告中并没有清楚地展现。"副主管想开口,然而格里芬在摇头,"这件事我们改日再谈。你现在有什么计划,布拉德利? 你是要过滤掉一部分信息吗?"

"不只是过滤,还要进行中转处理。把它们转译成罗杰可以应对的信息。"

"那么托洛维刚才说的那点呢，人比青蛙复杂的事实？你对人类做过这种项目吗？"

意外的是，布拉德又在微笑。他是有备而来，"实际上我做过。大约六年前，我还没来这里的时候——当时我还在读研究生。我们选取四位志愿者，对他们做巴普洛夫反射试验。我们用手电照射他们的双眼，同时按响电动门铃，铃响频率为每秒三十声。当然，强光刺激眼睛的时候，人的瞳孔会收缩，这是无意识反应，是人无法伪装的。它只是对光线刺激的本能应对，只是人回避阳光直射、保护眼睛的进化结果。

"这类反应牵扯到神经系统的自动回应，是人类很难被改变的特征，但我们还是设法做到了。等到起效之后，成果就非常稳定。就在——我记得是每人测试三百次之后，我们就把应激反应改写了。现在只要按响电铃，就能让受试者的瞳孔缩成极小的点。前面的内容，你们都听懂了吗？"

"我大学里的知识还没有忘光，知道巴普洛夫反射。很常见的知识。"格里芬说。

"好的，下一个部分就不那么常规了。我们检测了听觉神经，然后可以测量实际信号传入人脑的频率：丁零零，每秒三十响。我们可以在示波器上读到。

"所以我们改换了铃声。让它调整为每秒钟二十四响。想猜猜结果吗？"无人回应，布拉德微笑，"示波器现实的神经脉动，依然是每秒三十次。人脑听到的，其实是不存在的听觉信息。

"所以，请看，进行这种信息过滤的并非只有青蛙。人类感知到的世界，也有信息预处理过程。感知信息本身，就经历过筛选和编辑。

"所以我要对你做的，罗杰，"他真诚地说，"就是给你一点儿信息编译过程中的帮助。我们能改变你头脑的空间很小，无论祸福，脑子就那样了。它就是一坨神秘的灰色果冻，有它本身的机能限制，我们不能肆意注入感知信息。我们能改动的就是输入接口——信息到达大脑之前的部分。"

格里芬一手拍桌。"我们还能赶上窗口发射期吗？"他大声问。

"我可以试试。"布拉德坦诚地说。

"要是我们听信了你的话，最后却还是失败，你可就死定了，伙计！"

布拉德脸上的笑意褪去，"你想让我说什么？"

"我想让你老实告诉我成功概率！"格里芬吼道。

布拉德犹豫了一下。"十拿九稳。"他终于说。

"那么，"格里芬终于微笑了，"我们就开始吧。"

十拿九稳，罗杰回自己办公室的途中想，这概率不算差。当然，能否接受，取决于你要付出的赌注。

他放慢脚步，让布拉德赶上来。"布拉德，"他说，"你对自己今天说的话很有把握？"

布拉德轻拍他的后背，"说实在的，把握性比我说的还大。我只是不想让老格里芬抓住把柄而已。还有，罗杰，谢谢你。"

"为什么谢我？"

"感谢你今天试图提醒我。我很感激。"

"不客气。"罗杰说。他在原地站了片刻，眼看布拉德走开，纳闷布拉德怎么会知道这件事，明明他只跟妻子提到过。

我们本来可以告诉他，实际上，我们本可以告诉他很多很多事，包括民调为什么当时会是那样的结果。但没人真心想要告诉他。他本来也可以自己想通的——假如他允许自己那样设想的话。

7.

凡人变怪兽

　　唐·凯曼是个心思缜密的人，从不会放过任何问题。他现在的困惑，是为什么被召入当前计划，充当太空生物学家，但除此之外，在他内心一角，生活中的某个宗教问题也在产生困扰。

　　这并不妨碍他自得其乐地吹着口哨刮胡子，留出迪兹·吉莱斯皮 [①] 那样的髭须，然后对着镜子认真梳理头发，像酒店门童一样精神抖擞，但他心里的确烦。他瞪着镜子，想要分辨清楚到底是什么在打扰他的安宁。过了一会儿他认定：至少有一部分问题出在那件 T 恤衫上。这件衣服不合适。他脱下它，换了一件双面织四色高翻领汗衫。从外面看，这件衣服的领子还有些像是标准的法袍，是他喜欢的那种冷幽默风格。

　　集团电话蜂鸣器响起："唐？你打扮完了没有？"

　　[①] 迪兹·吉莱斯皮（1917—　），美国爵士小号演奏家。他的胡型是把上髭修薄，在下巴那边只留上部中央的半球形一块。

"再过一分钟就好。"他四下环顾。还有什么？他的运动外衣搭在门口的椅背上，他的鞋子已经擦过，裤子拉链也已经拉严。"我有些心不在焉。"他提醒自己。他现在烦心的事情跟罗杰·托洛维有关，对这个人，在这个时段，他感到十分同情。

他耸耸肩，拿起外套，披上肩头，沿着长廊走过，敲响克劳蒂尔达修女居所的门。

"早安，神父。"开门放他进去的女见习生说，"请坐。我替您叫她来。"

"谢谢你，杰茜。"对方走出门厅，凯曼满足地偷看她的背影。紧身的西裤很能凸显好身材，而凯曼也乐于让自己享受一下古老、低俗的幻想乐趣。这是无伤大雅的小罪过，就像星期五吃烤牛肉。他记得，即便教会已经豁免了斋戒要求，他的父母依然固执地坚持在周五深夜才嚼一些冻干贝。问题并不在于食肉的罪恶感，而是他们的肠胃已经完全习惯了周五食用鱼类，以至于完全不知如何调整以适应新的规则。凯曼对于性事的立场也跟这种情形很相像。即便在独身要求被解除之后，两千年苦修生涯留下的集体回忆还是阴魂不散，那么久以来，传教士们都装作不懂自己的性器是做什么用的。

克劳蒂尔达修女轻盈地走进房间，吻了一下他刚刚刮净的面颊，牵起他的胳膊。"你闻起来好香。"她说。

"想找个地方喝咖啡吗？"他一面问，一面带修女出了门。

"我看算了，唐。还是早点完事更好。"

秋日骄阳似火，炙烤着得克萨斯的大地。"我们要不要把敞篷打开？"

她摇头，"那样会把你头发吹乱的。而且，天也太热。"她已经系上安全带，微微侧身看他，"你怎么了？"

他耸耸肩，发动汽车，让其进入自动驾驶车道，"我——说不好。

感觉就像是有什么事忘记忏悔了似的。"

克劳蒂尔达修女若有所思地点点头,"是我吗?"

"哦,不,蒂莉!只是——我也说不清是什么。"他心不在焉地握住她的手,凝望车窗之外。车子驶过高架桥时,他能看到地平线上那座巨大的白色方形大楼。

让他烦心的并不是对克劳蒂尔达修女的情欲,这件事他想得很清楚。尽管他喜欢这点儿小罪过带来的些许刺激,但却没有任何违背戒条、欺骗上帝的想法。他觉得,或许应该雇一位优秀的律师,争取正当权益,但绝不能违犯法律。他也认为,自己对克劳蒂尔达修女的追求有些胆大妄为,而最终结果,也取决于自己(如果)提出要求,让她请求豁免独身义务时,对方的教会做何答复。他对那些更极端的派别,诸如教士公社和纯洁派信徒之类,都没有任何兴趣。

"罗杰·托洛维?"

"应该就是他。"他回答,"改变他感官机能的设想,有些让我不舒服。我们在改变他的整个世界。"

克劳蒂尔达修女握了一下他的手。作为心理方面的社会工作者,她有权了解项目进展,而且她了解唐·凯曼。"感官并不可信,唐。经文里也这样说。"

"哦,当然。但是,布拉德有什么权力决定罗杰感官的说谎方式呢?"

克劳蒂尔达修女点着一支香烟,让他自己想。直到他们接近购物中心时,她才说:"下个出口就是目的地,对吧?"

"是啊。"他握住方向盘,把车子调为手动驾驶。他滑入停车位,心里还想着罗杰·托洛维。现在马上要处理的还有罗杰妻子的问题,这已经够麻烦了。这之后,还有更棘手的问题。罗杰要如何面对最严峻的个人困惑呢——什么是对,什么是错?如果他做出任何决断的基础，都是布拉德的信息电路过滤之后的信息呢？

商店橱窗上的标志是"弗朗齐逸品屋"。按这家商场的标准，这家店的规模不算大。这里毕竟有一家"两友"商场，营业空间足足二十五万平方英尺，还有一家超市，面积也差不多那么大。但这家店也已经大到可以卖高价。它要承担房租、水电、保险、三名销售员的工资（其中两位是兼职)，还有多莉丰厚的管理层薪水，这意味着每月净亏接近两千美元。罗杰心甘情愿承担这笔支出，尽管我们会计部曾向他指出，这还不如每月给多莉两千美元零花钱来得划算。

多莉正在往一张柜台里摆放瓷器，上面标着"清仓甩卖——半价优惠"。她很有礼貌地向两位顾客点头问候，"你好，唐。很高兴见到你，克劳蒂尔达修女。想要买些实惠的红茶杯吗？"

"它们挺好看的。"克劳蒂尔达说。

"嗯，是好看。但是不要给修女院买。联邦药监局刚刚勒令它们退出市场。据说是釉质含毒——假如你用这种杯子每天喝四十杯茶，连续使用二十年的话。"

"哦，这太糟了。但是——你还要出售它们吗？"

"禁令要到三十天之后才生效。"多莉坏笑了一下，"我猜这种事不该告诉神父和修女，对吧？但说实话，这种釉质的瓷器我们已经卖了好多年，也没听说谁被毒死。"

"您愿意跟我们一起喝杯咖啡吗？"凯曼问，"当然，我们用其他杯子。"

多莉叹了口气，把一只杯子排整齐，说："不必，我们直接谈话更好。请跟我去办公室吧。"她一面在前面带路，一面回头说，"反正我也知道你们的来意。"

"哦？"凯曼说。

"你们想让我去看望罗杰,对吗?"

凯曼坐在一张宽大的扶手椅上,正对她的办公桌,"你为什么一直不去呢,多莉?"

"这还用说吗,唐,我去了又能怎样?他总是处在昏睡状态,根本都不会知道我是否在场。"

"他的确是在深层麻醉之下,但有时候还是清醒的。"

"他要求我去了吗?"

"他在打听你的情况。你想让他怎样,哀求你吗?"

多莉耸耸肩,摆弄着一颗细瓷棋子。"你有没有想过管好自己的事,唐?"她问。

他并不生气,"我就是在管自己的事。罗杰目前是我们项目不可替代的人物。你知道他在经历什么吗?他已经上过手术台二十八次。才十三天时间啊!他已经没有眼睛了。还失去了自己的一片肺叶和心脏,还有耳朵和鼻子——他甚至失去了皮肤,全都没了。每次切除几平方英寸,替换为合成材料。被活剥啊——以前的人可以因为这个被封为圣徒的。而我们这个受难的人,甚至都不能让自己的妻子——"

"哦,可恶啊,唐!"多莉发火了,"你根本不知道自己在说什么。罗杰自己要求我不要去看他的,他说手术开始后就不要去。他觉得我难以——反正就是不想让我看到他那副样子!"

"我印象中的你,"教士细声细气地说,"可不是那样娇滴滴的人,多莉。你应该能承受那些吧?"

多莉显得很痛苦。有一会儿,她那张俏脸可是一点儿都不俊俏。"问题不在于我能承受什么。"她说,"唐,你听我说。你知道嫁给罗杰这样的男人,是怎样一种感觉吗?"

"那个,感觉会很好啊,我猜。"凯曼说,他有点儿震惊,"他可是个好人!"

"他的确是，我同意。对这一点，我至少跟您一样清楚，唐·凯曼。而他也的确死心塌地爱我。"

现场有一段沉默。"我好像不太明白，"克劳蒂尔达修女小心翼翼地说，"你是因为这个不满吗？"

多莉打量着修女。"不满——也可以这样说。"她放下棋子，从桌子对面探身过来，"这是每个女孩的梦想，不是吗？找到一位真正的英雄，帅气、聪明、有名，还很接近于巨富——而且这人还疯狂地爱着自己，爱到盲目。这是我嫁给罗杰的原因。我当时不敢相信，自己居然那样幸运。"她的声调高了半度，"我觉得，你应该不了解被别人疯狂爱恋的那种感觉。一个失去理智的男人又有什么用处呢？有时候我们一起在床上，我睡不着，就真的能……听到他在我身旁同样睡不着，却不敢动，不敢上厕所，简直他妈的细致到了……你知道吗？我们一起旅行时，罗杰都是等到他以为我睡着了才去洗手间的，或者就趁我不在。他起床第一件事就是刮胡子，不想让我看他毛发凌乱的样子。他连腋毛都刮，一天三次用除臭剂。他——他简直把我当成圣处女玛丽一样对待啊，唐！他一直都那么矫情，就这样持续了足足九年！"。

她用哀求地神情看着传教士和修女，对方都在沉默，还有一点儿不安。"然后现在，"多莉说，"你们两个突然冒出来，说我应该去看望他，就在别人把他变成一副丑陋的模样期间。你们，还有其他所有人都这样。凯瑟琳·多蒂昨天晚上来串门。她已经憋不住了。她喝过酒，一直在想这件事，终于决定上门跟我说，分享波本酒给她带来的智慧，说是我给罗杰的生活带来了不幸。好吧，她是对的。你们都对。是我拖累了他。但你们搞错的一点，那就是以为我出现了他就会开心……哦，可恶。"

电话响了。多莉拿起听筒，然后扫了一眼凯曼和克劳蒂尔达修女。她脸上的表情刚刚还近乎哀求，现在已经变成桌边瓷人像的那副模样。"请原谅。"她说，然后折起话筒周围的塑料花瓣，设置成消音通话，接着扭转椅子背对来客。她在消音状态下跟来电者谈了片刻，然后挂断，回身面对他们。

凯曼说："你说了一些值得我好好思考的事，多莉。但毕竟——"

她像瓷娃娃一样冷漠地笑道："但毕竟，你还是想指导我如何过好自己的人生，可是你不能。你已经说完了自己的台词，你们两个都是。我感谢你们的来访。如果二位马上离开，我会更加感激。我们已经无话可谈。"

罗杰躺在方形项目大楼里，四肢张开，身下是一张水床。他处于这种状态已经十三天，多数时候，要么是毫无知觉，要么就是不清楚自己有无知觉。他做过梦。一开始，我们还能通过眼动加速来判定他在做梦，后来，等到眼球摘除，就只能以肌肉末梢的抽搐为判定标准。他的有些"梦境"是现实，但他自己却分不清。

那段时间，我们每秒钟都在严密监测罗杰·托洛维的状态。几乎没有一次肌肉抽动和神经突触中的闪念能够逃过监视器组的注意。我们兢兢业业地集中所有数据，持续关注他的关键生命体征。

这只是开始。罗杰在前十三天接受的手术，并不比威利·哈特奈特承受过的多，而这样是不够的。

等那些程序全部完成，机械组和外科组开始做那些从未对人体进行过的改造。他的整个神经系统都被改装，所有主要神经链路都加装了代用系统，并连接到楼下的大型计算机。那是一台通用型IBM3070，有半个房间那么大，但性能还是不够满足所有工作需求。它只能算是一台临时工作站。两千英里之外，在纽约市区，IBM的工厂正在组装一台专用计算机，整机小巧到可以装入背包。这台计算机的设计，是整个项目中难度最大的部分。即便在机器组装期间，我们也在不断地完善电路。它的重量不能超过八十磅，最长边不能超过十九英寸，而且要用直流电池驱动，后者通过太阳能板，持续利用阳光充电。

最开始，太阳能电池板也是个难题，但我们解决的方式很高明。它们最少也要有九十平方英尺以上的表面积。而罗杰的身体表面，即便经过改造，加装各种部件之后，还是达不到那么大。就算是全身同时被较弱的火星太阳光照到，依然不够用。我们解决问题的方式，是设计出一对巨大的膜状翼。"他的样子会像神话里的奥白龙①。"布拉德看到设计图时，笑呵呵地说。"或者说像只蝙蝠。"凯瑟琳·多蒂嘟囔说。

它们的确更像蝙蝠翼，尤其因为那深黑的颜色。它们完全无法用于飞行，即便是在空气浓度很高的环境下——假如火星有那样的大气层。这对翅膀只是薄膜，结构强度非常弱。但它们本来就不是用来飞行，或者承担任何重负的。它们只需要有自动弹出功能，可以自动调向，尽可能多地接收太阳辐射。后期改良阶段，设计中添加了罗杰控制双翼的渠道，让他可以像走钢丝的人运用长杆一样使用那对翅膀。总体而言，它们要比我们装在威利·哈特奈特身上的那双"耳朵"强太多了。

太阳能双翼的设计和制作，总共八天便完成了。等罗杰的肩膀准备好接受它们，它们就已经可以安装。到这个阶段，人造皮肤已经成了批量产品。我们用了那么多在威利·哈特奈特身上，有时用于新设备，有时用于替换折旧品，或者设计改进。医生一把罗杰天生的皮肤去除，我们马上就能提供量身定做的替代品。

他时不时会坐起来，环顾周围，貌似能认出一些东西，表现出有智慧的样子。但这种事很难判定。来访问他的那些人（总是不停有

---

① 传说中 Titania 的丈夫，小仙女的王。出现于《仲夏夜之梦》等众多文学作品中。

人来看他)有时会跟他谈话,有时就把他当作实验标本,可以对他为所欲为,总之不存在人与人之间的那种平等交流,就好像他不过是个药剂瓶子。沃恩·斯坎扬几乎每天都来,带着越来越强烈的反感见证"造人"过程。"他的样子丑死了,"他瓮声瓮气地说,"纳税人一定超喜欢!"

"留点儿口德,将军!"凯瑟琳·多蒂对他喊,用她巨大的身躯挡在将军和实验品之间,"你怎么知道他听不见你说话?"

斯坎扬耸耸肩离开,去给总统办公室发报告。唐·凯曼在他离开时进入。"谢谢你,全世界的母性代言人。"他郑重地说,"我感谢你对我朋友罗杰的关心。"

"哈,"她没好气地说,"这无关感情。那可怜的家伙需要一点儿自信心。他会用到的。你知道我处理过多少截肢者和瘫痪病人吗?你知道他们中有多大比例都曾被视为不可救药,一辈子不能走,动不了一块肌肉,或者甚至连大小便都无法自理?病人一直都是靠意志力康复的,唐,而就为这个,你也要有自信心才行。"

凯曼皱起眉头,他还在担心罗杰的心理状况。"你是对我有意见吗?"凯瑟琳误解了他皱眉的用意,刺耳地说。

"一点意见都没有!我是说——冷静点儿,凯瑟琳。我怎么可能否认精神力量对身体的益处呢?我对你的做法只有感激。你是个好人,凯瑟琳。"

"哦,得了吧,"她嘴里叼着香烟,嘟囔着说,"他们给我发钱,我才做这些的。还有啊,"她说,"我听说你昨天没来办公室?伟大的将军先生可给我们所有人发来了战前动员令哦,提醒我们不要忘记当前任务极为重大的意义……还有一点儿小暗示:要是不能按期发射,他会请所有人住集中营。"

"就好像我们还需要被提醒似的。"凯曼神父叹息道,他看着罗杰

怪异的身体,躺在那儿一动不动,"斯坎扬这人不坏,但他总是倾向于
认定:不管他做什么,都是全宇宙的中心。只是这次,他还真可能是
对的……"

这至少有几分道理。对我们来说,这一点并没有多少疑问:在意
识与现实之间的所有联系中,最为重要的那个环节就躺在那儿,悬浮
在他的液体床上。早一代的科学家们,曾把这样的角色称为盖娅。而
他现在的样子,更像是日本恐怖片里的男主角。没有罗杰·托洛维,
火星发射就无法如期进行。也许有数十亿人对这项使命的重要性存
疑,但我们不在其中。

罗杰就是一切事务的核心。在他周围,整个项目大楼的各个角
落,所有这些辅助性的工作,都旨在让他成为必须成为的样子。在隔
壁的手术室,弗瑞林、魏德纳和布拉德利正在给他植入新零件。而在
威利·哈特奈特丧命的火星模拟舱,那些部件正在火星环境下进行实
测,寻找发生故障的可能。有时候,故障前的正常运行时间短到可怕。
然后这些部件就会在条件允许时被重新设计,或者返工,也有时会冒
险投入使用,尽管人们会紧张到手指互扭,不断祈祷平安。

整个宇宙以罗杰为中心向周围延展,像一层层的圆葱皮。建筑
中更偏远的地方,是那台巨大的 3070 计算机,咔嗒嗒、嗡嗡嗡地响着,
不断编译、整合新程序,来适应每小时添加到罗杰体内的信息过滤机
能。建筑之外,还有汤卡小镇的整个社区,项目的成败也将决定小镇
本身的存亡,因为这里的人多半受雇于此,小镇也因此存在。汤卡再
向外,是整个俄克拉荷马州,更外围是其他五十四个州,更远处是整
个忧患重重、充满愤怒的世界,各国首都政要之间正在频繁发出不友
善的简短信息;世人则在千差成别的环境下各自挥舞爪牙求取他们的
生存空间。

项目中的人们已经开始与世隔绝。他们除了体育版,尽可能不看

电视，也尽可能不看报纸。在高层，那些人本来就时间紧张，但这并不是不问世事的真正原因。真相是他们不想了解这个世界。世界正在陷入疯狂，而这座孤立而怪异的方块形建筑中发生的事，在他们看来依然真实又理智，而纽约的暴动、波斯湾沿岸的战术核弹攻击，还有发展中国家的大规模饥荒，看去就像无关紧要的幻象。

它们也的确是幻象。至少，这些事跟我们种族的未来无关。

于是罗杰继续不断改变身体，以求生存。凯曼花费越来越多的时间陪同他，除了监管火星模拟舱，能省下来的每一分钟都花在这里。他看着凯瑟琳·多蒂在房间里雄壮地来来去去，把烟灰掸得到处都是，除了罗杰身上。但他内心还是无法平静。

他不得不接受现实：罗杰的感知系统需要被改造，这样才能处理过剩的感官输入信息。但他还是无法回答更深层的那个问题：如果罗杰不可能直接看到出现在自己眼前的东西，他又怎么可能洞悉真相？

8.
眼见为虚

　　天气变化很快。有股极地寒流从阿尔伯塔袭来,一直推进到得克萨斯州的狭长地带。大风预警让气垫车全都不能起飞。那些没有地面车辆的项目职员,这几天都不得不乘坐公共交通工具来上班。停车场几乎空空如也,只有巨大而丑陋的风滚草团被吹得四处乱滚。

　　不是所有人都留意了预警,今年第一次寒流,就令一大批倒霉蛋着凉感冒了。布拉德趴窝了。魏德纳倒是还能四处走动,但不被允许接近罗杰,怕给他传染上小病,这大夫还真没办法迅速治好他自己的病。处理罗杰的大部分工作,现在都堆在了乔纳森·弗瑞林身上,当时,他的健康也被大家极力维护,几乎跟罗杰本人一样。凯瑟琳·多蒂,那位坚不可摧的老年版铁娘子,每个小时都要去罗杰的房间播撒烟灰,指导护士。"要把他当人看待,"她下令,"还有,下班回家前多穿点儿衣服。你们的性感小屁股可以改天再展示——目前最要紧的,是在我们离不开大家的时候不得感冒。"护士们没有拂逆她的意愿。

她们都竭尽所能，甚至包括克拉拉·布莱，她不得不提前结束蜜月假期，来顶替病倒同事的班。她们像凯瑟琳·多蒂一样有爱心，尽管面对这个依然被称作罗杰·托洛维的怪物时，你很难想到他还是人类，跟其他人一样会有渴望，会感到郁闷。

时不时地，罗杰会更加清醒一些。每天有二十多个小时他都在昏睡，或者在止痛药作用下处于半梦半醒的状态。但有时候，他能认出房间里陪同他的人，偶尔甚至会断断续续地向他们说话。然后我们就会再次让他昏睡。

"我真想知道，他现在是什么感觉。"克拉拉·布莱对接班的护士说。

另一个女孩低头看看那张面具，他的脸仅剩的部分，还有那双为他特制的巨大眼睛。"也许你还是不了解的比较好。"她说，"回家吧，克拉拉。"

罗杰听到了那句话，示波器记录上有显示。通过对遥测数据的研究，我们能猜到他内心的一些活动。他经常感到伤痛，这显而易见。但这种痛楚并不需要特别注意，也无须特地为此采取行动。这只是他生活中的现实。他学会了忍耐，在痛感出现时安之若素。对自己身体的其他状况，他能感觉到的并不多。他的体感能力还没能适应新身体。他不知道自己的眼睛、肺叶、心脏、耳朵、鼻子和皮肤都是在什么时候被取代和补强的。他不知道如何识别那些本可以提示他的信息。他的确在喉结深处感觉到了血腥和呕吐物的味道，但他怎么能知道这是肺叶被摘除的感觉呢？黑暗，颅内隐痛，跟以往任何一次头痛的感觉都不同，他怎么可能知道这意味着什么？他怎能分辨出这次不是关灯，而是有人摘掉了他的整个视觉系统？

某个时间点，他模糊地意识到自己不再能嗅到熟悉的医院味儿，加香的除臭剂和杀菌剂都感觉不到了。什么时候？他说不清。他只知道，自己周围环境中已经不再有任何气味。

他还能听见。分辨力和感受力都提高到了前所未有的程度。他现在能听清房间里说的每一句话，不管声音多细小，还能听清邻近房间里的一切声响。他听到了人们说的话，只要他足够清醒，还能去听。他能理解那些对话。他能感觉到凯瑟琳·多蒂和乔恩·弗瑞林的善意，理解副主管语调下面隐藏的恐惧和愤怒。

而最直接的感觉，就是伤痛。

世上有那么多不同类型的疼痛！他全身每个部位都有各自不同的疼感。康复中的手术创口会疼；弗瑞林或者护士们往他体表的上千个不同位置塞入新设备，测量读数期间，会有强烈的抽痛。

还有更深层的内心的痛苦。他一想到多莉就会心疼。有时候，当他醒着，他想起自己曾经问过，多莉有没有来过，有没有打过电话。但他不记得有得到过任何答复。

然后有一天，他感觉到头部出现一种全新的撕裂之痛……随后意识到，那是光明。

他又能看见了。

护士们意识到他能看到大家后，立刻报告乔恩·弗瑞林，后者拿起电话呼叫了布拉德。"我马上就到，"布拉德说，"在我到场之前，让他继续待在黑暗里。"

布拉德用了超过一小时赶到，出现时，显然还是摇摇晃晃，病体支离。他接受了防污染淋浴，口里喷了杀菌液，又戴上外科手术面具，然后小心地打开门，进入罗杰的房间。

床上的声音说："是谁？"那嗓音虚弱而颤抖，但还能听出是罗杰。

"我，布拉德。"他在墙面上摸索，直到发现电灯开关，"我稍后将会开灯，罗杰。你能看见我的时候说一声。"

"我现在就能看见你，"那声音叹息说，"至少我觉得，现在看到的是你。"

布拉德停住了手，"你当然不可能——"他开了口，然后却打住了，"你说能看见我，是什么意思？你看到了什么？"

"这个嘛，"那声音轻轻地说，"我看不清那张脸。那儿只是一团强光，但我能看到你的双手，还有头部。它们都很亮。我能分清你的身体和胳膊，很清楚。不过要淡很多——是的，我也能看到你的双腿。但你的脸看起来很怪。中央都是模糊的一团。"

布拉德摸到外接手术口罩，随即明白了，"红外线。你看到的是热感图像。你还能看到什么，罗杰？"

床那边静默了一会儿，"嗯，我能看到一个方形的光亮区，我猜是门框。大多数东西，我都只能看到轮廓。还有某个很亮的东西靠着墙，我还听见了那里有声音，遥感监视器吗？我也能看到自己身体。至少能看到身上盖着的床单，里面有我身体的轮廓。"

布拉德瞪大眼睛环顾四周，即便是习惯了黑暗之后，他还是几乎看不到任何东西。除了监视器上的几根荧光指针，还有身后的门缝边缘透出的极浅淡光晕。

"这很棒啊，罗格。还看到什么了？"

"还有别的，但我不确定那是什么。更低处还有光源，就在你旁边。很暗淡。"

"我猜那些应该是暖气管。你状态不错，伙计。好了，现在坚持住。我要把屋里的灯开亮一点点。也许你不用开灯也行，但我看不清，护士们也一样。跟我说说你感觉怎样。"

他缓缓把亮度旋钮调高，每次只转八分之一周，亮度增加一点点。房顶周围的背景灯点亮，最初只有一点儿光，然后再增加一点儿。现在，布拉德能看到床上的人形了，首先是两翼反射的微光，它们向前折起，遮住罗杰·托洛维的身体，然后身体也能被看到了，有一片床单盖至腰间。

"我现在看清你了。"罗杰虚弱的声音叹息着说，"现在的样子有些变化——我能分辨出颜色，而你也没有那么亮了。"

布拉德的手离开旋钮。"现在这样就够了。"他头晕目眩地倚在墙面上。"抱歉，"他说，"之前我好像着凉了……你最近怎么样？我是说，有没有疼痛之类的感觉？"

"天啊，怎么可能不疼？布拉德！"

"不，我的意思是跟视觉系统有关的疼。这光会不会伤害到你的……眼睛呢？"

"它们啊，差不多是我浑身上下唯一不疼的部位了！"罗杰叹息道。

"那就好。我现在要给你更多光线了——大概这么多，行吗？没有不舒服？"

"没有。"

布拉德小心翼翼走到床前，"好的，我现在想让你尝试点儿新东西。你能不能……嗯，闭上眼睛？我是说，你能不能有意关闭视像接收系统？"

停顿。"我——感觉不能。"

"这个嘛，你可以的，罗格。我们设置了关闭功能，你只要找到它就好。威利一开始也碰到过一些麻烦，但他还是做到了。他说，就是胡乱找找，多尝试，然后突然就搞定了。"

"……我什么都没搞定。"

布拉德思忖片刻。他因为感冒，头还晕着，感觉自己的精力正在快速流失。"这样试试吧。你以前有没有长过瘘疮？"

"没有——唔，也许，有过那么一点点吧。"

"你记得那时候是哪里疼吗？"

床上的人形笨拙地挪动了一下，两只大眼睛对准布拉德，"我……感觉记得。"

"把注意力集中在那儿。"布拉德下令，"看你能不能找到可以移动的肌肉。其实那些肌肉已经切除了，但控制肌肉的神经末梢还在。"

"……没感觉。你让我找的是什么肌肉？"

"哦，好烦啊你，罗杰！那个叫作外直肌。可这个名字对你没什么帮助啊。你多尝试就好了。"

"还是没有感觉。"

"算了。"布拉德叹息着说，"暂时先不管这个。尽可能多做尝试，好吗？你会找出闭眼方法的。"

"听起来不错嘛。"床上那个不爽的声音说，"嘿，布拉德？我觉得你看起来更亮了。"

"你说'更亮了'，是什么意思？"布拉德没好气地问。

"更多光芒。脸上发出更多光线。"

"是啊，"布拉德说，现在感觉自己又开始头晕，"我觉得我可能在发烧。我最好还是出去吧。这口罩的用途是防止你被我传染，但有效时间只有十五分钟左右——"

"你走之前，"那声音坚定地说，"请帮我一个忙。把灯再关闭一分钟。"

布拉德耸肩，照办了，"怎样？"

他能听到那丑陋的身躯在床上挪动。"我只是在转身，为了看得更清楚。"罗杰解释道，"听着，布拉德，我想问你的是：现在进展怎么样？我能撑过去吗？"

布拉德想了一想。"我觉得你能，"他老老实实地说，"迄今为止一切顺利。我不会骗你的，罗杰。这些都是最前沿的项目，可能会碰到某些问题。但截至当前，看起来一切都还正常。"

"谢谢。还有一件事，布拉德。你最近见过多莉吗？"

停顿。"没有，罗杰。一周左右没见过她了。我最近病得很重，不生病的时候，又忙得要死。"

"是啊。嗯，不如你把灯光开到刚才的亮度吧，护士们进进出出也需要有光。"

布拉德把旋钮再度打开，"我能来的时候就会来。多练习一下闭眼，好吗？而且你这儿有电话——任何时候都可以打给我。我不是说有了故障才找我，如果有故障，会有人通知我，这点儿不用担心。我就算上个厕所，也会留下应急联络号码的。我是说，如果你想聊天，也可以随时找我。"

"谢谢你，布拉德。回头见。"

至少，手术阶段过去了——或者说大手术都已经做完。当罗杰意识到这一点，他有一份难得的解脱感，尽管在他脑子里，还有很多没能缓解的压力，远远超过他想要面对的程度。

克拉拉·布莱为他擦洗身体，还无视禁令给他带来了鲜花，为他鼓劲儿。"你真是好孩子。"罗杰轻声说，转头看着花儿。

"你能看出这是什么花吗？"

他试着去描述，"嗯，它们是玫瑰花，但不是红色的。浅黄色吗？跟你的手镯颜色接近？"

"是橙色。"她收拾完毕，最后把新床单甩开，盖住他双腿。床单在水床表面的气体阻隔下微微波动。"要用便盘吗？"

"做什么用呢？"他抱怨说。他食用低残留食物已经到了第三周，控制液体摄入量也到了第十天。用克拉拉的话说，他的排泄系统现在已经成了摆设。"我现在反正也能自己起来了。"他说,"如果真有什么状况,我还是能自己解决的。"

"大孩子了啊。"克拉拉笑着说。她卷起脏床单,准备离开。罗杰坐起来,又开始探索他周围的世界。他细细鉴赏那束玫瑰。那双多棱体眼睛能摄入更多波长的辐射,意味着罗杰能看到几种前所未见的颜色,从红外到紫外都有,但他叫不出它们的名目。他一生中熟知的彩虹色阶如今已经自动扩展,加入了很多新颜色。他知道,自己眼中的暗红,实际上是细微的热信号。但是,即便说它们接近于红色,也不准确。那只是另外一种形式的光,跟温暖和舒适有关。

不过,那束玫瑰还另有些怪异之处,跟颜色无关。

他掀开床单,看着自己的身体。新皮肤没有毛孔,没有体毛,也没有皱纹。看上去更像是潜水服,而不是他这辈子熟知的皮肤。他知道,在这层皮肤下面,是一套全新的合成肌肉,电力驱动,但现在却完全看不出。

很快他就可以站起来到处走动,靠自己就可以。他还没有完全准备好。他打开电视机。屏幕点亮,有无数让人头晕的小点,品红、青色,还有绿色。罗杰很吃力地用心细看,才辨认出这是载歌载舞的三个女孩。他的新眼睛试着将图案分成许多小的组成部分来进行分析。他换台,找到一档新闻节目。新亚盟派出三艘核潜艇,对澳大利亚进行"友好访问"。德桑汀总统的新闻秘书严正声明,说自由世界中的盟国可以仰赖我们。俄克拉荷马州的所有橄榄球队全部输掉了比赛。罗杰关闭电视,他觉得头痛。每次他变换姿势,都会觉得电视线条向一侧偏移。而且电视机后部还有诡异的光线发出。等电源关闭之后,他看了一会儿显像管光芒的消退过程。他意识到那是热量。

现在,布拉德说什么来着?"摸索着感觉一下,就在你的鼻窦处附近。"

　　这感觉很怪异,第一次出现在不熟悉的身体里,然后在里面寻找没人知道具体位置的"控制器"。才只是要闭上眼睛而已! 但是布拉德已经向他保证说他能做到。罗杰对布拉德的感觉很复杂,其中之一是自豪。布拉德不是说过吗,如果有人能做到这件事,那就只能是罗杰。

　　但问题是他现在还没做到。他已经尝试过全部能够控制的肌肉收缩组合,耗尽精神,但还是没有结果。

　　他突然回想起一段往事:多年以前,他和多莉刚刚结婚时。不,他想起来了:那时还没结婚,是刚同居那会儿,还在考虑要不要公开。那是他们互相按摩、学习冥想的时期,两人都在尽可能探测对方内心的世界,他还记得那时的婴儿护肤水,混杂着一丝麝香味,还有他们听到冥想第二轮运作说明时的欢笑声:"导气入脾,持之守之,继而吐气,双手沿同伴脊柱两侧上滑。"但那时,他们从来都搞不清楚脾脏的位置,而多莉总是要胡闹,不停地抚摸他身上的私密部位,"在这儿吗? 还是这儿? 好了,罗格,你怎么这么不严肃……"

　　他突然感觉到一阵剧痛,令人目眩。他颓然后仰。哦,多莉!

　　房门突然打开。

　　克拉拉·布莱冲起来,两眼瞪大,深色俏脸满是焦急,"罗杰! 你在做什么?"

　　他深深地、缓缓地呼吸,然后才开口说:"什么事?"他能听出自己声音中的那份单调、平淡。经历过那么多手术之后,他的嗓音已经没有了什么个性。

　　"你身上所有的监视器全在猛跳! 我以为——我不知道我刚刚在担心什么,罗杰。但不管刚才发生了什么事,它都在给你的身体带来麻烦。"

　　"抱歉,克拉拉。"他看着她快步走到墙边的屏幕组前,迅速扫视。

"情况看似好转了一些。"她有些不情愿地说,"我估计现在没事了。但你刚刚到底做了些什么?"

"我在担心。"他说。

"担心什么?"

"我不知道自己的脾脏在哪里。你知道吗?"

她若有所思看着罗杰,稍后才回答:"就在你最下面几根肋骨里面,身体左侧。大致就是你觉得心脏应该在的位置,稍低一点点。你在耍我吗,罗杰?"

"这个嘛,是有一点儿。我猜,刚才我只是回想了一些不该想的问题,克拉拉。"

"请别再这样做!"

"我会努力的。"但关于多莉和布拉德的想法还在他心底萦绕,他主动透露说,"跟你说哦——我一直在尝试闭眼,但是做不到。"

她走过来,友善地抚摸他的肩,"乖,你会做到的。"

"是啊。"

"那个,我不是随口安慰你。威利经历这个阶段的时候,也是我在护理,他当时同样很沮丧,但最终还是做到了。"她说着,转身准备离开,"这次我就暂时代劳,关灯时间到。早上你要像朵小雏菊一样精力充沛才好。"

他狐疑地问:"为什么?"

"哦,不是开刀。这段时间都不用手术了。布拉德没告诉你吗?明天,他们要给你接入电脑,让它执行信息过滤之类的任务。你会变成大忙人的,罗格。所以,早点睡。"她关了灯。罗杰眼睁睁看着她的深色脸蛋变成温暖的一团柔光,像个桃子一样。

他突然有个想法,"克拉拉?能不能帮我一个忙?"

她手扶着房门站住,"什么事,亲爱的?"

"我想问你一个问题。"

"问吧。"

他犹豫了一下，"我想知道的是，"他一面说，一面串词儿，"就是，那个，哦，对了。我想知道，克拉拉，那个，你和你老公在床上做爱的时候，都有哪些不同的姿势呢？"

"罗杰！"她脸部的亮度突然提升了一个色阶。他现在能看到皮肤下面血管的轮廓，感觉血流在加速。

"对不起，克拉拉。我觉得——我觉得我一天到晚躺着，可能有点欲火中烧。请忘了刚才的问题，好吗？"

她沉默了一会儿。再开口时，语调已经是专业人士，而不是朋友，"当然，罗杰，这没什么。你只是让我猝不及防。这个……嗯，没关系。只是你以前从来不会这样对我说话。"

"我知道。抱歉。"

但他并不觉得抱歉，或者说，不是真心抱歉。

他眼看着护士关上门，然后紧盯着门的四角轮廓，走廊里光线透射进来。他小心翼翼，让自己内心尽可能平静。他不想再次触发警报器。

但他又想去思考那个危险区域中的问题：为什么克拉拉·布莱脸上刚刚出现的反应跟布拉德此前的表现那样相像，就在他问对方有没有见过多莉的时候？

第二天早上我们全员行动，检查电路，接通备用系统，确保一有故障，自动电路就能马上切换。布拉德早上六点钟就来上班，他很虚弱，但头脑清醒，可以胜任工作。魏德纳和乔恩·弗瑞林仅比他晚到几分钟。尽管当天的工作主要由布拉德承担，他们还是不能离开岗位。凯瑟琳·多蒂理所当然也在场，就像之前的每个环节一样，并不因为她的工作职责，而是因为她关心罗杰。"别折磨我的小伙子。"她抽着烟，嗓门很大，"下周我开始训练他的时候，他必须要在最佳状态才行。"

布拉德一字一句地说："凯瑟琳，我他妈绝对要发挥最佳水准。"

"好啊。我知道你会竭尽全力。"她按灭了那支烟，马上又点着一支，"我从来没有过自己的孩子。我猜，罗杰和威利在一定程度上占据了这个空位。"

"可不。"布拉德应承着，但已经没有在听。他没有相应的专业资质，也没机会碰 IBM3070 或其他辅助设备。他能做的，只是旁观技术人员和程序设计师们的工作。等到第三轮复检顺利进行到接近完成，他终于离开计算机房，乘电梯上行三层，到了罗杰的房间。

在门口，他停下片刻，调匀呼吸，然后微笑着开门。"你待会儿就要连接计算机系统了，伙计。"他说，"你自己感觉准备好了吗？"

那双昆虫似的眼睛转向他。罗杰那平板的声音说："我不知道我该有什么感觉。我只是觉得很害怕。"

"哦，今天没什么好怕的。"布拉德赶紧回应，"我们只是要测试一下信息过滤系统罢了。"

蝙蝠翼在颤抖，改换姿势。"会要我的命吗？"那个单调得令人发疯的声音问道。

"哦，拜托，罗杰！"布拉德突然感到生气。

"我只是问了个问题。"那声音干巴巴地说。

"那是个差劲的问题！听着，我了解你现在的感觉——"

"我对此表示怀疑。"

布拉德停住，细看罗杰毫无表情的脸。过了一会儿他才说："我再说一遍。我要做的一切，不是为了杀死你，而是为了让你活下去。当然，你现在可能想到了威利的结局。但这不会发生在你本人身上。你将有能力处理他当时面对的危机——不管在这里，还是将来在火星，那里才是最重要的目标。"

"这里对我也很重要。"罗杰说。

"哦，看在上帝的分上。等系统一切正常了，你看到和听到的将只有必要信息，明白吗？或者说，你想了解的东西。你会有很大的自主调整空间。你将可以——"

"我现在连眼睛都闭不上呢，布拉德。"

"将来会的。你将来可以使用整套系统。但要达成目标，我们就得开始工作。然后所有这些设备会过滤掉不必要的信号，这样你就不会感知紊乱。这是威利的死因：感知紊乱。"

停顿，那张怪异面容后面的头脑在思考。罗杰最后说道："你看起来很糟糕，布拉德。"

"抱歉。实际上，我今天身体不太好。"

"你确定自己能做好这件工作吗？"

"我确定。嘿，罗杰。你在跟我说什么？难道你想推迟这个？"

"不。"

"好吧。那你想要什么？"

"我要是知道就好了，布拉德。我们继续吧。"

到那时，我们已经全部准备就绪。"开始"指示灯的绿光已经闪烁了好几分钟。布拉德耸耸肩，愁眉苦脸地对当班护士说："告诉他们，动手。"

十个小时里，信号过滤线路一根根接入，测试，调整，让罗杰借助罗夏墨迹和麦克斯韦色彩轮尝试新感官。对罗杰来说，这一天过得飞快。他的时间感不再可靠，不再由人类身体默认的生物钟控制，而是由他的机械部件主导。当没有外界压力时，他的时间感就会减慢，需要时也能加快。"慢一点。"他哀求道,他看到护士像子弹一样飞快掠过身旁。然后,当累到浑身发抖的布拉德打翻一盘墨水和蜡笔时,在罗杰看来,那些小部件就像飘浮在地面之上似的。他轻而易举地抢在东西落地之前,抓住了托盘和两瓶墨水。

等他事后回想才意识到:自己抓的是可能摔碎的东西。他任由蜡笔落地。就在零点几秒之内,他已经选择了接住需要接的东西,放过其他东西,而他并没有意识到自己在做什么。

布拉德对此很高兴,"你状态很好啊,伙计。"他手扶着床腿说,"我要脱掉衣服去睡会儿了。但明天手术之后,我还会来看你。"

"手术?什么手术?"

"哦,"布拉德说,"就是一点儿收尾工作。相信我,跟你以前经历的大手术没法比。从现在开始,"他说着,转身准备离开,"你差不多已经完成了重生过程,现在要做的,就是成长起来。多练习,学会使用你现在的身体。最困难的部分已经过去了。你现在随心所欲控制视觉的练习进展如何?"

"布拉德,"那怪异的声音响起,声音更大,但毫无个性,"你他妈还想让我怎么做?我在努力呢!"

"我知道。"布拉德安抚他说,"明天见。"

一整天过后,罗杰到现在才得以独处。他试着使用新的感知系统。他明白,这些对险境中求生很有帮助。但确实很容易让人困惑。日常生活中的细小噪声全都被放大了。他能听见布拉德在外面大堂跟乔恩·弗瑞林和即将下班的护士们谈话。他知道,靠自己从娘胎里带来的原装耳朵,这声音应该是一点儿都听不到的,但现在他却可以听清每一个字。"——局部麻醉,但我不喜欢这个方案。我希望他能彻底昏睡。他已经有足够多噩梦需要应付了。"这是弗瑞林在跟布拉德说话。

灯光也显得比以前更亮。他试着调低视觉感知力，但却没能成功。他觉得，自己现在真心想要的，只是圣诞树上装饰的那种小灯，一颗就够。现在这样强的光，让他很不舒服。而且，他还觉得这光的刷新频率让人抓狂。他能感知到六十赫兹电流，能在日光灯管里看到像蛇一样放光的气体。而白炽灯泡却几乎是黑的，只有中央的灯丝闪亮。他能看清每一丝细节。就算是直视亮度最强的灯，也不会感到刺眼。

他听到走廊里有几个人谈话，于是竖起耳朵去听：克拉拉·布莱刚刚来上晚班。"病人情况怎么样，弗瑞林大夫？"

"还好。他看上去休息得不错。你昨晚上没有给他用安眠药吧？"

"没有。他昨晚还行，就是有点儿，"她咯咯笑起来，"有点儿粗俗。他似乎在调戏我，我从来没料到罗杰也会这样。"

"唔。"一阵困惑的沉默，"好吧，很快就不会有这个问题了。我要去看看机器读数。小心哦。"

罗杰觉得他应该对克拉拉格外客气才好。这并不难，因为她本来就是护士之中他最喜欢的一个。他向后躺倒，听着自己黑翅膀的沙沙声，还有遥测仪器有节奏的声响。他很累，要是能睡一会儿就好了——

他突然坐起来。灯光消失了！就在他意识到灯光消失时，灯光又再次出现了。

他已经学会了闭眼。

罗杰满意地躺回到微微波动的床上。果不其然，他的学习有了进展。

他们叫醒他，给他吃东西，然后再次让他睡倒，做最后一项手术。

这次没有麻醉。"我们只需要让你关机一会儿。"乔恩·弗瑞林说，"你一点儿感觉都不会有。"事实的确如此。首先，他被推进隔壁的手术室，里面有许多重症看护需要用到的瓶子、输液管、导流管之类的东西。他闻不到消毒水味儿，但知道这气味应该还在。他能感觉到所有金属物品的高亮轮廓，那是消毒器放射出的些许热量，打在墙上，犹如阳光。

接着弗瑞林大夫要求将他关机，我们照办了。我们一个接一个调低他的感知输入系统，在他看来，就像声音越来越小，灯光越来越暗，身体触感越来越轻柔。我们把他整个皮肤的痛觉都调低，在弗瑞林手术刀触及和需要缝针的位置，则全部关闭。这里有个比较复杂的问题，就是在他醒来以后，很多疼痛知觉还在。等他在火星表面自由活动，我们还是要给他配备危机警告系统，某种让他知道自己被烧灼、被撕扯、被损伤的机制。我们能给他的最强警告，就是痛觉。但对他身体的大部分区域而言，痛觉已经不复存在。一旦我们关闭了疼痛输入，就把这些完全排除在神经系统以外了。

当然，罗杰本人完全不了解这些。他只是睡着，然后醒来。

等他抬头一看，便立刻尖叫起来。

弗瑞林当时正仰靠在椅子上，活动手指头，他闻声跳了起来，口罩掉在地上，"怎么回事？"

罗杰说："我的天！有那么一会儿我看见了——我不知道那是什么。是做梦吗？但我看到你们全都围着我，低头看着我，就像一群鬼魂。许多骷髅头、骨骼，对我冷笑！然后你们就恢复了原样。"

弗瑞林看看魏德纳，耸耸肩。"我觉得，"他说，"那只是你的信息过滤系统在发挥作用。你知道吗？就是把你看到的东西，译解成一目了然的信息。"

"我不喜欢这样。"罗杰气呼呼地说。

"好吧，这事儿我们得跟布拉德谈。但说实在的，罗杰。我觉得这正是系统设计的初衷。我觉得，这就像是计算机摄取了你的恐惧和疼痛感——你知道，就是旁人动手术时会有的那些感觉——然后把他们变成了视觉信息：我们的脸、口罩，所有这些东西。真有趣。我不知道这跟信息过滤系统有多大关系，又有多少是纯粹的手术后幻觉？"

"有趣？好吧，你开心就好。"罗杰闷闷不乐地说道。

但说真的，他也觉得这很有趣。等他回到自己房间，就开始胡思乱想起来。他并不能随心所欲召唤刚才那种怪异景象。它们是自动出现的，但不再像最早看到的无肉的下颚、空空的眼孔那样吓人。在克拉拉带着便盘出现，却被他挥手拒绝并离开之后，他透过紧闭的门观察她；门的阴影变成了洞口，克拉拉·布莱变成了向他怒吼的岩洞大熊。罗杰意识到，对方还在生他的气。她脸上有些特别细微的表情信息被他察觉，正在由楼下嗡嗡直响的 3070 计算机分析，并用警告图像的形式显现出来。

随后他一个激灵，发现她的面孔变成了多莉。不过那张脸渐渐淡去，恢复了她本人的黑皮肤，清亮的双眼，一点儿都不像多莉。但罗杰觉得，刚才的幻景意味着两人之间的关系恢复友好……

克拉拉和他之间。

不，他觉得，应该是多莉和他之间。他看看床边的电话。应他要求，电话的视觉线路已经永久关闭。他不想跟某人打电话时，假装不知道别人会看到什么怪异形象。但他却从来没有给多莉打过电话。他倒是经常伸手去拿话筒，但每一次都会把手缩回来。

他不知道该跟她说什么。

你怎么可能去问自己的妻子，问她有没有跟自己最好的朋友上过床？你应该直接问她本人，仅此一途，直觉这样告诉罗杰。但他却不太能下定决心这样做。他没有足够的把握。他不想冒险被指责，他可能搞错了。

问题是，他又不能跟朋友们谈这件事，跟谁都不能谈。唐·凯曼本来是倾诉这种事的自然人选，修道士本来就是干这个的。但唐那么明显地享受着与他那位小修女的爱情，讨论这种事会让他非常难受。罗杰不忍心让他陷于这种痛苦。

至于其他大部分朋友，他们的问题是看不到问题。婚外性关系在汤卡这个地方十分普遍，实际上，西方世界大部分地区都一样。少部分彼此忠实的夫妻才是被别人议论的对象。在这种情况下，承认自己嫉妒是很困难的。

无论如何。托洛维坚定地告诉自己，他烦心的原因并不是嫉妒。不完全是嫉妒，而是其他某种原因。这不是西西里式的男子虚荣，也不是财产所有者对肆意践踏行为的义愤。而是……多莉本来应该只爱他一人。因为他也只想爱她一个……

他发觉自己正在滑入那种危险的思想状态，这样下去肯定要触发遥测警报，他并不想这样。他坚定地把"妻子"这个主题逐出头脑。

他做了一会儿"闭眼"练习。能够随心所欲使用新技能让他感觉好了一些。他对这个过程的描述，无论如何超不过威利·哈特奈特，但不管怎样，他已经能自己决定停止接收信息，而他脑子里的意念，跟楼下3070计算机中的线路也能进行互动。他甚至能想调暗哪种光就调暗哪种光，调亮也一样。他还发现，自己能只接收特定波长范围内的光，或者阻断相应波长，或强化特定色域。

这都很有满足感，真的，尽管时间一长满足感就渐渐淡化了。他希望自己能有一顿值得期待的午餐，但当天并没有午餐，原因部分在于他刚刚接受过手术，另外一部分原因则在于他的进食量正逐步调减。未来几周，他吃喝的数量会一直减少。等他登上火星，他每个月只会饱食一次。

他掀开床单，无聊地观察自己身体变成的模样。

一秒钟以后，他粗声大叫，声音里满是惊恐和伤痛。所有遥测设备全部报警，刺眼的红灯闪个不停。外面的走廊里，克拉拉·布莱中途转向，冲入房门。在布拉德的单身宿舍，警铃声也随即响起，告诉他出现了危险的紧急状况，令他不得不从疲劳的浅睡中挣扎起来。

等克拉拉打开房门，他看见罗杰惨兮兮地蜷在床上，痛苦地哀号不止。他一手捂着裆部，就在夹紧的两腿之间。"罗杰！你怎么了？"

那颗头抬起来，昆虫眼盲目地看着她。罗杰还在像动物一样哀号，没说话，只是抬起了那只手。

那里，在他两腿之间，什么都没有。阳具、睾丸、阴囊，全都不见了：只剩下光滑的人工皮肤，上面有一层透明绷带，掩住了手术缝合线，就像之前也没有过任何东西一样。人类男性的各种临床生理特征……全部消失了。小手术已经完成，结果就是……下面什么都没了。

9.
达什探病

这样的时间安排, 唐·凯曼也不喜欢, 但他别无选择: 他必须去见自己的裁缝。不幸的是, 这位裁缝又在位于佛罗里达州梅里特岛的大西洋实验中心。

他满怀心事起飞, 到达时还是闷闷不乐。叫他心烦的不只是罗杰·托洛维的遭遇。那件事儿像是已经被控制了, 感谢仁慈的上帝, 尽管凯曼总觉得这次好险, 罗杰差点儿没命。某些人事先不公开"小手术"的详情, 肯定大错特错。很可能是因为布拉德身体不好, 他在心里厚道地想着。但毕竟, 这次危机险些葬送了整个项目。

另一件让他愁眉不展的事就是那份隐秘的负疚感, 他知道自己内心最深处, 其实是想让整个项目失败的。听说头头们已经渐渐打定主意, 自己有可能要被派去登陆火星, 他曾跟克劳蒂尔达修女相对饮泣足足一小时。他们应该先结婚吗? 不能。原因很现实, 纯属实务层面: 尽管两人都可以向罗马教廷申请并得到豁免, 但在六个月内完成这些步骤的希望却不大。

要是早点儿提出申请就好了……

但他们没有，两人都知道，他们并不想在没有教廷许可的情况下结婚。"至少，"克劳蒂尔达修女临到最后，才强颜欢笑地说，"你不必担心我对你不忠。如果为了你，我都不会违背誓言，就更加不会因为任何其他人这样做。"

"我从不担心这个。"他说。但现在，在佛罗里达州清透的蓝色天空下，仰面看那些高高耸入白色柔云的火箭平台时，他却在担心。那位自愿带他参观的陆军上校能看出凯曼有心事，却无法诊断出这心病的症结。

"安全性相当高。"他胡乱尝试了一下，"我个人一点儿都不会担心前往近地会合轨道的行程。"

凯曼勉强放下心事，说："向你保证，我也没有担心这种事。我甚至不明白你是什么意思。"

"哦，这样啊。我们只是要把你乘坐的飞行器跟其他两架护航机投入低空轨道，低于平常高度：也就是两段二十公里^①的行程，而不是一次飞四百公里。这当然是政治原因了。我痛恨官僚们跳出来指手画脚，但这次，他们的要求没有带来多少不便。"

凯曼看看手表。他还有一个小时可以消磨，然后才需要去最后一次试穿火星服和太空服，他并不想一直在这儿犯愁。他准确无误地判断出这位上校是世上少有的幸福者之一，最大乐趣就是谈论他的工作。他只需要哼哈着给点儿回应，上校就会没完没了讲下去。于是他给了回应。

"这样的，凯曼神父。"上校慷慨地说，"知道吗？我们会给你们一艘大飞船，大到无法一次发射完成。所以我们会放飞三只'小鸟'。

---

① 这里应该是二百公里，原文有误。

然后你们进行在轨组装。二百二到二百三十五公里之间是最佳会合点。我估计一切都会完美无缺，而且——"

凯曼点着头，但并没有认真听。他对飞行计划早就已经烂熟于心，都在他接到的命令文件里。现在唯一悬而未决的问题，就是火星"大鸟"的剩下两名乘员是谁，只要几天之后，这个也会确定下来。其中一位将是飞行员，他得留在轨道飞行器上，剩下三人挤进火星登陆车，前往这颗行星表面。理想状态下，第四个人应该能同时充任备选飞行员、太空生物学专家，以及赛博格。当然，并没有这么完美的人选存在。不过现在该做出决断了。三名人类(三名没有被改造的人类，他纠正自己)将不会有罗杰那种不带装备在火星表面存活的能力。他们每个人都要经历他本人正在进行的设备定制，然后参加最后阶段的带装训练。他们所有人都要参加，罗杰也不例外。

而发射时间，已经近在三十三天之后。

上校讲完了停靠和重组操作，正准备罗列火星长途中的计划安排。凯曼说："等等，上校。我不太明白你所谓的政治因素。我们怎样起飞跟政治有什么关系？"

上校带着强烈的反感，抱怨道："都是那帮该死的生态学怪胎，就是他们让所有人惊惶失措。得克萨斯这些双子推进火箭，它们的确很大，推动力大约是土星系列发射器的二十倍。所以，也会排放出很多废气。排放量大致是每秒钟二十五公吨的水蒸气，再乘以三台火箭——水蒸气的确很多。大家也承认，水蒸气确实会带来若干风险——咱们实话实说。他妈的我们都很清楚——抱歉，神父，我们都知道，这么多水蒸气排入一般的同步轨道高空，会造成很大一片空域出现自由电子空洞。这是很早以前就被发现的啦。我想想，应该是1973、1974年前后，第一次发射太空实验室时发现的。当时测量的结果，是好大一片空气都失去了自由电子，从伊利诺伊到拉布拉多。自由电子就是帮助人们免遭阳光晒伤的东西，它们可以过滤紫外线。皮肤癌、晒伤、物种消亡——的确，这些风险都存在。它们都有可能发生。但达什现在头痛的，并不是我国人民的健康！而是新亚盟，这才是最烦的。他们给总统发来最后通牒，说如果这次发射损及他们的空域，就将被视为'敌对行为'。敌对行为！他们把五艘核潜艇大摇大摆驶入新泽西的五月湾时，怎么不提敌对行为了？还说那是什么水文勘探，但世上怎么可能有人用远洋核潜艇做水文勘探呢，反正我国海军从不这么干……

"总之呢，"上校把注意力收回到客人身上，微笑着说，"没关系了。我们只需要把你们的空间会合点调低一些，在自由电子层以下。这样得花费更多燃料。在我看来，这样污染反而更多。但可以保住他们的宝贝自由电子——其实这些废气都不太可能飘过大西洋到达非洲，亚洲就更不用说了……"

"你的解说非常有趣，上校。"凯曼客气地说，"不过，我好像应该回去了。"

试衣团队已经准备好在等他了。"只要套上这件，试试大小就好。"团队中的理疗专家笑眯眯地说。"套上"这件太空服至少需要辛苦二十分钟，还得整个团队帮忙。凯曼坚持自己穿。在宇宙飞船里，他只有其他队友可以帮忙，而他们都有各自的任务要忙。紧急情况下，更是不会有任何协助。他想要准备好应对一切状况。穿衣服花了一小时，等到他们量完所有参数，宣布大功告成，又花掉十分钟才脱掉。然后，他还要接着试穿其他衣服。

他完事儿之前，外面就已经天黑，进入佛罗里达炎热的秋夜。他微笑着看了一眼工作台上摆放的一整排衣服：袖口边垂下织物型通信天线的衣物、太阳风暴发时穿的防辐射披风，还有防护服下层的紧身衣。"你们倒是给我备齐了全套法衣,这个是左臂饰带,那个是无袖法袍,那个是白麻布长袍。再加几个小配饰,我就可以做弥撒了。"事实上,他已经在自己的配重份额中放了一整套法衣——这导致他能携带的图书、音乐磁带和克劳蒂尔达修女的照片大幅减少。但他并不想跟这些世俗人士讨论这些,于是他伸展一下腰身,叹气说:"附近有什么好吃的馆子吗?"他问,"我想点份牛排,或者你们说的红鲷鱼,吃完就上床睡觉……"

在旁边已经站了两个小时的那位空军宪兵,这时看了下手表,上前一步。"抱歉,神父,"他说,"你得马上前往下一个地点。我看看,您有二十分钟时间。"

"还要去哪里?我明天还要坐飞机长途旅行呢——"

"抱歉,先生。我接到的命令,只是把你带到帕特里克空军基地的指挥大楼。我想,到了那里之后,他们会给你详细解释的。"

教士挺直身体。"中士,"他说,"我不必服从你的管辖,所以我建议你还是说清楚自己的企图。"

"的确,先生。"宪兵表示同意,"你的确不在我管辖范围内,但我接到的命令是带你前去,我无意冒犯您,但一定要完成任务。"

理疗专家轻轻碰了下凯曼的肩膀,"去吧,唐。"他说,"我有种感觉,你即将见到的肯定是大人物。"

凯曼虽然连连抱怨,还是顺从地跟着那人出来,坐上一辆悬浮吉普车。司机很着急。他甚至没去花时间找路,就直接把车开到了海浪上方,一面判断时间和距离,一面在海浪之间疾驰。然后向南转向,并加大车速。十秒钟后,他们的速度已经不少于一百五十公里每小时。虽然气垫功率开到了最大,车体跟水面之间有大约三米距离,拍打翻涌的浪头还是让凯曼不断猛咽口水以抑制呕吐,开始寻找晕车袋,以备不时之需。他试图让中士减速。"抱歉,先生,这不行。"看来宪兵就爱说这句。

但他们还是在凯曼真正呕吐之前到达了帕特里克海滩,回到陆地之后,司机把车子减速到合理范围。凯曼摇摇摆摆下了车,站在湿热的夜色中。两名早已在等他的宪兵上前敬礼,带他进入一座白色拉毛水泥建筑。

不到十分钟,他已经被脱得一丝不挂,被彻底搜身。他这才认识到自己即将面见的人的级别有多高。

凌晨四点整,总统专机在帕特里克基地降落。凯曼此时已经在一张沙滩椅上睡着了,两腿盖了一条小毛毯。他被人轻轻摇醒,带上登机梯,加油车则在诡异的寂静中给两翼油箱加油。周围没有对话声,没有铜喷嘴跟铝罐口之间的撞击声,只有加油泵在轻响。

某个大人物在睡觉。凯曼真希望自己也能安睡。他被带到一张躺椅旁,系好安全带,别人随即离开。就在身着陆军妇女队制服的乘务员离开的同时,喷气机开始驶向跑道。

他试图小睡片刻,但喷气机还没爬升到巡航高度,总统随员就已经返回,对他说:"总统现在要见你。"

德桑汀总统端坐前方,山羊胡周围刚刚刮干净,样子就像吉尔伯特·斯图亚特给他本人画的画像。他轻轻靠在皮椅靠背上,莫测高深的双眼望向总统专机窗外,透过耳机听着什么磁带。满满的咖啡杯在他肘边冒着热汽,另一只空杯等在银壶旁边。杯子旁边有个细长形的紫色小盒,皮革表面装饰着白银十字架。

达什没有让他等。他转头过来,微笑,摘下耳机说:"谢谢您让我绑架您来,凯曼神父。请坐。如果想喝咖啡,请随意。"

"谢谢。"随从快步上前倒好咖啡,然后站到凯曼身后。凯曼没有回头看。他知道,这位随从会密切关注自己每一丝肌肉的收缩,所以他尽可能避免突然做动作。

总统说:"过去四十八个小时里,我去了太多不同的时区,忘记了真实世界是什么样子。慕尼黑、贝鲁特、罗马。我听说罗杰·托洛维遭遇的麻烦之后,就在罗马接上了沃恩·斯坎扬。我真的被吓尿了,神父。你们差点儿搞死他,对吧?"

凯曼说:"总统先生,我只是一名太空生物专家。这件事不在我的职责范围内。"

"废话就甭说了,神父。我不是在追究什么责任。如果真要那样做,罪名是够多的。我想知道真相,到底发生了什么?"

"我确信,斯坎扬将军一定能比我讲得更详尽,总统先生。"凯曼干巴巴地说。

"要是我满足于听信沃恩的版本,"总统耐心地说,"就不必停下来让你登机了。你当时在现场,他不在。他当时在罗马出差,跟各国首脑们一起参加梵蒂冈和平会议。"

凯曼迅速小嚼了一口咖啡,"嗯,当时挺危险的。我感觉,他对即将出现的情况事先了解不足,实际诱因可能是那场流感。我们人手不足。布拉德本人也不在场。"

"布拉德缺席的事,以前也有过。"总统评论说。

凯曼耸耸肩,没有接这个话头,"他们阉割了罗杰,总统先生。就是苏丹们所谓的彻底阉割,生殖器带同附件全部切除。他现在不需要那东西了,因为他身体摄入的食物特别有限,全都可以通过肛门排出,所以那些部分就是一个弱点而已。切除手术本身没有任何问题,总统先生。"

"还有一种风险怎么办,就你们说的什么,前列腺方面的事?那个不也是弱点吗?"

"这种事您真的应该问医生,总统先生。"凯曼小心地拒绝回答。

"我在问你呢。斯坎扬提到过某种'教士病'，而你就是一位传教士。"

凯曼苦笑，"这个是很古老的表达方式了，来自所有传教士都独身的年代。但我的确可以给您解释这个。我们在神学院没少聊这个话题。前列腺会分泌一种液体——并不多，一天也就几滴。如果一个男人不射精，这种液体通常都会跟随尿液排出。但如果他性欲受到刺激，前列腺分泌液就会增多，而且不会全部排出。它越积越多，而这种积液就会导致身体出问题。"

"所以他们切除了他的前列腺。"

"并且植入了一种类固醇缓释胶囊。他不会变得女性化。就身体来说，他现在就是一个内分泌完全平衡的阉割体——唔，我是说个体。"

总统点头，"刚刚这个，就是所谓的弗洛伊德式口误[①]。"

凯曼耸耸肩。

"见鬼，如果连你都那样想的话。"总统继续追问，"你觉得托洛维自己的感觉能好得了吗？"

"我知道他并不好受，总统先生。"

"据我所知，"达什总统继续说，"你不只是太空生物学专家，唐，你还是一名婚姻问题咨询师。而且这事儿并不太顺利，对吧？他老婆是个爱惹祸的小荡妇，让我们这位小伙子过得很痛苦。"

"多莉的确有很多问题。"

"不，多莉只有一个问题。跟我们所有人面临的问题是同一个。她正在妨碍我们的火星计划，而我们不能坐视不理。你能把她解决掉吗？"

"不能。"

---

① 指下意识地泄露自己内心想法。

"哎呀，我也不是要让她十全十美。咱说最关键的，唐！我的意思是，你能不能发动这女人来帮忙，让罗杰放心下来，至少别再这样抽风行吗？给他一个吻、一个承诺，等他到火星时，再给他一段表达爱意的信息——上帝为证，托洛维现在需要的不过是这些而已，但这都是他应得的。"

"我可以试试。"凯曼无助地说。

"我要跟布拉德谈谈。"总统沉着脸说，"我跟你们说过，跟你们所有人都说过，这个项目不容有失。我才不管谁的脑袋会着凉，谁的裤裆在冒火。我要托洛维上火星，而且要让他在那里保持开心。"

飞机侧身改变航线，避开新奥尔良周围的繁忙空域。朝阳的光彩从油晃晃的海湾表面反射上来。总统怒气冲冲地眯起眼睛俯瞰下方。"让我来告诉你吧，凯曼神父，告诉你我这段时间的想法，我一直在想，与其让罗杰担心自己离开的时候老婆会干出什么丢脸的事，还不如让他哀悼死于车祸的爱妻。我不喜欢这个想法，但我选择的空间也非常有限啊，凯曼，而我只能选危害最小的路线。现在，"他说着，突然露出微笑，"我有件好东西给你，来自尊贵的教皇阁下。这是一件礼物，看一眼吧。"

凯曼好奇地打开紫色小盒。里面是一副念珠，蜷在紫天鹅绒衬里的小皮匣里。上面的圣母吊坠由象牙刻成，被玫瑰花蕾环绕；大颗的念珠则用雕花水晶制成。"它有一段有趣的历史，"总统继续说道，"最早是前往日本的传教士寄回给圣依纳爵·罗耀拉[1]的，然后又在南美待了两百年，跟那些教士一起……你们叫他们什么来着？……巴拉圭的征服者们？这是博物馆中的藏品，但教皇阁下想送给你。"

"我……我不知道该说什么。"凯曼吃力地说。

"它带有教皇的祝福。"总统身体后仰，突然显得苍老了许多，"用

---

[1] 依纳爵·罗耀拉（1491–1556），天主教耶稣会创始人，西班牙贵族。

他来祈祷吧,神父。"他说,"我不是天主教徒。我不了解你们对这类事情的感触。但我想让您祈祷多莉·托洛维收心,让她丈夫能有一段时间的安宁。如果这件事无法实现,你只有为我们所有人努力祈福了。"

回到主机舱,凯曼系好安全带,努力让自己睡着,在到达汤卡镇之前的一小时左右好好休息了一下。疲惫战胜了忧虑,他渐渐入眠。他并不是唯一心事重重的人。我们没能准确评估罗杰·托洛维失去生殖器之后所受的打击,差点儿就失去了他。

失误太严重,不能再有这样的风险。我们已经为罗杰安排了更高级别的心理健康服务,在罗切斯特,便携式计算机也在重调电路,来监测重要的心理压力信号,在罗杰较慢的人类神经系统做出激烈反应之前便提前干预。

世界局势在朝着预料中的方向发展。纽约城当然已经乱作一团,中东局势的压力也已经超过安全阈值,新亚盟接连不断发表措辞严厉的声明,谴责西方在太平洋击沉潜艇的行为。这颗蓝色行星正在迅速接近崩溃的临界点。我们的预测是:地球人在两年后能否存续,都已经值得怀疑,但我们不能接受灭绝。火星登陆计划必须成功。

．

罗杰从昏睡中醒来时,他并不知道自己曾经多么接近死亡。他只知道,自己所有最重要的部位都遭到了创伤。那是一种孤寂感:万念俱灰,无所适从的孤寂。他不只失去了多莉,还失去了男儿身。这伤痛太极端,哭完全没用,即便他有哭的能力也不行。这就像拔牙没用麻药,痛觉极端到不再是一种警告,而只是生存环境中的事实,你只能经历它、忍受它。

门开了,有位新来的护士走进来,"嗨。我知道你醒了。"

她走过来，温暖的手指放在他的额头上。"我是苏莉·卡朋特。"她说，"我的名字本来应该是苏珊，但他们都叫我苏莉。"她收回那只手，微笑着，"你可能觉得我有点儿傻吧？居然还试你的体温。其实我从监视器那里就看到这些数据了，但是呢，我可能就是一个喜欢传统方法的女孩。"

托洛维几乎听不到她在说什么，一心只顾着打量她。这是信息过滤系统的幻觉吗？身材高挑，绿色眼眸，深色头发：她看起来太像多莉，以至于他试图调整那双昆虫式大眼睛的视野，放大到足以看清她的毛孔——皮肤表面略微有些雀斑——改变颜色值，降低锐度，让她像是淡入暮色里。但不管怎样，她还是很像多莉。

她走到房间侧面，看着那里的备用监视器。"你状况真的很好啊，托洛维上校。"她回头说，"我稍后就把你的午餐送来。你现在想要什么吗？"

他坐起身。"能得到的，我都不想要。"他幽怨地说。

"哦不，上校。"她满眼震惊，"我是说——好吧，请原谅。我没有任何权力跟您这样说话。但是，天哪，上校，如果这世界上有任何人可以得到任何想要的东西，那就是您。"

"我就是想要那样的感觉。"他嘴里咕哝道，眼睛却在细致又好奇地看她。他的确有点儿感觉——说不清道不明那种，但肯定不是之前那种心痛。

苏莉·卡朋特看了眼手表，然后拖过一张椅子。"你听起来很难过，上校。"她同情地说，"我猜，这一切都很难接受吧。"

他的眼光回避着她，转而看向上方那双轻轻晃动的大翅膀，"相信我，有些方面的确有些难熬。但我事先就知道自己会面对什么。"

苏莉点点头，"我也曾有一段时间特别难受，那是我男朋友去世前后。当然，这跟你现在的遭遇没法儿比。但在一定程度上，那次更糟——发生的一切太没道理了。前一天我们还好好地谈婚论嫁。第二天他在医生那里做完检查，才知道他总是头疼的原因居然是——"她深吸一口气，"脑瘤。恶性的。他三个月后就死了，而我一直无法接受。我不得不离开奥克兰，申请调到这里。我没指望能成功，但我猜他们现在人手不够，因为那次流——"

"节哀。"罗杰马上说道。

她微笑。"那没什么。"她说，"只是在我生命里留下一片巨大的空白。而我也真心高兴，能找到些事情来填补它。"她又看了一眼手表，随即跳了起来，"楼层护士长马上要来查岗了。"她说，"现在，听着，我真心问你，有没有什么可以给你弄来的东西？书？音乐？知道吗？你可以调动全世界的一切，包括我。"

"什么都不需要。"罗杰诚恳地说，"但还是谢谢你的好意。你为什么选择了这个岗位？"

她若有深意地看着他，嘴角微微上翘。"嗯，"她说，"我对这里的计划略有所闻。我已经在加州的航天医学机构工作十年之久。而且我知道您是什么人，托洛维上校。早就知道！你救出那些俄国人的时候，我还曾把你的照片贴在墙上呢。你都不会相信自己在我的幻想世界里扮演过哪些角色，托洛维上校，长官。"

她嫣然一笑，转身似要离去，却又在门口停住，"帮我一个忙好吗？"

罗杰很意外，"当然。做什么？"

"这个嘛，我想要一张更近期的照片。你知道这里的安保措施。如果我偷偷带一部相机进来，我能迅速给你拍几张照片吗？就是为了将来能向子孙炫耀一下，如果将来会有的话。"

罗杰厉声道："苏莉，他们要是抓到你干这个，会杀了你的。"

她挤了下眼睛，"我愿意冒险，因为这值得。谢啦。"

　　她走了以后，罗杰试图继续考虑自己被阉割以及被戴绿帽的事。但不知为什么，这些都不再感觉像以前那样沉重。他也没有太多时间。苏莉带来一份残渣很少的午餐、一个微笑，还有一个明早再来的承诺。克拉拉·布莱给他做了一次灌肠，然后就留下他躺在床上纳闷，三个留着同样小胡子的男人进来，逐寸检查地板、墙壁和家具，运用了金属探测器和电子拖布。他们完全是陌生人，而且他们清扫完之后还留在房间里，坐在新搬进来的椅子上，默然旁观，这时布拉德走了进来。

　　看上去，布拉德不仅仅是生了病，而且很是忧愁。"嗨，罗杰。"他说，"上帝啊，你真是吓到我们了。这是我的错，我本该亲自来的，但这该死的感冒病毒——"

　　"我活下来了。"罗杰说。他一面打量布拉德平平常常的样貌，一面奇怪自己为什么没有感到愤怒和反感。

　　"从现在开始，我们要让你忙碌起来。"布拉德拖过一只椅子，"我们暂时关闭了你的一些信息处理线路。等他们全都开启之后，我们会转而限制你的感官输入——让你一点点适应全环境信息处理。凯瑟琳也迫不及待想要开始你的适应训练——你知道的，学习使用你的新肌肉之类。"他看看那三位沉默的旁观者。罗杰觉得，他的表情突然显出强烈的恐惧。

　　"我觉得自己已经做好了准备。"罗杰说。

　　"哦，当然，我知道你准备好了。"布拉德有点儿吃惊地说，"他们没有给你最新的体测数据吗？你身体运转状况堪比十七钻名表啊，罗杰。现在所有手术都已经做完，你有了将来需要的一切。"他向后倚靠，打量罗杰，"我真想说，"他微笑，"现在的你就像一件艺术品，而我就是艺术家。我现在最大的愿望，就是看到你在火星的风采。伙计，那里才是你应得的归宿。"

一名监视者清清嗓子,"时间要到了,布拉德利大夫。"他说。

布拉德脸上再次出现愁容,"马上好。保重,罗杰。我稍晚再来看你。"

他走了,三名政府特工跟着他离去,同时克拉拉·布莱进屋,四处忙碌。

疑云突然淡去。"达什总统要来看我。"罗杰猜测道。

"真聪明!"克拉拉略带嘲讽地说,"好吧,我觉得你知道也没什么。但我好像就不能知道这件事。他们觉得这还是秘密。但却把整个医院搜了个底朝天,这还算哪门子秘密?我还没来上班,这帮家伙就已经开始到处搜查。"

"那他什么时候来呢?"罗杰问。

"那部分也保密。至少没人通知我。"

但这秘密也没有保持多久。一小时都没过,周围就有一种听不到,但存在感极强的"向领袖致敬"的氛围,然后美国总统就进了病房。跟他同行的是专机上那位随员,但这次他显然不再是全职随员,而只是个保镖。

"很高兴再次见到你。"总统主动伸出手。他从来没见过升级改造版的这位宇航员,当然也没见识过泛着黯淡光彩的皮肤、巨大的多面体复眼,还有那对悬浮空中的翅膀,这样子一定很诡异,但总统那张老练的脸上,却只显出友善和快乐。"我刚刚中途停留过一下,去跟您的贤妻多莉打了个招呼。我希望她已经原谅了我上个月弄乱她指甲油的事儿。但我忘了问。那个,你现在感觉如何?"

罗杰当时最强烈的感受,就是再次领略了总统讲话的滴水不漏,不过他说的是:"总统先生,我很好。"

总统没有转开视线,身体侧向保镖,"约翰,给托洛维上校的小包裹你带来了吗？是多莉委托我带来给你的，你可以等我们走了再拆开。"保镖把一个白纸包放在罗杰的床头柜上，几乎同时推了一张椅子给总统坐下，还正好赶上总统准备落座的瞬间。"罗杰，"总统一面整理百慕大西装的轻微皱褶，一面说，"我知道我可以跟你开诚布公。你是我们现在唯一的人选，我们需要你。危机指数现在每天都在恶化。敌人在故意找茬，我不知道自己还能在他们面前忍让多久。我们必须把你送上火星，而你到达之后，也必须发挥原定的作用。这些都至关重要。"

"我想，我完全清楚这些事，长官。"

"是啊，在一定程度上，我相信你的确了解。但你真的全心全意接受了它吗？在你内心深处，你是否真正意识到自己是一代人里面最为重要的一两个个体之一，即便在你自己的情感层面上，个人际遇都不得不为公益让路？你现在就在这样的处境里啊，罗杰。我知道。"总统沉痛地说，"他们对你的身体做了很多任性的改动，迫使你做出了巨大牺牲。甚至没有给你机会表示接受、拒绝或有所保留。他们有时甚至都不告诉你。无论对待谁，这都是不合理的，更不要说是对待你这样重要的人物了，你本应该得到最优厚的待遇。因为之前的事，我这次来已经对很多人发过火了，也乐于找更多人的麻烦。要是你看谁不爽，尽管跟我说。任何时候都可以。让我帮你报复，会更合理一些——你那套钢铁之躯，护士们可能真的无法承受。你介意我在这儿抽烟吗？"

"什么？哦，当然不介意，总统先生。"

"谢谢。"随员一手递上打开的烟盒，一手握着点燃的打火机，总统伸出一只手接过。他深吸一口烟，身体后仰。"罗杰，"他说，"我跟你说说我的猜测吧，关于你的内心活动。你在想，'达什老滑头他又来了，彻头彻尾的政客手法。满嘴跑火车，乱做承诺，无非是为了骗我给他火中取栗。封官许愿什么的他说了一堆，但其实只想利用我而已。'我前面猜的，是不是有点儿准啊？"

"当然——不是啦，总统先生！那个……其实也有点儿准吧。"

总统点头，"你要是没有这类想法，才真的是疯了。"他就事论事地说，"你知道的，这全是真的。至少一定程度上如此。我的确愿意向你许下任何承诺，说出任何必要的谎言，只要能让你上火星。但另外一个不容否认的事实，就是我们的要害全都握在你手中。罗杰，我们是真的需要你。如果我们无所作为，战争就会来临，这听起来很疯狂，但预测机制真的说过，阻止战争的唯一办法，就是送你登上火星。别问我为什么。我也只能听信技术专家们的报告，而他们说，这是电子计算机打印出来的结果。"

罗杰的翅膀微微抖动，两眼紧盯总统。

"所以你也看到了，"总统沉痛地说，"我是自告奋勇来为你打工，罗杰。你只要跟我说你想要什么。我他妈就会尽全力让你得到。你任何时候都可以拿起那部电话，无论白天黑夜。他们会马上为你接通到我。如果我睡觉了，你也能叫醒我。如果你不着急，也可以留口信。这个地方再也不会有任何人敢折腾你，就算你只是有点儿怀疑，也可以告诉我，我来制止他们。上帝啊，"他说着，一面苦笑，一面起身，"你知道将来历史书上会怎样描述我吗？'弗兹·詹姆斯·德桑汀，1943–2026，第四十二任美国总统。在他执政期间，人类在外行星建立了第一座自给自足的殖民地。'这将是我的成就，罗杰。如果我能有那份荣耀的话，而你，就是唯一能给我这份成就的人。

"好了，"他说着走向门口，"我还要到温泉城召开州长会议。他们六小时之前就在等我了，但我觉得，你比那帮家伙重要太多。替我吻吻多莉。有空给我打电话。如果你没有任何可以抱怨的东西，那就打电话闲聊几句。随时欢迎。"

然后他就走了，留下一名目瞪口呆的宇航员目送他的背影。

不管你信不信，罗杰想，刚才这次会面的场景都足够神奇，让他又是震惊，又是得意。就算其中的99%都是狗屎，剩余的部分还是很让人满足。

门开了，苏莉·卡朋特进来，看上去有点儿害怕。她带了一张有框的照片。"我都不知道你将来会跟什么大人物交往。"她说，"这个，你想要吗？"

那是总统的一张照片，还签了一行字：给罗杰，来自他的崇拜者，达什。

"我看还是收下吧。"罗杰说，"你能帮我挂上吗？"

"这是达什的照片，你自己都能挂好。"她说，"相框上自带悬挂装置。就挂这里吗？"她把照片挂到门边墙上，退后几步来欣赏。然后回转身，挤挤眼，从围裙下面掏出一台超薄相机，只有烟盒那么大。"请对这只小鸟微笑。"她说，然后猛按快门，"你不会告发我吧？好啦，我得赶紧撤了，我现在不当班，就是想来看看你。"

罗杰身体后靠，两臂在胸前交叉。情况似乎变得越来越有趣。他并没忘记发现自己被阉割时的那份剧烈伤痛，也没有把多莉抛诸脑后。但两者都不再令他感到痛苦。现在有太多更新鲜也更有趣的想法来覆盖了它们。

想到多莉，让他记起了那份来自她的礼物。他打开纸包。那是一个小瓷杯，图案是各种各样的水果，让人想起丰收时节。塞在杯子里的卡片上写道：以此表达我对你的爱。签名是多莉。

现在，托洛维的一切监测数据稳定，我们准备接入信息过滤系统。

这一次，罗杰事先得到了详尽的背景说明。布拉德每个钟头都陪着他——在受到总统的特别关照后，他学乖了，也更加勤勉。我们分派了一个任务团队来督导信号过滤线路的接入，另一个专门缓冲汤卡那台 3070 计算机的输入和输出信号，并转移到纽约新启用的便携机上。那时正赶上得克萨斯和俄克拉荷马州经历周期性沙尘天气。这让所有机器数据处理工作负担加重，而那场流感的后遗症也在继续折磨人类员工。我们绝对人手不足。

另外，我们还需要更多资源。便携计算机的可靠率，被测定为每种部件 99.999 999 999%，然而整机部件足有一百零八种之多。我们早已准备了众多备用方案，还有巨量的多路输入通道，即便有三四种主要子系统出现故障，剩余部分仍然足够让罗杰继续运行。但这还不够好。分析表明，在半个火星年之内，关键线路发生故障的概率仍有十分之一。

所以我们做出决定，要建造、发射并在火星轨道维持一台功能齐全的 3070 计算机，对便携机的全部功能进行三重备份。轨道计算机不会像便携机表现得一样好。如果便携机完全失灵，罗杰将只有 50% 的时间能用到它——当它位于地平线以上，可以通过无线电联系时。最差情况下的时间延迟有百分之一秒，处于可接受范围。此外，他还将不得不待在露天里。或者与一根外部天线相连。

设置备用轨道计算机还有一重原因，那就是发生小型故障的风险较高。轨道上的 3070 计算机跟便携机都有厚厚的防护层。但他们发射时，还是要经过范埃伦环带，整个飞行过程中都将面对太阳风考验。等到达火星近旁，太阳风将减弱至可接受程度——除非太阳耀斑爆发。耀斑爆发时放射出的带电粒子，可以轻易损毁两台计算机的数据，严重影响其运行。便携电脑将毫无自保能力。而另外那台 3070 计算机，却仍有足够的备用系统，可以持续进行内部监控和自我维修。在空余时间——它有很多空余时间，即便在罗杰使用它时，也有 90% 的运行时间空闲，它将比较三重备份系统之间的数据一致性，如果有任何数据与其他备份数据不一致，就将检验其与前后数据之间的连贯性，如果所有数据都符合既定规则，就将检查全部三种备份，以多数为准，纠正出现偏差的数据位。如果有两组数据都有问题，就将在可能的情况下与便携机建立联系。

这是我们能提供的最大程度设备冗余，可靠性已经不错。整体来讲，我们还是很满意的。

为防万一，轨道上的 3070 计算机需要大量动力。我们比较了可能出现的最大电力需求，以及合理尺寸的太阳能电池板能够提供的最小电力，判定冗余空间太小。所以，雷瑟姆公司临时得到了一份新订单，购买他们的 MHD 发电机，其他团队赶去加工巡行者 128 型飞船，使其适合太空发射，以及在环绕火星的轨道自动运行。等到 3070 计算机和 MHD 发电机到达轨道，它们将彼此对接。发电机将提供计算机所需的一切电力，并有足够剩余，可以借助微波输送给火星表面的罗杰，他可以用这部分动力驱动自身机械部件，也可以用来给任何想要安装的电动设备充电。

所有计划都完成了。连我们自己都禁不住惊叹：当初我们是怎么想的啊！居然以为哪怕完不成这些计划，我们也能凑合着过下去。那真是一段幸福时光！我们提出要求，也会及时得到一切物资补给。图尔萨城每周停电两晚，以便给我们提供足够的电力，喷气推进实验室全体太空医务人员都被调来协助我们。

数据读取过程在继续。错误的电子信息在两台新电脑中扑腾着、飞奔着，一台是罗切斯特城中的便携机，一台是急速运抵梅里特岛的备用 3070。但我们抓住了它们，将其孤立、修正，而且按期完工。

当然，这个时期的外部世界，远不是这样令人愉悦。

利用从卡马森增值反应堆抢劫到的原料，威尔士民族主义者制造了一枚土制铱弹，炸毁了海德公园兵营和骑士桥镇的大部分。在加州，喀斯喀特山脉大火失控，救火直升机因为燃料短缺而无法升空。天花疫情突然爆发，浦那地区十室九空，孟买城也开始失控。随着人们寻机逃离疫区，马德拉斯和德里也开始发现病患。澳大利亚人发布红色备战警报；新亚盟要求联合国安理会召开紧急会议。开普敦已然被围。

所有这些，都跟那些图表的预测一模一样。我们对所有事态知根知底。我们继续自己的工作。等到一名护士或者技术人员有时间怀疑时，他可以用总统的命令来坚定信念。每一面公告牌上，大多数工作室的标语上，全都有达什的一段话：

你们照顾好罗杰·托洛维。
我会照顾好全世界剩余的部分。
——弗兹－詹姆斯·德桑汀

罗杰醒来时，周围一片漆黑。

他一直在做梦，有一会儿，梦境和现实诡异地融合在一处。而梦是很久以前的事，那时他和多莉、布拉德一起驾车去泰克瑟马湖，同行的那位朋友拥有一艘帆船，晚间，他们会在布拉德的吉他声伴奏下唱歌，同时巨大的圆月在水面升起。他觉得自己又听到了布拉德的声音……但当他更专心去听时，睡意消退，头脑渐渐清醒，才发现周围并没有声音。

没有声音。这样才真的奇怪。一点儿声音都没有，甚至没有墙边遥测设备的嗡嗡轻响，甚至没有外面走廊中的窃窃私语。不管他怎样尝试。尽管他的耳朵已经有了各种强化，却还是没有一点儿声音，也没有光。任何颜色都没有，任何地方都没有光源，除了他自己身体发出的微弱红光，以及房间地板同样暗淡的光线。

他不安地挪动身体，才发现自己被捆绑在床上。

有一会儿，恐惧淹没了他的思想：被困住，无助，孤身一人。他们把他的身体关闭了吗？感官是不是被人蓄意关闭的？到底发生了什么？

他耳边有个细小的声音在说话："罗杰？我是布拉德。你的读数表明你现在醒了。"

他大大地松了一口气。"是啊。"他吃力地说，"发生了什么？"

"我们把你放进了感官能力被剥夺环境下。除了我的声音，你还能听到其他声音吗？"

"一点儿声音都没有。"罗杰说，"完全寂静。"

"光线呢？"

罗杰描述了那淡淡的热源红光，"只有这个。"

"好的，"布拉德说，"现在，构想是这样的，罗杰。我们会让你一点点适应新的感官机能。从简单的声响、简单的图形开始。我们在你头顶墙面上放了幻灯片投影机。门旁边还有一张屏幕，你现在当然还看不到，但它们已经就位。我们马上就要……稍等，凯瑟琳有话一定要现在跟你讲。"

微弱的摩擦声和脚步声，然后是凯瑟琳·多蒂的声音："罗杰，这个屎盆子脑袋忘记了一件非常重要的事。感知剥夺过程非常危险，你知道吧？"

"听说过。"罗杰承认。

"根据专家们的意见，最可怕的地方就是感觉自己无力终止这一过程。所以，任何时候你要感觉不好，就开口说话。我们中间始终会有一个人守在这儿，我们会回答。值班人选包括布拉德、我，还有苏莉·卡朋特，或者克拉拉。"

"你们都在场吗？"

"上帝啊,都在,还有唐·凯曼、斯坎扬将军,还有,我的天,一半的职员。你不愁没人做伴,罗杰。我可以承诺这一点。现在,我的声音听起来怎样?有没有让你不舒服?"

他想了想,"我一开始还没发觉。说起来,你的声音的确有点像咯吱作响的门。"他描述说。

"这太糟糕了。"

"我没觉得。其实你平时听起来就是那副样子,凯瑟琳。"

她咯咯笑起来,"好吧,我反正再过一分钟就不说啥了。布拉德的声音听起来怎样?"

"我没有发觉有任何不对。或者说,我不确定。我像是在做梦,有一会儿,我以为他在唱歌。'奥拉·李',还弹着吉他。"

布拉德插嘴了,"这很有趣,罗杰!现在怎样?"

"不,现在你听起来跟平时一样。"

"好吧,你的读数看起来不错。好,我们回头再探讨那个。现在,我们要做的是给你简单、纯粹的视觉输入来处理。就像凯瑟琳说过的,任何时候你都可以对我们讲话,如果你需要,我们都会回答。但我们有一段时间会很少开口。让视觉信号单独运行一会儿,然后再混合图像和声音信息。明白了吗?"

"继续吧。"罗杰说。

无人回答。但过了一会儿,远端墙面上出现一个浅淡的光点。

那光点很暗,罗杰怀疑,如果用他天生的那双眼睛,恐怕都看不到它。但当时,他却能清晰地辨识,甚至在医院病房过滤过的空气里,他也能看到投影机的光线照到墙面的路径越过自己的头顶。

好长时间,什么新事儿都没有发生。

罗杰尽可能耐心等待。

更多时间过去。

他终于开口说:"好啦,我看见它了,是个光点。我一直都在盯着它看,它还只是个光点。我确实是看清了。"他说着,头四处转动,"它能带来足够的反射光,让我能看到房间里其他的一些东西,但也仅此而已。"

布拉德声音传来时,响得像炸雷:"好的,罗杰,稍等,然后我们会给你其他东西。"

"哇哦!"罗杰说,"请不要这么大声,好吗?"

"我并没有比此前的声音大啊。"布拉德反驳道。他的声音确实恢复到正常音量了。

"好吧,好吧。"罗杰咕哝说。他开始觉得无聊。过了一会儿,又一个光点出现,距离第一点几英寸的距离。两个点都继续存在好长时间,然后有一条闪亮的线连通两点。

"这真是好无聊。"他抱怨说。

"就是要单调的。"这是克拉拉·布莱的声音。

"嗨,"罗杰问候她,"听着,我现在能看得很清楚,因为你们给我展示了那么多光。那些插到我身体里的线,都是些什么?"

布拉德插嘴,"那些都是你的遥感线路,罗杰。所以我们才要把你捆住,以免你无意中翻身搅乱了电路。现在一切都是远程控制,你知道的,我们不得不把几乎所有东西移出你的房间。"

"我发现了,好吧,继续吧。"

过程很烦人,而且一直那么烦。这不是那种让人一直有事儿可干的实验。他们或许很重要,但真是超无聊。经过无数种简单几何图形展示之后,光线逐渐减弱,房间里能看到的东西越来越少,他们开始给他听声音、咔嗒声、示波器的嘀嘀声、乐音、白噪音。

外面的房间不断有人换班。他们只有在遥测设备提醒,说罗杰需要睡眠、食物或排便时才会暂停。这些需求都很少出现。罗杰开始学会用极细微的线索判断是谁在当班:只有在凯瑟琳·多蒂在场时,布拉德的声音里才总是带有淡淡的嘲讽;苏莉在场时,声音磁带中的话语声更富有情感,语速也更慢。他发觉,自己感觉到的时间跟外面的人并不相同,或者说,跟"真实时间"不同。且不管什么叫作真实了。

"这是正常的,罗杰。"他提起这件事,布拉德用疲惫的声音对他说,"如果你努努力,就能学会自己控制时间节奏。如果你想要,可以把每几秒钟看作一个节拍。具体是减慢还是加快,完全按自己需求来决定。"

"我怎么才能做到这样呢?"罗杰问。

"我的天,你这家伙!"布拉德火了,"这是你的身体,学着用它就行了。"然后,他带着歉意说,"跟你阻断视觉的原理是一样的。不断试验,直至找到答案。现在,请注意,我要给你播放一段巴赫的变奏曲。"

时间就这样渐渐过去。

但并不容易,也不快。有些时段,罗杰被改变的时间感会跟他作对,把无聊的时间拖长,还有些时候,他会不由自主想起多莉。达什探访给他带来的情绪提升,苏莉·卡朋特令人愉悦的关切和情感——这些都是正面因素,但它们不能永远持续。多莉是他空想世界中的现实。当他头脑空虚、胡思乱想时,总是会回到多莉那里。多莉,还有早年间他们相伴的幸福生活。多莉,还有他已经不再是男人,无法再满足她性欲的事实。多莉和布拉德。

凯瑟琳·多蒂的声音突然响起:"我不知道你这混蛋在想什么,罗杰,但它在毁坏你的关键生命体征。马上停下!"

"好吧。"他咕哝道。他把多莉挤出思绪之外。他回想凯瑟琳粗壮又亲切的嗓音,回想总统说过的话、苏莉·卡朋特的模样。他让自己心神平静。

作为奖励,他们给他看了一张全彩的紫罗兰花幻灯片。

10.
蝙蝠侠的击足跳

突然之间，发射之前的时间已经神奇地缩短至九天。

神职人员公寓门外，凯曼神父在寒风中瑟瑟发抖，等着搭便车前往项目中心。过去两周，燃料短缺状况大大恶化，因为中东战火，也因为苏格兰自由战士炸毁了北海输油管线。项目本身无论需要什么，都有最高级优先权，虽然有些火箭燃料库还是没能把全部飞行器加满。但员工都被呼吁关灯省电，拼车上班，调低室内空调温度，少看电视。一场早来的雪暴覆盖了俄克拉荷马州的草原，而在公寓之外，一名神学院学生正在无精打采地扫除人行道积雪。雪不多，凯曼觉得，也不十分好看。是他的幻觉吗？还是这雪也带了几分泄露真相的浅灰？加利福尼亚和俄勒冈州的山火，有没有可能污染到一千五百英里之外的降雪呢？

布拉德按响喇叭，把凯曼吓了一跳。"抱歉。"凯曼坐上车，关了门，"那个，下次开我的车好不好？比你这台庞然大物省油多了。"

布拉德闷闷不乐地耸耸肩，看着他的后视镜。另一辆气垫车，是轻灵快速的运动款，正转过拐角，出现在他后面。"反正都是我开车。"他说，"这次盯我稍的跟周二是同一辆车。他们业务水平下降了。要么就是故意让我知道自己被跟踪。"

凯曼回头看去。后面跟随着的那辆车显然并没有刻意低调。"你知道他们是谁吗，布拉德？"

"这还用问？"

凯曼没回答。实际上就是没什么疑问。总统跟布拉德明说了，他在任何情况下，都不能去招惹怪物的妻子，两人面谈了足足半小时，布拉德对每一秒钟的痛苦都记得清清楚楚。然后他就马上开始被跟踪，以确保布拉德不要健忘。

但是凯曼并不想跟布拉德讨论这个话题。他打开收音机，调到某个新闻频道。他们听了几分钟各种经过审查的报道，但那些灾难还是很惊人。直到布拉德伸出手关闭了它。然后他们默默乘车行进，头顶是铅灰色天空，直到他们来到项目总部的大白方块之外，这幢建筑独自矗立在茫茫草原中。

建筑内部没有任何灰色调：灯光强到刺眼，人们脸上虽然带着疲惫，有时显出担心，但却很有活力。至少在这里，凯曼想，还有一份成就感和值得追求的目标。工期依然没有延误。

九天后，前往火星的飞船就将发射，他本人也将前往。

凯曼并不害怕此行。他毕生都在朝这个方向努力，从进入神学院的第一天起，他就知道：服侍上帝的地方不只有布道的讲坛，他的上级神父也鼓励他继续关于天堂的研究，不管是天体物理学还是神学。但毕竟，这是件大事儿。

他觉得自己还没做好准备。他感觉全世界都没有准备好迎接这次冒险。整个事件都有一份诡异的突兀感，尽管大家已经为项目付出了那么多时间，包括他本人。甚至连乘员名单都没有最终确定。罗杰肯定要去。当然啦，他是整个项目存在的根本原因。凯曼也要去，这点已经毫无疑问。但两名飞行员的位置，依然只有临时人选。凯曼见过这两个人，喜欢他们。他们都是 NASA 的顶级飞行员，其中一位八年前还跟罗杰一起执行过近地飞行梭任务。但在备选短名单中，还有足足十五个人的名字。有些人，凯曼甚至连名字都没记住，只知道人很多。沃恩·斯坎扬和 NASA 总监已经乘飞机去跟总统面谈，催促他早做决定。但达什总统出于他自己的某种考虑，把决定权留在了自己手里，而且迟迟不肯公布他的决断。

现在唯一能确定准备好这次航程的，却是人们本以为最薄弱的环节——罗杰本人。

训练进展极为顺利。罗杰现在已经可以自由行动，出入整个项目大楼，从他自己仍然当作"家"的病房前往火星模拟舱、实验设施，或者其他任何他想去的地方。整个项目组都已经习惯那高大的黑翼生物大步流星跑过走廊，那双大大的、多棱形眼睛能认出熟人，呆板的声音欢快地给出问候。之前一个多星期时间都属于凯瑟琳·多蒂。他的感应系统看似完美可控。现在到了开发他全身肌肉潜力的时间。所以她请来了一位盲人、一名芭蕾舞者和一位曾经截瘫现在已经康复的人。随着罗杰的生存空间扩大，他们开始接管训练日程。那位芭蕾舞者已经不再是大明星，但他曾经是业界翘楚，幼年时曾经师从纽瑞耶夫和多林。那位盲人现在也已经复明，他还是没有眼睛，但他的视觉系统已经被类似于罗杰自己的那种感应件取代。两人可以在视觉参数调整的精妙细节方面交流心得体会。那位截瘫患者现在用自动化假肢行动，也是罗杰设备的前身，他已经用了一年时间学习使用假肢，现在跟罗杰一起上芭蕾舞课。

大家并不总是真的在一起，不完全是。那位前截瘫患者名叫阿尔弗雷德，他还是要比罗杰·托洛维更像正常人，具备很多普通人的特性，比如他需要呼吸。凯曼和布拉德进入火星模拟舱控制室时，阿尔弗雷德正在双层玻璃板的这一侧做击足跳，而罗杰则在几乎没有空气的另一侧练习同样的运作。凯瑟琳·多蒂在为他们计数，广播系统在播放芭蕾舞剧《仙女》中的 A 大调华尔兹舞曲。沃恩·斯坎扬在墙边，坐在倒转过来的椅子上，两手叠放在椅背上方，下巴压在手背上。布拉德走到他身旁，两人开始低声讨论。

唐·凯曼找了个靠近门口的位置坐下。残疾人和怪物，他们跳跃起来的速度不可思议地快，两腿轮廓模糊，几乎看不清楚。配乐并不适合击足跳，凯曼想，但两人似乎都不在乎。芭蕾舞者看着他们，表情难以解读。他很可能也想成为一名赛博格，凯曼觉得。有了那么强健的肌肉，他可以在全国任何一座舞台上立足。

这想法让人觉得有点儿滑稽，但不知为什么，凯曼还感到了不安。然后他才想起：威利·哈特奈特死在他面前时，他正是坐在同一个位置。

看起来像是很久以前了。但仅仅在上周，布伦达·哈特奈特还带了孩子们上门，向他和克劳蒂尔达修女告别，但她已经几乎被人丢在脑后。现在这场秀的明星，是名叫罗杰的新怪兽。同一个位置丧命的另外一只怪兽，虽然仅那么短的时间，却已经成为历史。

凯曼拿起他的念珠，开始用拥有一百五十年历史的神器向圣处女祈祷，他一面念诵古旧的经文，一面却也留意着象牙珠和水晶石那宜人、温暖、充实的感觉。他已经下定决心，要把教宗的礼物带到火星。如果它丢在了那里，会很可惜，当然，如果他本人一同殉难，也会令人遗憾。不过，他无法评估那种风险。显而易见，教宗希望他带着这件礼物踏上它有史以来最漫长的征途，而他别无选择。

他发觉有人站在自己身后。"早上好，凯曼神父。"

"你好，苏莉。"他好奇地瞟了她一眼。她的样子有什么不对吗？她的头发是黑色，发根处却是金色，但这还不算太令人吃惊，就算教士也知道，女人们选择发色都比较随性。这方面，连一些修士也不例外。

"进展如何？"她问。

"我感觉很完美。看他们跳的！罗杰看起来状态空前优异，若承天意恩许，我感觉能够按期发射。"

"我嫉妒你们。"护士一面说，一面从他身后遥望火星模拟舱。他转头看她，很是吃惊。她的语气中似乎带有太强烈的感情，而不是随口一说。"我真心的，唐。"她说，"我加入太空计划的初衷，就是想自己上天。本来也有机会成功的，要是——"

她停下来，耸耸肩。"好吧，这次我还是帮你和罗杰升空，我猜。"她说道，"他们不是总说吗？妇女就是这样的角色，是助手。反正这也不算很糟，协助实现这么宏伟的目标。"

"听起来你并不十分确信。"凯曼评论说。

她微笑，又转头看向模拟舱。

音乐已停，凯瑟琳·多蒂把香烟从嘴边取下，重新点燃一支，"好啦，罗杰、阿尔弗雷德，休息十分钟。你们干得很棒。"

模拟舱里，罗杰放松下来盘腿而坐，就像是迪士尼老电影里坐在山顶的恶魔，凯曼想。是《荒山之夜》吗？

"有什么问题吗，罗杰？"凯瑟琳·多蒂大声问，"你肯定不会觉得累。"

"我是对这件事感觉心累。"他抱怨道，"我不知道为什么要跳这么多芭蕾。威利当时都不用跳的。"

"威利死了。"她严厉地说。

冷场。罗杰转头，用巨大的复眼透过玻璃看着她。他吼道："死因并不是没练击足跳！"

"你怎么能确定呢？哦。"她不情愿地承认，"我估计，你省掉这里的一些训练，还是能活下去。但有了这些技能会更好。这并不只是学会如何四处移动。你还需要掌握的另一种技能，就是避免破坏你周围的环境。你知道自己现在有多强壮吗？"

模拟舱里的罗杰犹豫了一下，然后摇头。"我并不觉得自己特别强壮。"他呆板的声音说。

"你能打穿一堵墙，罗杰。问问阿尔弗雷德。你多少时间能跑完一英里，阿尔弗雷德？"

前截瘫患者两手叠在肥肚腩上，笑起来。他现年五十八岁，即便在罹患重症肌无力被截肢之前，也不是个特别爱运动的人。"一分钟四十八秒。"他骄傲地回答。

"我估计你比他快，罗杰。"凯瑟琳大声说，"所以你要学会控制自己。"

罗杰发出某种声音，听起来不像正常说话，然后他站起来。"请调好气闸压力。"他说，"我要出来了。"

技术人员扳下阀门，巨型气泵开始给出舱闸室充气，声音像是扯破亚麻布。"唔，"唐·凯曼身边的苏莉·卡朋特痛苦地叫了一声，"我忘了戴隐形眼镜！"然后她就抢在罗杰进屋之前逃走了。

凯曼目送她离开。内心有一重困惑被解开：他知道为什么感觉她的样子变奇怪了。但是，苏莉为什么要戴有色的隐形眼镜，把棕色眼睛变成绿色呢？

他耸耸肩，懒得多想。

我们早就知道答案。我们费了好大力气才找到苏莉·卡朋特。潜在人选需要符合一大串评定标准，而其中最不重要的就是发色和眼睛的颜色，因为两者都很容易被改变。

随着最终日期临近，罗杰的角色也开始改变。有两个星期，他就像是砧板上的肉，任人宰割，个人毫无决定权，也无法控制自己的遭遇。然后他变成了一名学生，遵从师长命令，学习如何控制感官和肢体。这是从实验室到半神的改变，而他已经完成了一半以上。

他能感觉到事情发生的过程。现在，他能对任何一条指令提出质疑，有时还拒绝执行。凯瑟琳·多蒂不再是他的老板，不再能命令他做一百个引体向上或者一小时的竖趾旋转。她现在成了他的手下，在他需要的时候叫来提供协助。布拉德也不再随心所欲地开玩笑，工作更加专心，还经常要求罗杰帮忙。"帮我做一下这些颜色辨别测试呗，可以吗？将来我要写关于你的论文，这种材料会很吸引人的。"罗杰经常合作，但有时也拒绝。

他最经常合作、配合最投入的人，是苏莉·卡朋特，因为她特别可靠，还总是替他着想。他几乎已经忘记了她的相貌跟多莉有多么相像。他只觉得这女孩很耐看。

她特别会顺应罗杰的各种情绪。如果他心情不好，她就会显得平静又快活。如果他谈兴正浓，她就话多。两人有时会玩棋牌游戏，她特别擅长玩拼字。有天深夜，罗杰要试验一下自己保持清醒的时间极限，她带了一把吉他，两人一起合唱。她用悦耳又轻柔的女低音衬托罗杰单调又跑调的轻唱。被他注视时，她的脸色会变，但他已经学会了应对这种情况。只要他允许，他的感官可以改动接收到的外在信息，让它们更加贴合他的情绪，有些时候，苏莉·卡朋特甚至比多莉本人更像多莉。

每天，等他在火星模拟舱结束了一天训练，苏莉就会跟他赛跑，一起回病房，咯咯娇笑的女孩跟脚步沉重的怪物，相伴穿过实验区宽阔的走廊。他当然可以轻易获胜。两人会稍微聊聊天，然后他就打发她离开。

九天后发射。

实际上，时间比那还要更短。他在发射前三天就会被空运到梅里特岛，而他在汤卡镇的最后一天还要调试便携计算机，重调一部分感应器，以适应火星环境。所以，他现在只剩六天，不，五天。

而他已经好几周没见过多莉了。

他在自己特意要求安装的镜子前看自己：昆虫式的眼睛，蝙蝠一样的翅膀，微微发光的皮肤。他让自己的视觉过滤系统工作，以此自娱，镜子里一会儿是蝙蝠，一会儿是巨苍蝇，一会儿又是魔王……然后是他本人，记忆中的原样，面容俊美，充满青春活力。

如果多莉也有一台电脑，能自动处理视觉信号，那该有多好！如果她看到的仍是自己从前的样子多好！他发誓不给她打电话。他不能迫使她面对自己的丈夫，却发现他已经变成了漫画书里才有的怪物。

他发过了誓，但还是拿起话筒，拨通她的号码。

这只是一时冲动，却无法抗拒。他等待着。他像手风琴一样可折放的时间感，拉长了等待时段，所以在显示器点亮、电话蜂鸣声初次响起之前，似乎过了无比漫长的时间。

时间再一次背叛了他。第二声提示音又在好久之后响起。然后它来了，却响了那么久才停息。

她还没接电话。

罗杰是那种特别留意数字的人，他知道大多数人都要在第三次响铃时才能回应。多莉却总是急于知道是谁打电话找她，不管是熟睡还是洗澡时，她都很少让电话响完第二声。

良久，第三下铃声响起，还是没有回应。

罗杰开始觉得难过。

他尽可能控制自己，不想触发遥测设备上的警报。他无法彻底停止担忧。她出门了。他心想。她的丈夫已经变成了一个怪物，但她并没有在家里难过、担心。她出门购物、串亲访友，或者去看电影了。

又或者，去找男人。

哪个男人？布拉德，他想。也不是没有这种可能。按钟面时间，他二十五分钟前在模拟舱与布拉德分手。足够让他们两人找个地点幽会，甚至足够布拉德赶到托洛维家。也许她根本就没有出门，也许——

铃声第四响——

也许他们就在那儿，两人一起，赤身裸体在地板上交媾，就在电话前方。她会说："你到里屋去一下，亲爱的，我要看看是谁打电话来。"而他会大笑着说："不，我们还是这样应付电话吧。"而她会继续说——

铃声第五响——画面绽放成了多莉的面庞。她的声音说："你好？"

罗杰的拳头像音速一样快，立刻遮住了摄像头。"多莉，"他说，他的声音，在自己听来呆板又沙哑，"你好吗？"

"罗杰！"她叫道，那声音里的愉悦听起来倒是很真实，"哦，亲爱的，听到你有声音我真高兴！你现在感觉怎样？"

他本能地回答："挺好。"谈话继续，他完全不用脑子就开始说，不必修正具体的表述，只要谈谈自己经历了什么，列举各种实验和训练。与此同时，他开动全部感官，死盯着屏幕。

她看起来——怎样？很疲惫？如果疲惫，这就确证了他的担心。她每晚都在跟布拉德亲热，不管丈夫如何伤痛难忍、被嘲弄、被侮辱。如果精力充沛，情绪很好呢？精力充沛，情绪很好也是证据，表明她很放松，自得其乐——才不管丈夫在承受怎样的苦难。

托洛维的脑子其实没有任何毛病，他只是终生习惯于分析和逻辑推理。他已经发觉自己在玩的这个游戏叫作"我是输家"。无论看到什么，他都会当成多莉的罪证。但不管他怎样扫描她的影像，用怎样复杂的感知工具，她都没有显出敌意，也没有虚情假意的迹象。

等他想到这些，才感觉到内心柔情泛滥，嗓音嘶哑。"我一直在想你，亲爱的。"他用缺少起伏的声调说。这声音里唯一能显露情绪的地方，就是有个音节被哽住，慢了半拍，就像"亲……爱的"。

"我也一直在想你。我给自己找了些事情打发时间，亲爱的。"她喋喋不休地说，"我在粉刷你的书房呢。这是个惊喜，但是考虑到你要那么久之后才看到它——好吧，我要刷成桃红色。木器用金凤花色。房顶呢，也许就用蓝灰色了。你喜欢吗？我本来想用棕、赭两色来着，你知道，秋天的颜色，火星风范，庆祝你远征归来。但我觉得，等你回来后，应该已经受够了火星配色！"她一刻不停地接着说，"我要什么时候才能见到你呢？"她语调的突然变化，让他措手不及。

"那个……我现在的样子很难看。"他说。

"我知道你现在什么样子。上帝呀，罗杰，你觉得梅吉、布伦达、卡莉和我过去两年来会不谈起这件事吗？我们从项目一开始就在聊。我们看过设计草图，我们看过初期模型的照片，我们还看过威利本人的照片。"

"我已经不完全像威利了。他们改了一些设计——"

"那些我也知道，罗杰。布拉德全都跟我说过。我想要看到你。"

那一刻，他妻子的脸毫无预兆地变成了巫婆模样，她手里的钩针变成了农夫的草把扫帚。"你最近还见过布拉德？"

她回答之前是有过几毫秒的停顿吗？"我估计他不应该透露给我的。"她说，"因为保密要求之类的。但我从其他地方套出了话来。情况没有那么糟，亲爱的。我是个大女孩，我可以接受。"

有一会儿，罗杰想要把手从摄像头那里拿开，让妻子看到自己。但他头脑已经开始混乱，感觉很怪。他无法解读自己当时的感觉。是眩晕吗？情绪激动？机械部分出现了故障？他知道，片刻之后，苏莉或者唐·凯曼或者其他什么人就会闯进来，被外面的遥测设备警报招来。他试图控制自己。

"也许，晚些时候吧。"他不确定地说，"我……我觉得我现在最好挂电话了，多莉。"

在她身后，他们熟悉的客厅也在变。电话配套摄像头的景深效果不太好。就算在他的机械眼看来，房间其他部分也有些模糊。阴影里站着的是某个男人吗？他是否身穿海军制服衬衫？布拉德会这样打扮吗？

"我必须马上挂电话了。"他说，然后这样做了。

克拉拉·布莱进入房间，很担心地询问着他。他只是摇头，一语不发。

他的新眼睛里没有泪腺，当然也就无法哭泣——甚至连这点儿发泄的权利都已被剥夺。

11.
多蒂夫婿的归来 ①

　　我们的预测曲线表明: 时机已到, 世人理应开始了解罗杰·托洛维, 事无巨细, 越详尽越好。所以, 相关报道已经全部发布, 出现于全球每一块电视屏幕。十二部制作完美的短片从各角度全面展示了罗杰, 中间穿插了巴基斯坦饿殍的特写, 还有芝加哥大火的报道。

　　结果之一, 是多莉成了社会名流。罗杰的来电让她心神不定。但对她冲击更大的是布拉德的便条, 说他以后再也不能见到她; 还有总统花费四十五分钟表明的立场, 如果敢惹他心爱的宇航员, 后果将会怎样。当然更让她紧张的, 还有得知自己被持续跟踪, 电话被窃听, 家里肯定也被装了窃听器。但她还是不知道该如何面对罗杰。她怀疑自己永远不会知道。也完全不在乎他马上要被送上太空的事

―――――――――――

　　① 此处标题直译为: 多萝西·路易莎·明兹·托洛维扮演佩内洛普（Dorothy Louise Mintz Torraway as Penelope）。佩内洛普是希腊神话中奥德修斯的妻子, 坚忍地等待征战十年的丈夫归来, 而拒绝了一大批求婚者。作者此处用这个典故, 有反讽的意味。

实。他走之后，多莉至少能清静一年半的时间，不用担心两人之间的关系。

公共媒体突然投向她的关注，也并不会让她紧张。

现在所有报刊记者都已经采访到心满意足，电视记者也曾来过，她还在晚六点的新闻节目中看到了自己勇敢的面庞。《女权》正要派人来访。此人先打过电话来。她是位六十岁左右的女人，自由年代的资深斗士，她不屑地说："我向来不愿意仅仅因为某人是某位大人物的妻子，就对她进行采访。但读者就想看这个。我不能放弃这份工作，但我想跟你说清楚，让你知道，我十分藐视这种行为。"

"对不起。"多莉道歉，"您想让我取消这次访谈吗？"

"哦，不。"那女人说，言外之意这一切都怪多莉，"这不是你的错，但我感觉，这背叛了《女权》所代表的一切。无所谓啦。我想到你家来一趟，做一次十五分钟的采访，用于磁盘版，我还会给印刷版本写文章。如果你能——"

"我——"多莉想插嘴，没成功。

"——试着谈谈你自己，而不是他。讲讲你的背景、你的兴趣、你——"

"抱歉，但我宁愿——"

"——对太空考察计划的个人看法之类。达什说，这是当今美国梦的重要组成部分，会影响到全世界的未来。你怎么看？我不是想让你马上回答这个问题，我是说——"

"我不想在自己家里接受采访。"多莉不等合适的时机，就在对话中插了一句。

"——你应该事先考虑一下，然后对着镜头回答。不在你家？不，这不可能。我们一小时之后就到。"

多莉面前只剩下渐渐淡去的光点，然后这光点也随即消失。"贱人。"她下意识地说。其实她也不是真的不能接受在家采访,她在意的是自己有没有选择权。但她现在已经别无选择,除非在《女权》的工作人员到达之前离家。

　　道姆·托洛维,闺名曾是迪·明兹,她相当看重自主选择权。最早把她吸引到罗杰身边的原因之一,除了航天光环,与之相伴的稳定、富足生活,罗杰的健壮帅气,就是因为他肯倾听她的诉求。其他男人最感兴趣的,往往是他们自己想要什么。具体内容因人而异,但大致上都是男人感兴趣的那些东西。哈罗德喜欢跳舞和派对,吉米总喜欢做爱,埃弗喜欢派对和做爱,罗米想要政治上志同道合,巨婴乔想要一个妈。罗杰想要的,是跟她一起探索这个世界,而对于她感兴趣的部分,也会给予尊重,就像他自己看重的那些部分。

　　嫁给这个男人,她从未后悔。

　　其间曾有过不少孤独时期。他在三号空间站时长达五十四天。还有无数次短期任务。有两年,她跟着他到世界各地出差,与地面监测系统合作,从亚琛到扎伊尔,居无定所。但多莉后来放弃了追随他,独自返回了汤卡的家。她觉得这没什么。也许罗杰不是这样想。她从未想过罗杰当时的感受。无论怎样,当时也有很多相聚的机会。他每隔一两个月就能回家,而她也过得很充实。她有自己的小店——是罗杰去冰岛时开的,用他寄来祝贺生日的五千美元支票。她有自己的朋友。时不时,还有别的男人。

　　所有这些,都无法让她感到充实。但她也从不奢望充实起来。她对孤独习以为常。她早年就是独生女,而妈妈受不了任何邻居,所以她也没有太多朋友。其实邻居们也不太受得了她妈妈,因为她妈就是个小型火药桶,几乎每天下午都能疯狂发飙的那种,这让多莉有些尴尬。但她不在乎这些,反正她也不了解其他人的生活。

三十一岁那年，多莉健康又漂亮，在现实世界里左右逢源，各方面都在人生巅峰。她自称幸福，但这个结论的根据绝不是那种虚假的喜悦和满足，而是来自事实。客观地说，不管她想要什么都可以得到，在这个世界上，幸福还有别的定义吗？

她利用哈加尔·昂斯特罗姆女士和她的《女权》团队到达之前的那点儿时间，从店里取来一批精选出的瓷器，摆在她准备坐的沙发前和咖啡桌上。剩余的时间用来处理次要事务，比如梳头、补妆、换上最新式的蕾丝裤套装。

门铃响时，她已经万事俱备。

哈加尔·昂斯特罗姆甩着一只手走进来，亮闪闪的蓝头发，加上一支表面起皱的黑雪茄。她后面跟着由灯光师、录音师、摄影师和一水儿小男生组成的助理团队。"房间好小。"她一面轻蔑地打量着家具，一面咕哝着说，"托洛维坐那里。快开工。"

助理小男生们快步上前，从窗边搬来一把安乐椅，推到原来放置凸橱柜的屋角，而把橱柜推到了房间正中。"等一下，"多莉说，"我本来以为，我只要坐在那张沙发上就可以了——"

"亮度读数出来了没有？"昂斯特罗姆大声问，"萨莉，开动摄影机。待会儿不定要用什么当支架用呢。"

"我是认真的。"多莉说。

昂斯特罗姆瞥了她一眼。多莉的声音并不大，但语调听上去很危险。她耸耸肩。"让我们先摆好，"她提议，"如果你不喜欢，我们再谈。配合我过一遍，好吗？"

"过一遍什么？"多莉发觉，带手持摄像机的女孩已经对准了她，这让她有些分神。灯光师两手各持一架强光灯组，缓缓移动它们，每当多莉有动作，都尽可能消除阴影。

"嗯，举例来说，你对未来两年有什么计划？你当然不会无所事事等罗杰·托洛维回家。"

多莉想要回到沙发那里去，但是灯光师皱起眉头，示意她向相反方向移动。两名助理还把咖啡桌推到了一旁。她说："我有自己的商店。我觉得，你们采访我的时候，应该可以让店里的有些商品出现在画面上——"

"可以，当然。我真心同意。你是个健康的女人，你有性欲。请后退一点，谢谢——桑德拉的录音系统有些嗡嗡声。"

多莉发现自己已经站在指定的椅子前方，别无选择，只能落座。"当然——"她开口说。

"你肩负一份职责。"昂斯特罗姆说，"你要给年轻女性树立何种榜样？把你自己变成干瘪的活寡妇？还是过自然又充实的生活？"

"我并不很想谈——"

"我很认真查过你的底细，托洛维。我喜欢我发现的东西。你是个独立自主的人——这方面无可挑剔。但实际上，你又接受了婚姻这种虚伪又荒谬的东西。为什么？"

多莉犹豫了一下。"其实罗杰是个大好人。"她试探性地回答。

"那又如何？"

"嗯，我是说，他给了我很舒适的生活，还多方支持我——"

哈加尔·昂斯特罗姆叹了一口气，"还是老一套，奴性思维。算了。另外一个让我困惑的问题，就是你让自己跟太空计划扯上了关系。你没觉得这是性别歧视主义者的阴谋吗？"

"没有啊。总统本人都跟我说过，"多莉说，她也察觉到，自己是想留条后路，以防总统再次到访，"让一个男人登上火星非常重要，对确保人类的未来必不可少。我相信他。我们都欠——"

"重述一遍。"昂斯特罗姆威严地说。

"什么？"

"重复一遍你刚才说过的。把什么送上火星？"

"一个男人啊。哦,我知道你什么意思了。"

昂斯特罗姆悲哀地点点头,"你知道我什么意思,但却不会改变你的思维方式。为什么说'一个男人',而不是'一名人类'？"她心有戚戚地望着录音师,后者也深受震动,轻轻点头。"好吧,我们来谈更重要的话题:你是否知道这次火星之旅的全部成员都将是男性？你对此有何评价？"

对多莉来说,那天上午真是难熬。她最终还是没能让她的瓷器产品上镜。

那天下午,苏莉·卡朋特来上班时,给罗杰带来了两份惊喜:一盘采访录像带,从公关(真相:内容检查)部门借来,还有一把吉他。她先把录像带给他,让他看那段采访,她则替他辅床,为他的花儿换水。

录像放完之后,她开心地说:"尊夫人表现很好啊,我觉得。我见过哈加尔·昂斯特罗姆一次。她是个很难对付的悍妇。"

"多莉看上去气色不错。"罗杰说。他那张改造过的脸和缺少顿挫的声音都没有表露任何情绪,但那双蝙蝠翼却躁动不已。"我一直喜欢这种长裤。"

苏莉点头,暗自记下这个细节:裤子两边的蕾丝边,会露出很多肌肤。显然,罗杰身上植入的类固醇药物在发生作用,他还是个男人。"现在,我还有别的东西给你看。"她说着,打开了吉他箱。

"你要弹给我听吗？"

"不,罗杰。是你要弹。"

"可是我不会弹吉他,苏莉。"他抗议道。

她大笑起来。"我跟布拉德谈过了。"她说,"我觉得你也会大吃一惊。要知道,罗杰,你可不只是变了而已,是更强了。比如说,你的手指头。"

"手指头怎么了?"

"这么说吧,我从九岁开始弹吉他,如果停下几周,茧子就会掉,然后我就得从头开始练。你的手指不需要老茧:它们足够坚实有力,第一次就能完美地压对琴品。"

"好吧,"罗杰说,"但我都听不懂你的话。什么叫作'琴品'?"

"就是把琴弦下压,像这样。"她弹响 G 和弦,然后又拨出 D 和 C 两个和弦。

"现在你来照做。"她说,"只需要注意一件事,就是别用太大力气。它是可能被捏坏的。"她把吉他交给罗杰。

他用拇指拨动空琴弦,像她刚才那样。

"好棒。"她鼓掌,"现在拨个 G 和弦。无名指按在高音 E 弦的第三个品,就那里。食指放在 A 弦第二品。中指放在低音 E 弦第三品。"她引导罗杰放对手位,"现在拨弦。"

他拨了几下,抬头看她。"嘿,"他说,"不赖嘛。"

她笑起来,一面纠正偏差,"岂止不赖。简直完美。现在,我们来看 C 和弦。食指按在 B 弦第二品,中指这里,无名指这里……好了。下面是 D 和弦:食指跟中指按住 G 弦和 E 弦,那里,无名指往下一品,按 B 弦……又一次满分。现在,给我弹下 G 和弦。"罗杰弹出了完美的 G 和弦,自己都感到意外。

她微笑,"看到没? 布拉德说得对。一旦你学会了一种和弦,你就不会再忘记。3070 计算机会帮你记住它。你本人只需要想到'G 和弦',你的手指就会完成运作。现在的你呢,"她露出有点儿伤心的样子,"相当于当年我学了三个月吉他的水平。"

"不错啊。"罗杰一个接一个试弹各种音。

"但这还只是开始。现在请弹一个四拍小节,你知道啦,就是嗒嗒嗒嗒。请用 G 和弦——"她听了下,然后点头,"好的,现在我们这样做:G, G, G, G, G, G, G, G, C, C, G, G, G, G, G, G……漂亮。再来一次,只是这次呢,弹完 C, C 之后,改弹 D, D, D, D, D, D……还是那么棒。现在连弹两个段落,弹完一下紧接下一个。"

他弹奏,而她随声歌唱:"康巴亚①,我的上帝。康巴亚!康巴亚,我的圣主。康巴亚。"

"嘿!"罗杰高兴得叫起来。

她故作悲戚地摇头,"你拿起那把吉他才三分钟,就已经可以给人伴唱。拿着吧,我给你带了一本指法书和几首简单的乐谱。等我回来,你应该已经学会了所有曲目,然后我再开始教你挑弦、滑弦和打板。"

她给他演示了如何阅读每种和弦的指法图,然后让他自己去学习 F 和弦的六种指位。

在他房间外面,她花了点儿时间取下隐形镜片,揉揉眼睛,去了局长办公室,斯坎扬的秘书挥手示意她可以进入。

"他正在开心地玩吉他,将军。"她报告说,"对他老婆,可就没有那么满意了。"

沃恩·斯坎扬点头,打开通信器材开关:《肯塔基宝贝》的弹奏声从罗杰房间里的窃听器那里传来。他把按钮扳回原位,"现在我已经了解了吉他的情况,卡朋特少校。他老婆那事儿怎样?"

"恐怕他还爱着她。"她缓缓说道,"他只能忍受到一定限度。过了那个点,我感觉我们就会有麻烦。只要他还在这座项目中心,我就能改善他的情绪,但他要离开这里很长一段时间——我说不好。"

斯坎扬严厉地说:"有话就直说,少校!"

"我认为,他思念妻子的程度将会超过他能忍受的限度。现在就

---

① Kumbaya 是非裔美国嘎勒黑人的一首传统圣歌(字面意思为"到这里来吧")。

已经很糟了。他看影带的时候我观察过他。浑身肌肉一动不动，专注到浑身僵硬，不想错过一丝信息。等他距离妻子四千万英里时——这个，我已经录下了全过程，将军。我会用计算机模拟一次，然后我会说得更详细一些。但我现在就有些担心。"

"要担心的可不只是你！"斯坎扬没好气地说，"要是我们送他上天，他却炸了，达什肯定要整死我！"

"那我能跟您说什么呢，将军？请允许我运行模拟程序。然后，或许我能告诉您如何处理危机。"

她没等对方邀请，就擅自坐下，抹了下额头。"双重身份的生活让人负担很重，将军。"她坦白说，"八小时扮演护士，八小时担任心理专家，这一点儿都不好玩。"

"到南极洲做十年的随军参谋，会比你现在更惨。"沃恩·斯坎扬简单直接地说。

总统专机已经爬升到 31 000 公尺的巡航高度，切换进入高速模式，三马赫多一点儿，即便是 CB-5 型总统专机，这个速度也快得离谱。总统相当着急。

中途岛峰会刚刚在混乱中结束。总统伸展肢体躺在他的长沙发椅上装睡，为的是免受几位同行参议员打扰。达什闷闷不乐地考虑他的几种可能选择。出路不多。

他本来就对峰会期望不高，但开头阶段进展还好。澳大利亚人表示，他们愿意在有限范围内跟新亚盟合作，共同开发沙漠腹地，前提是得到若干相应的保证，如是云云。新亚盟代表交头接耳，继而宣布他们愿意提供保证，因为他们的真正目的，就是为全世界人民提供最大数量的生活必需品而已。他们眼中，全天下人类都是一个整体，并没有因为老旧的国界线而有所区别，等等等等。达什本人也甩开他那几位窃窃私语的幕僚,声明美国在本次峰会中的诉求,仅仅是为它的两个亲密邻国提供行政事务方面的帮助,本身并无利益要求,如是种种。有那么一段时间,长达两个小时,峰会貌似可以达成重要而有建设性的成果。

然后他们开始讨论具体细节。亚洲人提出派遣百万土地改造大军,加上一大批油船,每周运送三百万加仑浓缩淤泥,全部来自上海地区的垃圾处理场。澳大利亚人接受了这批肥料,但同时也提出,亚洲农垦人员的上限是五万人。此外,他们还礼貌地指出,这是澳洲的土地、澳洲的阳光,要播种的也是澳洲小麦。国务院负责人提醒达什,美国对秘鲁仍负有援助义务,达什心情沉重地站起来,坚持要将15%的收成提供给南美大陆友邦。现在气氛开始紧张。后来冲突的导火线,是一架新亚盟运输机在桑德岛基地起飞时,闯入了一群黑脚信天翁中间,飞机坠毁,并在潟湖中的一座礁岛起火燃烧,假日酒店楼顶的与会代表正巧目睹了全景。然后人们就开始恶语相向。澳大利亚人表示,他们轻易就控制了本土生活的信天翁属鸟类,惊诧于美国人在这方面的无能。三周的紧张准备,两天的希望,得到的成果仅仅是一份措辞保守的声明,说三方都同意继续进行谈判。某时,某地,但肯定不在近期。

在沙发床上辗转反侧的达什心想:这一切的真正含义,其实是双方的矛盾难以调和。终归要有一方做出让步,但没人肯退后一步。

他坐起来,叫了一杯咖啡。东西送来,还带了一张便条,是一位参议员用飞机专用的白宫文具写的:总统先生,我们降落之前,必须先敲定灾区公告。

达什把便条揉成团。这是泰利崔参议员,总是爱发牢骚的家伙:阿尔特斯湖水域面积只有常年的20%,阿巴克尔山区旅游业衰亡,因为特纳瀑布已经断流,由于扬沙,洲际博览会不得不取消。俄克拉荷马州应该被宣布为灾区。他手下有五十四个州，达什心想，如果他全听那些参议员和州长的，就得宣布五十四个州全都是灾区。真相是：灾区只有一个，只不过碰巧是全球范围。

而我，还竞选了这样一个管理灾区的职位。他暗自纳罕。

想到俄克拉荷马，他就想起罗杰·托洛维。有一会儿，他考虑过给飞行员打电话，要专机改道飞往汤卡。但陆海军三军参谋长联席会议也不能拖延。对其他地方，他也只能满足于电话联系。

罗杰知道，弹吉他的那个人并不是真正的他，记住所有动作、命令手指执行头脑下达的任何指令的——是 3070 计算机。他花了不到半小时，就学完了那本书里所有的和弦，轻而易举就能连贯运用。又花了几分钟，他在楼下的数据库里找出了音乐符号的规律。然后他的内置钟表接管了节奏，他再也不用担心节拍问题。要弹出某个旋律，他只需要记住每根琴弦的哪个品对应哪一个音符。一旦载入磁体记忆，乐谱和弹奏动作之间的对应关系就永久性地确立了起来。苏莉只是在需要的时候，提示他哪些音符要强调、哪些要弱化，从那一刻起，谱中的强音和弱音符号就再也构不成任何威胁。指法，对人类神经系统而言，两分钟就能学会的原理，需要上百小时的练习才能真正熟练：拇指按 D 弦，无名指按高音 E 弦，中指按 B 弦，拇指 A 弦，然后无名指 E 弦，中指 B 弦，如此等等。但罗杰只需要两分钟。在那之后，会有子程序来控制手指弹奏。只有正常发声而不扯断琴弦，才是他的演奏上限。

他正在弹奏塞戈维亚的一首曲子，尽管只听过一遍磁带。这时总统打来了电话。

曾有一段时间，罗杰还会带着敬畏和得意接听美国总统的来电。现在他却感到很烦；这将占用他弹吉他的时间。他几乎没听总统说的话。达什脸上的忧愁让他吃惊,几天前还没有的皱纹,现在却特别明显,而且他眼窝深陷。然后他才意识到,这是他的感知强化电路在起作用,为他强调了变化信息。他主动屏蔽了信号强化,看到达什的本相。

但总统还是一脸疲惫。他的声音倒是温和友善,问罗杰近况如何。有没有什么需要?有没有人需要被修理一下,让事情进展更好?"我一切都好,总统先生。"罗杰一面说,一面自得其乐地用他的过滤眼把总统变成圣诞老人,大白胡须,红色穗帽,肩上扛着礼物包。

"真的吗,罗杰?"达什追问,"你应该没忘记我跟你说过的话吧:不管你想要什么,开口叫我就好。"

"我会叫的。"罗杰承诺,"但我现在很好,我在等待发射。"也在等你赶紧挂电话,他心想,觉得这番对话很无聊。

总统皱眉。罗杰的解释系统马上改变了他的形象。达什还是圣诞老人那套行头,但皮肤黝黑,满口大尖牙。"你不会是过度乐观了吧?"他问。

"这个嘛,就算我是,我自己又怎么可能知道?"罗杰冷静平和地反问,"我觉得应该没有。你可以问问这里的其他工作人员。他们对我的了解程度,可能超过我自己。"

他又说了几句,设法结束了谈话。他明知总统并不满意,还有些担心,但却并不太在乎。现在罗杰真正在意的东西越来越少,他想。而且他在说实话,自己真的很期待发射。他相信苏莉和克拉拉。他心里也稍微有些担心漫长旅程中的危险,但想到在那边可能获得的发现,情绪就会好一些。那可是他被改造来居住的行星啊。

他拿起吉他,继续弹奏那首塞戈维亚,但感觉没有想要的那样好。过了一会儿他才意识到,完美的音准也有不利之处:塞戈维亚的吉他并不是完美的 A 音,440 赫兹那种,而是差了几赫兹,而且他的 D

弦也更弱，差四分之一个音阶。他耸耸肩（蝙蝠翼没能完成这个动作），把吉他放下。

有一会儿，他笔直地坐在椅背挺直、没有扶手的吉他椅上深思。

他内心有个烦恼，这烦恼的名字叫多莉。吉他使他快乐、放松。但在这层欢乐的背后，却是一场白日梦：他坐在帆船上，跟多莉和布拉德一起航行，随手弹响布拉德的吉他，技惊四座。

在内心深处，他生活中一切过程的终点都是多莉。弹吉他的目的是取悦多莉。对自己外貌的担忧是因为不想吓到多莉，被阉割的可怕之处是以后无法再满足多莉。这些事导致的痛苦，如今大部分都已经过去，他现在考虑这些问题的态度，在几周前根本不可能存在。但毕竟，那份伤感还埋藏在心中。

他伸手想拿电话，却又缩了回来。

给多莉打电话不会有好结果。他试过了。

他真正想要的，是见到她本人。

这个，当然是不可能的。他被禁止离开项目中心。沃恩·斯坎扬会大发雷霆。卫兵们会在门口拦下他。遥测设备会马上发现他在做什么。闭路电视系统会随时跟踪他的位置。整个项目中心将动用全部资源阻止他离开。

要申请许可也是徒劳，甚至连请求达什都没用。最多是总统特别发令，把多莉带来。她会担惊受怕，愤怒而勉强地进入他的房间。罗杰不想让别人逼迫多莉来这里，而且他确信自己也得不到探访她的许可。

但是，话说回来……

话说回来，他又何必申请呢？

他想了一分钟，在竖直靠背的椅子上一动不动。

然后他小心地把吉他收进盒子，开始行动。他做的第一件事就是对墙弯腰，把一块插座盖板揪下来，手指插进去。他手指上的黄铜指甲任何时候都可以发挥硬币的作用。保险丝熔断，房间里电灯全部熄灭。录像监测设备的各种轻响逐渐停息，房间里一片昏黑。

但还有热量，而这已经足够让罗杰的眼睛看清周遭的一切。他有足够的视觉信号，足以拔掉全身的遥测线头。他已经出了门。咖啡休息时间的克拉拉·布莱正在给杯子里添加奶油，还没来得及看报警的监测面板。

他熔断保险丝的计划收效超过预期，走廊里的灯也已经全部熄灭。走廊里有人，但在黑暗中什么都看不见。大家发现他失踪之前，罗杰就已经从他们身边溜过，进入消防梯，一步四级往下走去。他轻松自在地控制机械身体。凯瑟琳·多蒂的所有芭蕾舞训练让他受益匪浅。他像舞者一样轻灵地下楼。他闯过一道门，沿走廊快速奔跑，门卫的视线还没从电视屏幕上移开，他就已经跑进了室外清凉的空气里。

他沿公路快步跑向汤卡市区，速度达到每小时四十英里。

夜间光线极好，有很多光源他前所未见。头顶是一层厚厚的云。层积云从北方翻涌而来，它们上方还有厚厚的中层云。即便如此，他还是能看到最亮的那些星星，穿过云层闪耀光芒。道路两旁的俄克拉荷马草原，正在用日间积聚的少量热量发出微光，时不时有更为光亮的一团，那是住宅或农舍。公路上的汽车拖曳出长长的光带，排气管口尤其富于光彩，气流先是泛红，然后渐渐黯淡，消失在清冷的空气中。进入城区后，他偶尔会看到行人，然后提前避开，每个人都像是亮闪闪的万圣节人物，用体热发着光。他周围的房子日间也积攒了一些热量，其中央暖气系统发出更多光，像萤火虫一样亮。

他停在自家街道的拐角，门口停了一辆车，里面有两个人。他脑子里警灯闪亮，汽车变成了一辆坦克的样子，炮管对准自己的头顶。

他们不是问题。他改换路线,跑向别人家后院,跃过篱笆,溜过院门,在自家外围,他伸长铜指甲,攀过外墙。

这正是他想要的样子。不只是要避过外面汽车里的人,也要完成自己幻想中的套路:他将破窗而入,出现在多莉面前,抓到她——做什么?

事实上,此时她正在电视上看午夜电影。头发里缠着些彩色卷发器,斜倚在床上,吃着一盘冰激凌。

当他推开未上锁的滑窗,爬入室内时,她转头看过来。

然后开始尖叫。

不只是尖叫,还有歇斯底里。多莉洒了冰激凌,跳下床去。电视机被带翻,重重地摔落在地。她哭泣着,身体紧靠在远端的墙上,两眼紧闭,双手死死捂住眼睛。

"对不起。"罗杰无助又无力地说。他想要靠近她,但又知道不能这样做。她看上去无助又可怜。她身穿宽大睡衣,透过衣料,能看见比基尼系带小内裤。

"你说对不起?"她惊呼道,看了他一眼,移开视线,摸索着躲进浴室,重重摔上了门。

好吧,罗杰心想,这也不能怪她。他完全知道自己的模样有多奇怪,还这么毫无征兆就从窗子爬进来。"但你的确说过,你知道我现在什么样子。"他大声说道。

浴室里没有回答。只是片刻之后,传来了冲水的声音。他环视房间,还是平时那副样子,衣橱里还是两夫妻的众多衣物。沙发后面一如既往没发现隐藏的野男人。像个中世纪绿帽男那样搜查自己家,并不会让他感到骄傲。但他还是无法停下,直到确信她是独自一人。

电话响了。

罗杰马上做出的回应，是在第一个哔声刚开始响时，就伸手扯下听筒。他速度太快力气太大，话筒在他手里碎成了渣。"喂？"罗杰说。但是没有回应。他刚才那一下，已经足以保证任何人都无法使用这部电话了。

"上帝啊！"他说。他完全无法预料这次会面的结果，但显然，开头很不妙。

等多莉出了浴室，她已经不再哭泣，但也不肯开口说话。她走进厨房，没有看他一眼。"我想喝杯茶。"她头也不回地说。

"要不要我帮你倒杯酒呢？"罗杰热心地建议道。

罗杰能听到电水壶被装满的声音，还有水壶被烧热的滋滋声，几次咳嗽声。他更加用心去听，听到妻子的呼吸声，渐渐地变得更慢、更均匀。

他坐进那把椅子，一直都属于他的那一把，等着。他的翅膀有些碍事。尽管它们能自动调升到头顶，但他还是不能向后靠。他心神不定地踱进客厅。妻子的声音从推拉门内传来："你想喝茶吗？"

"不用。"然后他补充说，"不了，谢谢。"其实他很想喝茶的，并不因为是他感到渴或者饿，而是很想参与一件平常小事，他跟多莉一起做过的那种，但他又不想在她面前泼了水，或者有其他可笑的表现，他在使用杯盘碗碟和饮水方面很少做练习。

"你在哪儿？"她在厨房门口犹豫了一下，两手捧杯，然后才看到他，"哦，你为什么不开灯？"

"我不想开。亲爱的，请坐下来，闭上眼睛待一分钟。"他想到一个主意。

"为什么？"但她还是照做了，坐在假壁炉一侧的扶手椅上。他搬起椅子，连同妻子一起转向，让她面向墙。他环顾四周，想找坐的地方，但没找到，或者说，没有适合他现在体形的位置：地板、软垫和沙发，全都不适合他的身体和双翼。但话说回来，他知道自己没那么需要坐下。他的人造肌肉不那么需要这类放松。

于是他站在她身后，说："要是你不看着我，我能感觉更好一些。"

"我能理解，罗杰。你的样子吓到了我，仅此而已。我宁愿你没有这样突然从窗户里钻进来。另外，我也不应该那么确信自己能忍受看到你，我是说那样子出现，我肯定会——吓坏的，我觉得，我就是想说这些。"

"我很清楚自己现在什么模样。"他说。

"但你还是你，不是吗？"多莉对着墙壁说，"尽管我不记得你以前为了跟我上床而翻过墙。"

"翻墙很容易。"他说，想试着活跃一下气氛。

"那么，"她暂停一下，喝了一口茶，"跟我说说。为什么回来？"

"我想看看你，多莉。"

"但你看过我。在电话屏幕上。"

"我不想借助电话。我想跟你待在同一个房间里。"他其实更想爱抚她，伸手放在她脖子上，让她紧绷的肌肉放松下来，但又没那个胆子。相反，他伸手点着壁炉中的天然气火苗——并不是为了取暖，而是给多莉一点儿光线。还有让气氛好一点儿。

"我们不应该那样的，罗杰。也许会被罚款一千美元——"

他笑起来，"你和我不会因此受罚的，多莉。不管谁找你麻烦，你只要打电话给达什，说这事儿是我准许的。"

他妻子从床头柜上的烟盒里取出一支香烟，点燃。"罗杰，亲爱的。"她缓缓说道，"这一切都让我很不习惯。我不只是说你现在的模样。我能理解这点。这很难，但至少我提前就知道结果了。尽管我从未想过这会发生在你身上，但我真的不习惯你，怎么说呢，变得如此重要。"

"我也不习惯啊,多莉。"他回想起拯救俄国人之后返回地球,见到的那些电视记者和欢呼的人群,"现在不一样了。我感觉自己像是背负了一份责任,也许是整个世界。"

"达什说,你的处境正是这样。他说的话,有一半都是放屁,但我觉得那段应该不是。你是个重要人物,罗杰。其实以前你也是名人。也许这就是我嫁给你的原因。你当时就像是摇滚明星一样,知道吗?那种身份激动人心,然而你如果厌倦了,就可以随时抽身走开。但现在,我觉得你已经无法摆脱了。"

她捻灭香烟。"反正,"她说,"你跑来了这里,项目中心那帮人可能已经急疯了。"

"我可以处理的。"

"是啊。"她若有所思地说,"我想你的确可以。那我们现在该聊些什么?"

"布拉德。"他说。这不是他的本意,这个词来自他的人造喉结,由他的人造口唇发音,完全没经过他的意识处理。

他能感觉到她身体变僵。"布拉德怎么了?"她问。

"你在跟他上床。"他说。现在,妻子的后颈在微微放光。他知道,如果现在能看到她的脸,就能清楚地看见泄露真相的血管。壁炉中跃动的天然气火焰,在她的深色头发边缘投下诱人的光彩。

"罗杰,我真不知道该怎么回答。你是在生我的气吗?"

他默默凝视彩光之舞。

"罗杰,我们毕竟在几年之前就谈过这件事。你有过一些严重的出轨行为,我也有。我们双方同意,这些都没关系。"

"当它们伤人的时候,就有关系了。"他强迫自己的视觉停下来,欢迎黑暗来临,便于自己思考。"其他事跟这个不一样。"他说。

"怎么就不一样了？"她现在生气了。

"不一样，因为那些事我们都互相坦白过。"他固执地说，"我在阿尔及尔期间，你受不了那里的气候，那是另外一码事。你在汤卡这边的行为和我在阿尔及尔的做法，并不会互相影响。当我在同步轨道——"

"你在同步轨道期间，我可没睡过别的男人！"

"我知道，多莉。我觉得你这事做得很好。真心的，因为如果不这样就不公平了，对吧？我是说，我自己出轨的选择太有限。尤利·布罗宁老兄真心不是我喜欢的类型。但现在不一样了。就像我又回到了轨道空间站，甚至更糟。我身边连尤利老头儿都没有！我不只是没有女朋友，就算有女朋友，都没有能跟她发生关系的必要设备。"

她可怜巴巴地说："这些我都知道。但你又让我说什么？"

"你可以向我承诺，以后做我的贤妻啊！"

这吓到了她。他忘记了自己的声音会多可怕。她开始哭。

罗杰把手伸向她，但随即颓然放下。这样有什么用呢？

哦，上帝啊，他心想。真是一团糟！他唯一的安慰就是这次会面发生在此地，在他们自己家里，私密空间，没有预谋，不为人知。如果有任何其他人在场，都会难堪到让人难以忍受。当然，我们监听到了每一个字。

12.
两次模拟，一种现实

铜手指的罗杰搞坏的可不只是一根保险丝。他让一整箱断路开关发生了短路。人们花了二十分钟，才让那些电灯重新亮起来。

幸运的是 3070 计算机有备用电源，可以保证记忆体继续工作，所以核心数据并未遭遇灭顶之灾；只是进行中的运算被搅乱，全部都需要重新进行。自动监视系统停止工作，直到罗杰跑掉之后好半天才恢复。

最早察觉变故真相的几个人中就有苏莉·卡朋特，她当时正在计算机房隔壁的小房间里打盹儿，等着罗杰的模拟程序完成。那次模拟没能完成。数据处理中断的报警声惊醒了她。明亮的卤素灯管已经熄灭，只有暗淡的红色报警灯发出绝望的闪光。

她首先想到的是自己宝贵的模拟程序。她跟程序员一起花了二十分钟，研究打印出来的那部分结果，希望数据没事，但最终还是放弃了，她冲到沃恩·斯坎扬的办公室。那时候，她才发现罗杰逃走了。

当时已经恢复供电；电灯亮起时，她正在一步两级地跑下消防梯。斯坎扬在打电话，命令他想要怪罪的那些人来召开紧急会议。罗杰的事，是克拉拉·布莱告诉苏莉的。随后其他人陆续进入房间，并得悉事态的进展。事发时，唐·凯曼是唯一不在项目中心的重要人物，接到通知时，他正在教士公寓里看电视。凯瑟琳·多蒂从地下的心理治疗室赶来，一路拖曳着布拉德。布拉德面红耳热、汗湿全身。他正在泡桑拿浴，本想泡上一个小时，看能否起到好好睡一觉的效果。弗瑞林当时在梅里特岛，但他也不是特别需要在场。还有六名其他人员赶到，纷纷瘫坐到皮椅中，有人丧气，有人焦急，大家围绕着一张会议桌。

斯坎扬已经下令侦察直升机起飞，在项目周边地区展开搜索。它上面搭载的摄影机正在俯拍高速路和其他连接通道、停车场、周边农田和草原，并把它们拍到的图像传送到会议室一端的屏幕上。汤卡当地警察也得到通知，提醒他们留意：可能有外形怪异、像魔鬼一样的生物，以每小时七十公里的速度在城中暴走，这让汤卡警务中心的值班警员无所适从。他犯了个严重的错误，就是反问项目安全官有没有喝多。十秒钟后，他带着一脑子被战机狂轰滥炸的幻象，通过警务广播通知所有警车和巡警。警察得到的命令不是逮捕罗杰，甚至都不能接近他。他们只能协助寻找这个人。

斯坎扬想要的是某只替罪羔羊。"我要问你的责，拉麦兹大夫！"他对团队心理学家怒吼道，"都怪你和卡朋特少校。托洛维都做出了这种事，你们怎么能不事先预警呢？"

拉麦兹可怜巴巴地说："将军，我早就跟您说过了，罗杰在他妻子的问题上一直心神不定。所以我才要求有苏莉这样的人员在场。他需要另外一个对象来集中注意力，最好是跟计划有直接关联的人——"

"但是结果却不那么美妙，不是吗？"

苏莉不再继续听。她知道下面就要轮到自己开口，但她还在努力思考。就在欺坎扬桌子上方，她看到直升机移动的视域。图像用示意图来表示，道路是绿线，汽车是蓝点，建筑是黄块。少数行人是亮红色小点。现在，如果某个红点突然以蓝色汽车的速度移动，那就一定是罗杰了。但他已经有足够的时间逃出直升机的侦察范围。

"让他们搜索城区，将军。"她突然说。

他皱起眉头，但还是拿起电话下达了命令。他没能放下电话，随后来电的人让他不得不接听。

泰利·拉麦兹从他在局长身旁的座位上站起来，来到苏莉·卡朋特身边。她还在埋头看折叠起来的模拟结果。他耐心等着。

局长接的电话来自美国总统。就算达什总统的小像没出现在电话屏幕上，一看斯坎扬脑门儿上的汗珠也能判断出来。细微的通话声传到大家耳朵里："……我跟罗杰谈过，他看起来……怎么说呢，有些心不在焉。我一直在回想刚才的事，沃恩，然后决定还是给你打个电话。你们那边一切顺利吗？"

斯坎扬咽下口水。他环视会议桌周围，突然折起话筒旁的隐私折瓣，图像缩小成邮票那么大。别人耳中的声音也完全消失，通话定向投入他的耳鼓，而斯坎扬本人的谈话声也被瓣状结构完全吸收。但房间里的人们还是很容易跟上谈话的节奏：斯坎扬脸上的表情很清楚。

苏莉从模拟结果上抬起来，看着泰利·拉麦兹。"让他挂断电话，"她不耐烦地说，"我知道罗杰在哪儿。"

拉麦兹说："在他家。他妻子也在。"

她疲惫地揉揉眼睛，"我觉得这根本不用模拟，对吧？我很抱歉，泰利。看起来，我对他的控制程度完全不像自己想象的那样可靠。"

他们猜中了。当然，我们已经知道了有一段时间。斯坎扬一放下电话，安保官员就打进来说，多莉房间里的窃听器接收到了罗杰爬进窗户的声音。

斯坎扬的柠檬眼看上去几乎要哭出来了。"把声音接入广播，"他下令，"展示房屋外景。"然后他把电话切换为外线，拨了多莉的号码。

广播里传来一下电话铃声，然后是金属撞击声，罗杰平板的赛博格声音响亮地说："喂？"然后音量小了一点儿，但还是单调地说了句，"我的天。"

斯坎扬猛地拿开听筒，揉搓着耳朵。"这他妈到底发生了什么？"他问。这是个情绪宣泄式问题，房间里没有人应声。他小心翼翼地放下话筒。"我只听到了某种故障提示音。"他说。

"我们可以派一个人进去，将军。"安全副主管建议，"他们家房子外面，就有两个我们的人守着呢。"直升机视像在屏幕上持续移动，现在已经悬停在汤卡城的法院广场上空一千八百英尺。摄像机被设定为红外模式，屏幕上角那条宽大的黑线就是运河，城市边缘的标志。而在中央偏下一点儿，被车灯环绕出的黑色方框地带就是法院广场，罗杰的家被红色星形标记出来。那位安保助理抬手指向那里的一颗亮点，表示那就是蹲点儿的车辆。"我们跟他们保持着通话联络，将军。"他继续说，"他们没看到托洛维上校进入家门。"

苏莉站起来。"我反对。"她说。

"当前情况下，你的建议在我这里不受欢迎，卡朋特少校。"斯坎扬凶巴巴地说。

"但我还是要说，将军——"斯坎扬抬起一只手，她停了下来。

广播里传来多莉微细的声音。我想喝杯茶。然后是罗杰的声音：要不要我帮你倒杯酒？然后是她几不可闻的回答，不用。

"但我还是要说，"苏莉大声说，"他当前情绪稳定，不要去破坏它。"

"我不能就让他这么舒舒服服地坐在外面！谁他妈知道他接下来会做什么？你知道吗？"

"你已经找到了他的位置。我认为他反正也不会再去别处，至少一段时间内不会。唐·凯曼当前就离那里不远，而且他是罗杰的朋友。让他去接罗杰回来。"

"凯曼可不是什么格斗专家。"

"你想要格斗吗？要是罗杰真的不肯乖乖回来，你又打算派谁去制伏他呢？"

你要喝茶吗？

不……不了，谢谢。

"还有，关掉那个。"苏莉补充说，"给那个可怜的混蛋一点儿隐私。"

斯坎扬的身体缓缓向后仰，两手轻拍桌面。然后他拿起电话下令，"我们再听你一次，少校。"他说，"并不是说我对你有多少信心，但我也没有太多别的选择。其实我也没有什么可以威胁你的。如果这次抉择再出错，我恐怕就无权惩罚任何人了。但我很确信，总会有人来问责。"

泰利·拉麦兹说："长官，我理解您的处境。但我觉得，这样责怪苏莉也并不公平，模拟程序显示，他必须跟妻子见上一面。"

"模拟程序存在的意义，拉麦兹医生，是在危机发生之前给你提供预警。"

"好吧，但它也显示，在其他所有方面，托洛维都很稳定。他能处理好这件事的，将军。"

斯坎扬继续轻轻拍桌。

拉麦兹说："这个人不简单啊。您看过他的统觉类型测试结果了，将军。他在所有的基本动机测试方面都得到高分：成功欲、人际关系预期，权力欲没有那么强，但也在健康范围以内。他不是个控制欲很强的人，他比较倾向于反省自身，自己把问题想明白。这些都是你想要的特色，将军。他所有这些素质，他都会用得着。你不能让他在俄克拉荷马是这样一种类型的人，到了火星却成为另一种。"

"如果我没记错的话，"将军说，"这恰恰是你们给我的承诺，用你们所谓的行为调试技术。"

"不是的，将军。"心理学家耐心地说，"我只是承诺过，如果你给他一个安慰措施，类似于苏莉·卡朋特这样的，他会更容易克服妻子造成的心结。这已经做到了。"

"心理替代模式有它本身的作用周期，将军。"苏莉插嘴说，"你们叫我加入时，已经很晚了。"

"你们两个到底是什么意思？"斯坎扬的语调听起来很危险，"他到了火星就会出问题？"

"我希望不会。但说到底，我们只能尽力降低这种可能性，将军。他已经解决了不少遗留问题，你在他最近的 TAT 测试结果中也看得出来。但仅仅六天之后，他就要出发了，而我也将从他的生活里消失。这是不对的。心理替代模式从来都不应该被突然中止。它应该是渐渐淡出——先让我的存在感降低，过段时间再降低一点点，给他足够时间建立自己的心理防御体系。"

轻拍桌面的频率有所减缓，斯坎扬说："现在跟我说这个，似乎已经有点儿晚了。"

苏莉耸耸肩，没说话。

斯坎扬若有所思地环视会议桌周围，"好吧。我们已经做了今晚能做的全部努力。你们各位都回去休息，明天上午八点重新聚齐。到那时，我希望你们所有人都已经准备好一份不超过三分钟的报告，说明你们各位分管领域的当前状况，以及下一步该做什么。"

唐·凯曼从一辆汤卡警方巡逻车那里接到了通知。警车从他身后快速冲上来，车灯亮得耀眼，警笛嘶鸣，车里的人拦下他，命令他调头去罗杰家。

他敲门时，内心惴惴不安，不知道自己将看到怎样的状况。等到房门打开，罗杰闪亮的眼睛出现在门后，凯曼小声念了句"圣母玛利亚保佑"，想从罗杰身旁看到房子里的情形。看什么？寻找多莉·托洛维被撕成几块的尸体吗？想看房子里一片狼藉？但他只看到多莉本人蜷缩在一张扶手椅上，显然是在哭泣。这场景几乎让他开心起来，因为他预期的状况要糟糕得多。

罗杰二话不说就跟他走了。"再见，多莉。"他说，甚至没等对方回答。他挤进凯曼的小汽车时有些吃力，但翅膀还是折叠得很好。只要把座椅尽可能向后推，勉强还能坐进去，那坐姿局促又危险，任何正常人类都会极不舒服。罗杰当然不是什么正常人类。他的肌肉系统可以承受任意形式的压力过载，只要能折成某种形状，就可以保持下去。

他们一路无话，直至项目中心外围。然后唐·凯曼清了清嗓子，"你让我们大家很担心。"

"我知道。"赛博格的声音说，那对翅膀轻轻躁动，像两只手掌一样互相摩擦，"但我想去看看她，唐。这对我来说很重要。"

"我理解。"凯曼拐进宽敞、空旷的停车场，"怎样？"他试探着问，"一切都好吗？"

赛博格的面具转向他。巨大的复眼像多棱角乌木一样发出光芒，但没有任何表情，罗杰说："您还真是混蛋啊，凯曼神父。这事儿还能好到哪儿去? "

苏莉·卡朋特想要好好睡一觉, 就像她想去法国里维埃拉度假一样。眼下, 这两种妄想实现的可能性同样渺茫。她吞下两片安菲它命, 又注射了一剂 B-12, 她是自己找准血管推进去的, 她早就学会了这项技能。

罗杰的反应模拟程序因为断电被打断, 所以她重做了一遍, 从打孔输入直到数据输出。我们对这样的安排很满意。正好趁此机会做几项修正。

等待结果期间, 她在水疗浴缸里泡了一次漫长的热水澡, 结果出来之后, 她细细研读。她自学了阅读此类密码文字和数字的技能, 以免被编程问题误导。但这次, 她没有浪费时间纠缠硬件读数, 而是直接跳到报告末尾的自然语言部分。她的工作能力很强。

她的本职工作并不是病房看护。苏莉·卡朋特是航天界最早的几位女性医师之一。她拥有医学专业学位, 专长是心理治疗, 特别是这个行当最具挑战性的那些领域。她加入航天界的原因, 是因为地球上的任何问题都不值得让她去解决。完成航天训练之后, 她又开始怀疑天上有没有值得她解决的事儿。研究工作呢, 至少在抽象层面上貌似值得, 所以她才申请加入加州科研团队。她生活中有过不少男人, 其中一两个还算有分量, 但没有一个能修成正果。那方面她对罗杰说了实话。而在最后一次感情受挫之后, 她缩小了自己的兴趣范围, 直到她告诉自己, 说本人现在已经足够成熟, 知道想要的男人是什么样子。然后她就待在这个圈子里, 活在人世洪流的边缘地带, 直到我们从数十万可能人选中, 挑出了她那张资料卡片, 来满足罗杰的需求。

她的调令下达时, 事先完全没有任何征兆, 命令却由总统直接签署。她完全没有可能违抗这道命令, 实际上她也不想违抗。她欢迎这样的转变。充当鸡妈妈，抚慰某个受伤的小心灵，会触及她内心柔软的角落，这件工作本身的重要性也显而易见，因为如果她还相信什么的话，那就是火星计划至关重要。再说，她对自己的工作能力很有信心。她多才多艺，我们对她评价很高，在为种族存续而布下的棋局里，她是重要的棋子。

等她完成了罗杰的模拟程序，时间已经接近凌晨四点。

她在护士区一张借来的床上睡了几个小时，然后淋浴、穿衣、佩戴绿色隐形眼镜。她对工作的这个部分并不满意，在前往罗杰房间的路上，她这么思忖。染过色的头发和被改变的眼眸颜色都是一种欺骗，而她不喜欢欺骗。终有一天，她会把隐形眼镜放下，让头发回复暗金色——也许还会努力漂洗，来确保恢复原先的色泽。她并不反对使用花招，只是不想装扮成自己不想要的样子。

当她进入罗杰房间时已是满面春风，"你回来真是太好了。我们想你了呢。自己出去疯跑的感觉怎么样？"

"挺棒。"那个平板的声音回答。罗杰站在窗前，凝视着外面停车场里翻腾来去的风滚草。他转身朝向她，"跟你说，真像你说过的那样。我现在的身体不只是跟从前不一样，而是更好、更强了。"

她抑制住继续强调刚才那个结论的冲动，只是微笑一下，开始为他更换床褥。"我还曾为性生活担忧。"他继续说，"但你知道吗，苏莉？这其实就像告诉我未来几年吃不了鱼子酱一样，我根本就不喜欢吃鱼子酱。如果实话实说，现在的我根本就没有做爱的愿望。我估计你们是输入电脑了吧？'减低性欲，提升情绪'。反正呢，我的小脑壳终于开窍，知道以前我都是在自寻烦恼，担心能不能离开自己其实并不需要的东西继续存活。我这么想的时候，只是在顺从别人的思路，担心缺少了别人以为我想要的东西。"

"从众心理。"

"毫无疑问。"他说，"听着，我想为你做件事儿。"

他拿起吉他，单脚踩住窗台站定，把乐器横在膝头。他开始弹奏，双翼渐渐移动到头顶。

苏莉很吃惊。他不只是在弹琴，同时也在唱歌。唱歌？ 不，这更像是有人透过齿缝轻轻吹口哨，声音细小而纯净。他的手指轻轻拨动吉他，给自己伴奏，嘴唇里哼唱出她从未听过的一支歌儿。

等他唱完，她问："那首歌叫什么？"

"其实是帕格尼尼的一支吉他与小提琴奏鸣曲，"他骄傲地说，"克拉拉送我的唱盘里有。"

"我不知道你还有这本事。哼歌，我是说——像刚才那样。"

"其实我本来也不知道，直到我开始尝试。我当然没办法给小提琴声部足够的音量，也无法让吉他的声音小到足够程度以取得平衡。但现在听起来也不坏，对吧？"

"罗杰，"她真诚地说，"我真心钦佩你。"

罗杰抬头看她，再次用一个微笑让她佩服了一下。他说："我打赌，之前你也不知道我还能微笑，我自己也是尝试过后才知道。"

会上，苏莉淡淡地说："他现在准备好了，将军。"

斯坎扬总算睡了一阵子，足以显得没那么疲惫，调动起了点儿什么，比如内在动力之类的，总之，显得没那么忧心忡忡了。"你确定吗，卡朋特少校？"

她点头，"这状态前所未有。"她犹豫了一下。沃恩·斯坎扬察觉了她的表情，等着她补充。"在我看来，当前的问题，是他现在就已经准备好出发了。他所有系统都进入了工作状态。他已经解决了妻子的问题。他万事俱备。在这里耽搁得越久，那女人就越有可能打破当前的均衡。"

"我觉得这不太可能。"斯坎扬皱着眉说。

"这个嘛，她当然知道胡作非为的后果。但我还是不想冒险，我想让他开始行动。"

"你是说，现在就把他送往梅里特岛？"

"不。我想让他现在就登上飞船。"

布拉德举起的咖啡都洒了出来。"不可能的，宝贝儿！"他喊道，真的被吓到了，"我还要对他的身体系统进行七十二小时测试！要是你把他的时间感调慢，我就得不到读数了——"

"你在测试些什么呀，布拉德利大夫？是为了提升他执行任务的效率呢？还是为了写好你的论文？"

"这个，上帝为证，我当然要写关于他的论文。但我也想尽可能彻底检查他的身体系统啊。为了他的安全，必须充分利用每一分钟。也是为了这次发射任务。"

她耸耸肩，"反正我的提议还是那样。他在这儿无事可做，只有干等。他已经等够了。"

"要是到了火星，再有什么东西出故障怎么办？"布拉德问。

她回答："你们刚刚在问我的意见。我已经说完了。"

斯坎扬开了口，"请详细解释一下，让我们每个人都能懂你的意思，尤其是我本人。"

苏莉看看布拉德，后者抢先说："为了旅程顺利，我们准备了一种特别技术，将军您是知道的。我们有能力利用计算机的外部干预，改变罗杰体内时钟的运行频率。现在还有，我看看，五天零几个小时才发射。我们可以把他的体内时钟调快，让这段时间看起来只有三十分钟。这个设想的确也有道理，但我刚才的意见也是有理有据的，而我绝对不能在没有完成全部测试的情况下，对他可能遭遇的情况负责，做什么测试，这个要我说了算。"

斯坎扬皱眉，"我理解你的意思。你的观点很重要，但我也有需要优先考虑的问题。你昨天说的那件事又怎么样了，卡朋特少校？你不是说过，不能太急于停止对他心理习惯的干预吗？"

苏莉说："他目前处于一个平台期，将军。如果我们还能有六个月时间对他进行心理干预，我会乐于接受。五天，那就算了，风险大于可能取得的收益。他对吉他有了真正的兴趣——你应该听听他弹奏。他对自己缺少性器官的现状，也构造出了完整的心理防御机制。他甚至还勇敢地把握了主动权，昨晚偷跑出去——从心理上说，这是重大进展，将军。此前，他的状况显得过于被动，这不是好事，尤其是考虑到这次太空任务的种种要求。我的意见是，马上改变他的主观时间。"

"而我的立场，是还要更多时间对他进行测试！"布拉德叫道，"也许苏莉没有错。但我也是对的，如果有必要，我会把这件事闹到总统面前。"

斯坎扬莫测高深地看着布拉德，然后环顾房间，"还有人有意见吗？"

唐·凯曼开了口，"就事论事，我同意苏莉的意见。他对妻子事件的结果并不满意，但也没有因此遭遇重大打击。这对他而言，已经是最佳结局了。"

"是啊。"斯坎扬又开始轻轻拍桌。他凝望着无人处，深思，然后说："还有件事，诸位都不了解。你们关于罗杰的模拟程序，并不是近期的独一份。"他环视每一张脸，然后郑重地说，"下面的内容不得向会场以外的任何人透露。新亚盟也在做他们的模拟测试。他们获取了我们的所有数据。然后他们用这些数据运行了自己版本的模拟测试。"

"为什么？"唐·凯曼问，仅仅一瞬间之后，在场所有人都在问。

"这个我也想知道。"斯坎扬语气沉重地说，"反正他们做的全部动作，也不过是读出所有数据，然后编制了自己的模拟程序。我们不知道他们要这个有什么用，但却带来了一个意外的结果。就在那次模拟之后，他们不再反对我们发射火箭。事实上，他们还主动提出，允许我们使用他们的火星轨道探测器，以便传送任务数据。"

"我才不会相信他们呢，我宁愿要这帮人有多远滚多远！"布拉德气愤地说。

"这么说吧，我们也不会那么信任他们的飞行器，这个错不了的。但重要的是：他们说了，希望这次任务成功。好吧，"他说，"这是又一个让局面复杂起来的因素，但最终需要做出的，还是那个选择，对不对？我必须下定决心，要不要现在就让罗杰进入任务。好吧。我会这样做。我接受你的建议，卡朋特少校。告诉罗杰我们要做什么，告诉他为什么这样做，用你和拉麦兹大夫认为合适的方式向他解释。至于你，布拉德，"他举起一只手，示意他不必抗议，"我知道你想说什么。我同意。罗杰需要更多时间跟你在一起。好吧，他会有时间的。我命令你随队出发。"他把自己桌面的一张纸拉到面前，划掉一个名字，写上另外一个，"我会去掉一名导航员，给你腾出空间。我已经检查过了，这样还是有足够的备用方案，我们毕竟有自动导航系统，而且你们都接受过一定的导航训练。下面是火星任务的最终乘员名单：托洛维、凯曼，哈士伯将军充当导航员，还有你。"

布拉德抗议了，但只是本能反应。一旦想清楚，他就接受了事实。斯坎扬说的都是实话。而且，布拉德也马上意识到：这个变故对他本人的职业规划有益无害，亲身参与太空任务绝对是加分因素。离开多莉当然很遗憾，离开其他的多莉也很可惜，但等他回来，还能搞到那么多的多莉……

夜幕降临，一切顺利开展。那是任务期间的最后一次决断，剩下的仅是实施过程而已。在梅里特岛，机组成员开始给发射器添加燃料。

救援船被部署在大西洋各地,以防发射失败。布拉德乘飞机来岛上订制他的宇航服,另有六名前宇航员来给他充任教官,灌输各种可能用到的技巧,以备不时之需。哈士伯也是其中一位,他身材矮小,面带微笑,让人感觉很安全。唐·凯曼得到了宝贵的十二小时假期,跟他的小修女告别。

我们对这一切都很满意。我们对布拉德同行的决定也很满意。我们很满意预测曲线中的数据,每天都显示出发射行动对全球局势的正面影响。我们满意罗杰的精神状态。我们最满意的,是新亚盟关于罗杰的模拟程序。事实上,这一点对我们拯救全人类的计划至关重要。

13.
当我们一去难回

通过霍曼轨道前往火星的旅程长达七个月。之前所有的宇航员、太空人和航天员都在路上备受煎熬。每一天都有八万六千四百秒需要填充，却没有太多事情可做。

跟前人相比，罗杰有两个重要的不同之处。首先，他是有史以来宇宙飞船运送过的最昂贵的乘员。他体内和身体周边的装备花费了次代人计划七十亿美元的开发资金。人们愿意付出任何代价来保证他本人的安全舒适。

其次，他还是唯一有可能舒适旅行的人。

他本身的时钟被切断，对时间的感知完全由电脑决定。

一开始是微调，他们让他的身体系统稍稍慢下来。人们的步调看似加快了一些。吃饭时间早于预期，讲话声变得更为尖利。

等他轻易适应了这些变化，人们就加大了他身体系统时间延迟的幅度。话语声变得尖利且不知所云，然后就完全无法感知了。他几乎看不到任何人,只是偶尔瞥见人影一闪。他们阻挡了他房间的日照光线,不是为了防止他逃走,而是让他免受日夜迅速更替的影响。室内进行了温度调节、野餐风格的食品出现在他面前的盘子里。当他开始推开餐盘,表示自己吃够或者没有食欲时,它们转眼就会消失。

罗杰知道自己在经历什么。他并不在意。他相信苏莉的承诺,知道这样最好,有必要,没危险。他感觉自己会想念苏莉,并且曾经想办法告诉她。当时也是有办法的,但速度很快。信息会像魔法一样迅速写在他面前的黑板上。当他回应时,感觉自己的答案瞬间就被拿走、擦掉,他甚至还没来得及确定自己有没有写完。

你感觉如何?

拿起粉笔,写下一个单词。

很好。

然后文字消失,又带了另一条消息重新出现。

我们马上要带你去梅里特岛。

他回答:

我准备好了。

他还没写完剩余信息,黑板就已经被拿走,他只好加快速度,把剩余的字写在床头柜上。

告诉多莉,我爱她。

他本来想加上"还有苏莉"。但却没有时间。突然,床头柜就消失了。他也离开了那个房间。有段突如其来的晃动感,还有头晕。他瞥见了项目中心的急救车入口,还有一位护士像幻影一样掠过的身影(是苏莉吗?),那人背对着他,正在整理连裤袜。他感觉整张床都跃入了空中,暴露在清冷却耀眼的冬日阳光下,然后进入了……什么?一辆汽车?他还没来得及问,那东西就腾空而起,他意识到这是直升机,然后他就想呕吐,吃下的东西仿佛涌上了咽喉。

遥测设备忠实地给出报告，控制团队轻易地解决了问题。他还是有想吐的感觉，就像置身惊涛骇浪中的小船上，但却没吐。

然后他们停了下来。

出了直升机。

又是亮晃晃的阳光。

接着，他们进入了某个地方。他在这东西开动之后才意识到，应该是 CB–5 大型运输机。这一架一定被改装成了医护机。安全防护网缠绕着他的身体。

心脏狂跳，方向感扭曲的感觉并不舒服，但并非难以忍受。然后压力堵住了他的耳朵，他们正带他离开飞机，进入热浪和强光之中，他什么都看不清——这儿当然是佛罗里达，他迟钝地感觉到。接着他就进了救护车，稍后又出来。

在罗杰看来的十到十五分钟，实际上接近一天的时间里，什么事都没有发生。他就是静静躺在床上。有人喂吃的，他的排泄物被便盘装走。然后有条信息出现在他面前。

祝你好远，罗杰。我们要上路了。

然后就像是蒸汽锤从下方击中他身体一样，他失去了意识。这样挺好的，他心想，我就不会觉得无聊了，但这样做也可能会让我丧命。但他还没想到向别人申诉的办法，就已经昏了过去。

时间飞逝。梦境纷至沓来。

他恍惚中明白，那些人应该是给他注射了镇静剂，不只是时间变慢，还昏睡了一段儿；明白这些，说明他已经醒了。

没有压力感。实际上，他在飘浮。只有蛛网状的固定绳帮他保持在原地。

他已经进入太空。

一个声音在他耳边响起："早上好，罗杰。这是一段磁带录音。"

他转头去看，发现耳朵旁边有一块小小的格子形扬声器。

"我们调慢了播放速度，以便让你听清。如果你想跟我们说话，只要在一分钟后录下你的声音。然后我们会把它加速播放，这样就能听懂。科学很神奇吧？

"言归正传，我录制这段话时，我们已经进入航程中的第三十一天。我是唐·凯曼。之前你碰到过一点儿小麻烦。你的肌肉系统在起飞加速阶段有些反抗动作，扯断了几根韧带。我们不得不做了一点儿外科手术。你现在恢复得很好。布拉德重构了一些机械神经元，等降落时，你应该能更加适应变速。我想想啊，好像没什么其他事可说了，你很可能会有些疑问，但轮到你开口之前，还有段口信给你。"

然后磁带嘶嘶响了一阵，之后就有多莉的声音传来，有些失真，有点儿尖利，背景是静电噪声，她说："嗨，亲爱的。家里一切都好，我会在炉火前等你回来。我想你，在外面要照顾好自己。"

然后又是凯曼的声音："下面说说你该做的事。首先，如果有重要情况，比如你感到疼痛之类，马上告诉我们。这样的沟通会损失一些时间，所以先拣重要的说，等你说完了一段就抬手示意，我们来更换磁带，然后你继续说。现在开始。"

磁带随即停止，扬声器旁边标着"播放"的小红灯熄灭，另一盏绿灯亮起，下面写着"录音"。他拿起麦克风，正准备说没事儿，没有什么特别的问题，然后他碰巧低头看了一眼，发现自己右腿没有了。

当然，我们在持续监视宇宙飞船里发生的一切。

仅仅在一个月之后，联络就已经很稀少。轨道几何学非常烦琐。一方面飞船在爬向太阳系外侧的火星轨道，另一方面火星本身也在移动。地球也一样，而且速度比火星快很多。火星围绕太阳公转一周的时间,地球能转将近两圈儿。宇宙飞船中的测量数据,现在需要大约三分钟左右才能传回"金石"基地。我们只是被动的听众。情况还会更糟,等到宇宙飞船环绕火星飞行时,地球方面的命令将迟到半个小时,我们已经放弃了即时指挥权,飞船及其乘员真的只能靠自己孤军奋战了。

更晚些时候,地球和火星还会分别位于太阳两侧。飞船发回的脆弱信号将受到来自太阳的强大干扰,我们甚至不能保证接收到他们的信息。但到那时,3070 计算机将已经到达火星轨道,再之后不久,MHD 发电机也将与之对接。然后就有足够的动力支持一切。这些全都已经计划妥当,每件航天器去哪里,互相之间如何联络,包括同步轨道飞船,包括地面站和罗杰,不管他跑到什么地方。

我们发射了那台 3070 计算机,将其动力调低至睡眠状态。这次是无人发射。经过分析我们发现,电离干扰风险太大,无法使用通常配置的飞船。于是海角基地的工程师们拆除了所有生命支持系统、所有遥测设备、自毁系统和一半的航行操作系统,将省出来的重量交给电离防护层。一旦发射完成,它就将保持静默,直到七个月之后。然后哈士伯将军就将操作两台设备进行对接。这样难度会很大,但这正是我们付钱请他的原因。

又过了一个月,我们发射了 MHD 发电机,上面有两位自告奋勇的乘员。现在所有人都来了兴趣。没有人反对,甚至包括新亚盟在内。等到发电机升空,他们的大使发来一份贺电,措辞彬彬有礼。

显然,这背后有故事。

其影响也不只局限在心理层面。纽约已经连续两周不曾发生骚乱,有些主要街道居然开始收拾垃圾。冬雨熄灭了西北地区最后的山火,华盛顿、俄勒冈、爱达荷和加州州长联合发布通告召集志愿者。

超过十万名年轻人愿意加入进来，重新绿化山区。

美国总统是最后一个察觉这些变化的。他太过忙碌，整天都在处理国内的各种危机。这个国家多年来养尊处优、花钱太多，"作"出了无数麻烦。但后来，连他也察觉了变化，不只是在美国，而且影响了全世界。除了情绪改善，人们相处的方式也在变。亚洲人召回了他们的核潜艇，令其返回西太平洋和印度洋水域。当达什得知此事后，他拿起电话，打给了沃恩·斯坎扬。

"我觉得，"他停顿了一下，伸手抚摸平滑的办公桌面，"我觉得这招开始管用了。替我夸夸你的手下。现在，你还需要些什么？"

但对方什么也不需要。

我们现在已经竭尽全力。我们做到了可能做到的一切，剩余的那些部分，要看远征队表现如何了。

14.
火星使团

唐·凯曼给自己订下规矩，每天祈祷不得超过六次。他祷告的原因多种多样——有时候是想清静一下，让提图斯·哈士伯不要老哑嘴，有时候是想免受臭屁味折磨，因为整条飞船都是这味儿——但每次祈祷都有三个保留项目：使命成功，人类奉行上帝意旨，还有最具体的：他的朋友罗杰·托洛维健康平安。

罗杰有一项特别优待，就是有自己的单间。那不是什么特别豪华的房间，私密性的保障也仅仅是一张弹性隔帘，薄如蝉翼，而且只是半透明。但毕竟还可以自己待在里面。其他三个人分享船员舱。有时候还要加上罗杰，或者至少是罗杰的某些部分。其实他无处不在，罗杰就是这样。

凯曼常常去看他。这趟旅程对神父来说漫长又无趣。他自己的专长，在他们登上火星之前都没有什么用处，现在也不需要增强或者演练。太空生物学是个停滞不前的学科，未来一段时期可能还会毫无进展,除非他在登陆之后做出什么重大发现,但愿如此吧。所以他让提图斯·哈士伯教他熟悉仪表盘,一段时间之后,又让布拉德教他如何在野外维护赛博格。那个在泡沫茧壳里缓缓翻滚的奇怪躯体不再陌生了。凯曼现在了解它的每一英寸,从内到外。时间一周一周过去,他不再惧怕摘除眼球,或者切开皮肤处置布满胶线的内脏。

他能做的不只这些。他还有自己的音乐磁带可以听,时而读一卷微缩胶片,玩一下竞技游戏。国际象棋方面,他和提图斯·哈士伯实力接近。他们连续不断打对抗赛,75 局 38 胜,还动用他们的个人通信时间,让地球方面把国际象棋书籍传送上来。对凯曼神父来说,多祈祷会让他精神放松,但第一周之后他就觉得,就算祈祷,也会有过犹不及一说。他开始限制祈祷次数:醒来后一次,正餐前一次,晚上过半时一次,睡前一次。就这么多。这当然不包括偶尔摆弄念珠得到的精神升华,以及面向圣像的忏悔。然后,他就会把注意力放到维护罗杰的无穷事务中去。这种事一直会让他感觉不舒服,但显然,罗杰并不在乎别人摆弄他的身体,也不会因此受伤。凯曼渐渐开始领会到罗杰的身体构造之美,包括人类的工业成就和上帝赐予的机体,他因为两者而感谢上天。

他不太感谢的,是上帝和人类对罗杰精神世界的改变。想到朋友生命中有七个月时间被偷走,他就会感到烦躁。这还会引起另外一份同情:罗杰爱上了一个不尊重他情感的女人。

但整体来说,凯曼还是挺开心的。

之前他从未参与过火星任务,但他的确就属于这个领域。他曾两次进入太空,一次乘穿梭机到同步空间站,那时他还是研究生,正在攻读行星学博士学位。然后是一次长达九十天的贝蒂空间站实习。这两次经历都只是为这项任务做的准备,有助于让他完成对火星的研究。

他对火星的全部知识都来自远程观测以及其他人的观察结果。他了解很多此类细节。他曾一遍又一遍播放所有轨道探测器、"水手号"系列、火星考察车系统收集到的影像资料汇编。他分析过带回地球的土壤和岩石碎片。他采访过历次任务登陆过火星的所有美国人、法国人和英国人，以及大多数俄罗斯、日本和中国"火星人"。

他对火星了如指掌。一直都是。

童年时，埃德加·里斯·巴勒斯的火星就伴他成长，绚丽多彩的巴松王国、黄褐色的死海之底、飞驰的小卫星。随着年龄渐长，他开始区分幻想和现实。四臂绿皮勇士是空穴来风，红皮肤、会下蛋、美貌迷人的火星公主也并不存在，至少在科学法则下的"现实"中是这样的。但他知道，科学家臆测中的"现实"每年都在变。巴勒斯也不是全靠空想构思出了巴松王国。他几乎是照抄了当时对于火星了解的"科学现实"。不过玻西瓦尔·洛维尔的火星、巴勒斯的幻想都被更大口径的望远镜和太空探测终结了。在当前科学界的观念中，火星生命已经产生并消亡过十几轮之多。

但即便是这些方面，也从来都是众说纷纭。一切都取决于一个哲学问题。何谓"生命"？它是否一定要是跟猿猴或橡树相似的东西？它是否一定要以水为介质溶解营养物质，参加氧化－还原式的能量转移过程，有繁殖能力，依赖于特定生存环境？唐·凯曼并不这样想。他觉得，用如此褊狭的观点看待生命，未免过于傲慢。而在造物主无所不能的强大实力面前，他个人一直是谦卑的。

但无论如何，火星生物仍有跟地球生命存在基因关联的可能。至少，没那么渺茫。是的，火星没有发现过猿猴或者橡树，连一只虱子都没找到过，也没人见过活着的细胞。甚至（他的确很不愿意承认，因为不愿让心里的德加·索里斯"死去"）没有生命存在的前提条件，比如游离氧和液态水。

　　但凯曼不能接受的是：因为没有人在火星苔藓上滑倒过，就断定整个火星都没有会令人滑倒的苔藓。至今，登上过火星的人类数量都没有超过一百。他们探索过的总面积也不过数百平方英里。那可是火星！由于没有海洋，它可探索的地表面积比地球陆地总面积还要大！这几乎就像是只去过四个地方，就声称了解全地球，或许你们去过的碰巧只是撒哈拉沙漠、喜马拉雅山顶、南极洲和格陵兰岛冰盖……

　　好吧，没那么夸张。凯曼在心里承认，这样说前人并不公平。之前已经有过无数次飞掠火星表面的任务和同步轨道探测，火星车也曾登陆并采集土壤样本。

　　但毕竟火星太大了。没人能装作了解它的全部秘密。人们还可能会找到水，有些裂谷看起来很有希望。还有些山谷的形状令人费解，除非你把它们解释为水流冲刷而成。就算它们现在已经干涸，仍有发现水的可能性，甚至是大洋规模的水被封存在地表下。人们早知道火星曾有过氧气。平均含氧量水平并不高，但平均值不重要。有些地方会有足够的氧，所以也就可能有……

　　生命。

　　凯曼叹了口气。他最大的遗憾之一，就是没能改变着陆地点，调整到他怀疑很有可能存在生命的地点：索利卢卡斯地区。最终选址的决定来自高层，这很不利于他。实际上，达什总统本人说："我他妈才不管现在有什么火星活物呢。我就是要把飞船停在我们的小伙子最容易活下来的地点。"

　　所以他们选择了靠近火星赤道的一个地点，位于火星北半球，周边被称为伊西多斯地区和尼本瑟区，着陆点附近还有一道平缓的峡谷，唐·凯曼私下称其为"家园"。

　　私底下，他还在为索利卢卡斯地区感到惋惜，他不想错过那里季节性改变的地貌。(是植物吗？也许不是——但这至少是一种可能啊！)，尤利西斯和弗图奈运河周边那亮闪闪的"W"形云朵，每天下午都在生成、消散；还有那道明亮的闪光(被反射的阳光吗？还是氢聚变的强光？)，这是萨黑奇1951年12月1日在提索尼乌斯拉库斯的发现，其亮度相当于六等星。这些，如今只能留待他人探查了。

但除了这些遗憾之外，他还算得上心满意足。北半球是明智之选，这里的季节条件更好，因为跟地球一样，火星北半球也是在距离太阳最近时过冬，所以全年平均温度略高一点点。那里的冬季也要比夏季短二十天，南半球当然就正好相反。尽管"家园"从来没有观测到地貌变化或者神秘闪光，但近期却有过多次成云记录。凯曼还没有放弃部分云朵是水蒸气的希望，即便不是液态水也好！他有时会幻想火星平原上的午后雷雨，但更清醒时，他会琢磨怎么研究附近探查到的褐铁矿。褐铁矿石中可能有大量被困的水分，这可能是罗杰可利用的一项资源，就算没有火星动植物进化到能被使用的程度。

整体来说，他对一切都很满意。

他在前往火星的中途！这就足够让他欢欣鼓舞了，他为此每天六次感谢上苍。而且，他还怀有一份希望。

唐·凯曼有足够的科学素养，不会把他的希望跟科学观测混为一谈。他会报告自己真正发现的东西，但他也知道自己真心想要发现什么。他想要发现生物。

在任务允许的范围内，在他能够停留在行星表面的九十一天时间里，他会始终睁大眼睛。每个人都知道他将这样做。事实上，这也是他在紧迫的准备时间里得到的任务之一。

大家所不知道的，则是凯曼为什么有如此浑厚的兴趣。德加·索里斯对他而言，还没有完全死去。他仍希望火星有生命，不只是有生物，而且有智能生命，不只有智能生命，而且他们还可以得到救赎，投入上帝的怀抱。

飞船上发生的一切都在监视之下,简报按期发往地球。所以我们对他们的情况一清二楚。我们旁观了国际象棋赛和历次争执。我们监视了布拉德对罗杰身体机能的重塑,无论是肉身还是机械部分。我们也见证了某天晚上提图斯·哈士伯连哭五小时的情形,面对凯曼的安抚,他只是以带泪的微笑回拒。在某种程度上,哈士伯承担的才是全船最惨的差事。七个月来,七个月返回,其间还有三个月无所事事。他将独自留在环绕火星的轨道上,而凯曼、布拉德跟罗杰还能踏上行星表面。他会很寂寞,他会很无聊。

他要受的罪还不只这些。十七个月的太空旅程,足以保证他这辈子剩余的几十年将被上百种疾病折磨:肌肉、骨骼异常,以及循环系统失常等等。乘员都老老实实地锻炼身体,一起摔跤,跟弹簧健身机械较劲儿,甩手臂、屈伸双腿,但这些都不够确保健康。人的骨骼含钙量必将下降,肌肉活性也会受损。对那些登上外行星的人来说,三个月在火星表面的生活能带来若干好处,然而哈士伯连那段喘息的机会都没有。他将毫无间断地在零重力环境下生活十七个月,此前的太空旅行者已经亲身体验了此种经历的影响。这意味着他的预期寿命将缩短十年,甚至更多。如果他偶尔哭泣,也完全可以理解。

时间一点一点过去。一个月,两个月,六个月。遥远的深空中,装有3070计算机的密闭舱正在追随,在它之后,是磁性水力发电机,以及它的两名技术员。发射两周以后,他们郑重地调换钟表,换上新的石英表,它们以火星日为计时单位。从那时起,他们就以火星时间安排作息,这并不会带来太多实质性的区别。火星日仅仅比地球日长三十七分钟。但在他们心中,这区别很重大。

到达前一周。他们开始让罗杰的身体加速运行。

对罗杰来说，七个月航程的感觉像是三十个小时。时间已经够长，他吃过几顿饭，跟其他机组成员交谈过几十次。他从地球收到过一些信息，还回复过几条。他曾经要求拿到吉他，但被拒绝，因为他现在不能弹奏，但他还是执意要弹，结果发现别人是对的：他可以拨弦，但却听不到它发出的声音。事实上，除了经过特别减速的磁带录音，他大多数情况下听不到任何声响，能听到的只有一种持续的高频度嗡嗡声。空气无法传导他能收听到的那种声音。等磁带机离开他的金属身体时，他连那种声音都听不到了，也听不见别人要求自己录下来的声音。

他们提前警告他，说现在要加速他的感觉频率。他们让他的小隔舱门帘打开，他开始察觉到快速闪过的运动。他瞥见哈士伯在一旁打盹，然后看到人的身体真正在移动。过了一会儿，他甚至意识到他们在做什么。然后同伴们让他睡着，最终调整他的背包。等他再次醒来，他已经独自一人，门帘拉上——而且他听到了说话声。

他把门帘挑开，向外看。他老婆的情人面带微笑看着他，"早上好啊，罗杰！欢迎你重新回到我们中间。"

……然后，十八分钟以后——其中包括十二分钟传输时间、六分钟解码回放时间——总统在一亿英里外看到了这里的场景，它展现在椭圆形办公室的墙面上。

他不是唯一的观众。电视网把图像播出，卫星又转播到全世界。就连北京的人们也在看，克里姆林宫、唐宁街、爱丽舍宫和东京银座更不必说。

"我操，"达什总统历史性地宣告，"他们居然成功了！"

沃恩·斯坎扬当时在一旁陪同。"我操，"他随声附和，然后又说，"那个，几乎成功。现在还得着陆呢。"

"着陆会有问题吗？"

我小心翼翼地回答："据我所知，应该没有——"

"上帝他老人家，"总统鼓励大家说，"才不会那么不公平。我觉得你我现在就可以痛饮几杯波本酒。差不多是时候了。"

他们留下来，继续看了半小时电视，喝掉四分之一瓶酒。随后几天时间里，他们看了更多电视，跟其他人一样。全世界都目睹了哈士伯进行最后检查，为火星登陆车做好分离准备；目睹唐·凯曼在导航员注视下，进行一次不点火的测试，因为他将负责从轨道到行星表面的降落；目睹布拉德最后检测罗杰身上的遥测装置，确定一切正常，然后又检查一遍；目睹罗杰本人在船员舱中走来走去，随后挤进登陆车；目睹登陆车分离，哈士伯恋恋不舍地目送他们离开。其实也没什么好看，你要看过一次登陆，就会感觉它们每次都一样。但这次事关重大。

过程开始的时间是华盛顿时间凌晨四点，总统特别让人叫醒他看转播。"那位神父，"他皱着眉头说，"算哪门子领航员？要是出了问题——"

"他受过相关训练，长官。"他的 NASA 助理安慰说，"而且，其实他只是第三顺位备用人选。默认为自动驾驶系统导航。如果出现意外，哈士伯将军还可以从同步轨道进行控制，他可以接管机器。除非所有方面都出问题，凯曼神父根本就没什么事情可做。"

达什耸耸肩，助理注意到，总统的手指扣得很紧，"后续飞行进展怎样？"

"一点儿都不用担心，长官。计算机将于三十二天后进入火星轨道，而发电机在它后面二十七天到达。登陆车一着陆，哈士伯将军就将进行一次轨道修正，追上火卫二戴摩斯。我们打算把计算机和发电机都降落在它表面。也许就在伏尔泰裂隙。哈士伯将替我们做出决断。"

"唔，"总统说，"哈士伯知不知道谁在发电机飞船上？"

"他不知道，长官。"

"嗯。"总统不再看电视，他站起来走到窗前，俯瞰白宫美丽的草地。那是六月里的墨绿色，配上盛开的花朵。"亚历山大里亚计算机中心有人来。等人来的时候，我希望你也在场。"

"好的，长官。"

"据说切罗索中校是个很强干的人。以前在麻省理工当教授。他说我们对整个计划的预测有些怪。你听过传言吗？"

"没有，长官。"NASA 助理说，他有些警觉，"怪异的事吗，长官？"

达什耸耸肩，"我希望的就是那样。"他说，"费死劲把这堆破事做成了，结果却发现——嘿！那是什么？"

电视屏幕上，图像正在跳动、解体，然后完全消失，短时恢复后再次消失，只剩一点儿电子噪声。

"不用担心，长官。"助理迅速说，"这是进入大气层时的干扰。当他们接触火星大气，视觉信号就会中断一阵子。就连遥测设备也会受影响，但我们所有装备都有应急预案，一切都不会有问题。"

总统问："这他妈又是怎么回事？我还以为火星根本就没有大气。"

"大气不多，长官。但还是有一些的。因为气层薄，所以重力阱更浅、更平。在大气上沿，它的密度跟地球差不多，高度也接近，这就是缓冲发生的地带。"

"可恶，"总统生气地说，"我可不喜欢这种意外！为什么没有人提前通知我呢？"

"这个嘛，长官——"

"算了！这事儿以后再说。我希望让托洛维受惊的事儿不是什么大错——好吧，这个也先放一放。目前进展怎样？"

助理没有看屏幕，而是看自己手表。

"正在打开降落伞，长官。他们已经完成制动点火。现在只要落地就行了。再过几秒钟——"助理手指屏幕，屏幕果然顺从地出现了图像，"看！他们现在已经进入可控降落模式。"

于是两人落座，继续观看，登陆车穿过稀薄的火星大气降落，带着它极为巨大的伞盖，其尺寸足有地球降落伞的五倍之多。

当它落地时，声音传到了一亿英里之外，有点儿像垃圾桶滚下房顶。但登陆车就是干这个用的，乘员也早就坐进了各自的防护茧壳中。

屏幕上传来嘶嘶声，还有金属逐渐冷却的咯咯声。

然后是布拉德的声音，"我们已经登上火星。"他虔诚地说。然后凯曼神父开始喃喃念诵弥撒常用段落："我们赞美祢、称颂祢、朝拜祢、显扬祢，主爱的人在世上享平安。"

在这段熟悉的祝词后面，他加了一句："——在火星亦然。"

15.

好消息如何从火星传回地球

　　我们最早意识到严重风险，知道大战可能导致文明终结，地球不适宜居住时——也就是，在我们开始拥有群体意识的最初阶段——我们就决定了采取行动，殖民火星。

　　这对我们来说并不容易。

　　整个人类都泥足深陷。全世界能源不足，这意味着化肥变得十分昂贵，进而导致人民挨饿，社会压力大到临界点。全球资源紧缺，甚至难以维持数十亿人的基本生存。我们不得不设法将其他方面亟须的资源转移到长期规划上来。我们建立了三个互相独立的智库，将日常事务中能节省出来的一切资源交给它们。一个智库负责研究地球，设法缓解紧张局势；另一个负责在地球上设立避难所，即便有热核战争爆发，也要确保我们中间有一小部分人存活下来。

　　第三个智库，负责研究外星计划的可行性。

　　最开始，我们貌似有上千个可行方案供选择，三个研究方向都有看似乐观的分支。但这些途径一个接一个关闭。我们最精确的估计——并不是我们提供给美国总统的那些，而是私下评估，仅在内部传阅的那种——是：十年内爆发热核战争的可能性高达 90% 至 99.99 999 999%；我们在一年之后就关闭了寻求解决地球紧张局势的分支。建立避难所的方案希望略大一点儿。它预计最差情况下，地球上仍有几个地方不会遭到直接攻击——南极洲、撒哈拉沙漠中的某些部分，甚至澳大利亚的部分地区，以及若干海岛。我们选出了十个地区。每个地区被毁灭的可能性都在 1% 以下。如果十地相加，全部被毁的可能性相对较小。但细致分析之后，我们却发现两个明显漏洞。首先，在核战之后，我们无法确定放射性同位素在地球大气中的存在时间。有迹象表明，长达一千年之内，大气中的电离辐射都将保持较高水平。在如此漫长的时间之后，哪怕仅要求一座避难所幸存，成功概率也在 50% 以下。更糟糕的是，我们还要考虑资本投入。要在地下建成避难所，并填满巨量的复杂电子设备、发电机组、备用燃料之类，实际上不可能实现。我们无法得到那么多钱。

于是我们又关闭了第二个智库，将全部能聚集起来的资源投入到外星殖民方面。一开始，这个曾被视为最没希望的出路。

但（尽管历经艰险！）我们还是设法让它获得了成功。当罗杰·托洛维登陆火星，就已经完成了第一步，也是最困难的一步。等追随他足迹的飞船就位，进入火星轨道，或者降落在行星表面，我们将史无前例地有能力规划未来，种族延续也将得到保障。

所以我们带着巨大的满足感，目睹罗杰踏上那颗行星表面。

罗杰的便携计算机是设计方面的杰作。它有三个分别独立的系统，交叉连接，共享设备，但又有足够的设计冗余，让所有系统都有 90% 以上的可靠性，直到 3070 计算机进入预定轨道。一个子系统调节他的感知；另一个控制神经和肌肉的子系统，让他行走及采取其他行动。第三个子系统远程输送他所有的感知信息。不管他看到什么，我们在地球上都能看到。

我们费了很大气力，才做好这样的安排。根据香农定律，你永远没有足够的带宽传递全部信息，但我们加入了随机取样机制。大约每一百比特信息中，有一比特被传输——首先到达登陆车上的无线电发射器，我们指定一个频道，永久性服务于这一目的。然后转输到轨道飞行器，哈士伯飘浮的地方，他会看着屏幕，忍受骨骼中的钙质一点点流失。从那里，排除了干扰、并经过增强的信息被分段传输到地球人造卫星上，中转站能同时锁定火星和金石基地的任何可用卫星。所以，我们看到的影像，大约只是"真实"世界的1%。但这已经足够。剩余部分用我们为金石站接收器编写的程序来填充。哈士伯看到的只是一系列静止画面，而在地球，我们播出的信号却像是罗杰的现场电影。

在地球各地，每个国家的电视机上，人们都在观看那些浅褐色、高耸十英里的山峰，看火星日光在登陆车窗外闪耀，甚至能看清凯曼神父的脸，还有他祈祷完毕后起立，第一次向外看时的表情。

在椭圆形办公室，达什总统的欢欣是纯粹的。这不只是美国人的胜利，而且还跟他个人有关。他将永远被铭记为帮人类在火星立足的美国总统。几乎所有人都有那么一点儿开心，甚至包括多莉·托洛维，她坐在商店后台的私人办公室里，两手托腮，揣摩她丈夫眼睛里透露出来的信息。当然，在俄克拉荷马州汤卡效外巨大的白色方形项目中心，剩余的工作人员几乎每时每刻都在观看火星传回的图像。

他们有足够的闲暇时间这样做。反正也没有太多其他任务。罗杰一走，楼里面就空得让人难以置信。

他们都已经得到回报，从仓库保管员开始，总统对每个人进行嘉奖，三十天额外假期，加上越级升迁。克拉拉·布莱用她的假期完成了迁延已久的蜜月。魏德纳和弗瑞林趁此机会给布拉德的论文打好了草稿，从打字机上取下之后，马上发给外太空中的他进行审阅，然后经过金石基地得到他的修改意见。沃恩·斯坎扬理所当然地成了英雄，跟总统一起四处巡行，周游全美五十四个州，外加二十国的主要城市。布伦达·哈特奈特两次带着孩子出现在电视屏幕上。他们被礼物吞没。丈夫为了让罗杰·托洛维登上火星而牺牲，现在，这位寡妇已经成了百万富婆。他们都享受到了功成名就的时刻，庆祝从发射完成、罗杰上路时就已经开始。高潮就在登陆前夕。

　　然后，全世界都通过罗杰的双眼观察火星。从此刻开始，一切都围绕罗杰展开。

　　我们也在注视。

　　我们看到布拉德和唐·凯曼穿上宇航服，完成出舱前演练。罗杰不需要防护服。他踮脚站在登陆车门口，摆开架势，嗅着周围空洞的风，他巨大的黑翅膀悬在身后，沐浴在太阳那——它小得让人不习惯——亮得异乎寻常的光芒下。通过登陆车中的电视镜头，我们看到了罗杰的身影，背景是火星崎岖不平的地貌，还有火星地平线上起伏的米黄色和棕褐色的群山……

　　然后透过罗杰的眼睛，我们看到了他所见的情景。对罗杰来说，遥望那片亮闪闪、宝石一样、适合他生活的行星，就像看到了童话世界，那么美，那么迷人。

　　登陆车伸展出磁性梯式框架，到达火星表面，但是罗杰并不需要它们。他跳下去，两翼张开——那是为了维持平衡，而不是获得升力——他轻巧地落在泛白的浅橙色地面上。登陆车尾焰的洪流冲刷着地表硬壳。他在那里站立片刻，用巨大的棱眼扫视他的王国。"不要操之过急。"他头顶传来声音，来自唐·凯曼防护服上的外放喇叭，"最好先把练习表上的动作先过一遍。"

罗杰头也没回，微笑。"当然。"他说，然后开始远离。他先是走，然后小跑，接着就开始疾速奔跑。如果说他在汤卡街头已经有点儿超速，在这里更是快得身影模糊。他大声笑起来。他更改两眼的波段反应能力，远方高耸的山峰变为亮蓝，平原成了绿黄红色交杂的一片斑驳。"这太棒了！"他轻声说，而登陆车上的接收器收到了这句悄悄话，也传回了地球。

"罗杰！"布拉德有些气愤地叫道，"我希望你还是收敛点儿，我们先把吉普车准备好再说。"

罗杰回转身，另外两个人还在登陆车阶梯底部，正从储存室里取出折叠起来的火星车。

他欢快地跑回他们身旁，"需要帮忙吗？"

这话不用回答。他们的确需要帮忙，身着笨重防护服的他们想要解开固定网扣取出车轮都是一番挣扎。"请让让。"他说，然后迅速解放了那些车轮，还把支撑腿拉开成就绪状态。这辆吉普车有两种支撑结构：平地使用车轮，爬坡时用机械腿。它的设计初衷，是要成为人类能制造的、最适合在火星行驶的机械，但它不是。罗杰才是。等车子准备好后，他碰碰两位同伴，许诺说："我不会跑出视野之外。"然后他就离开去看一系列小山包后面的风景去了，那里像幻境一样光彩夺目，让人无法抗拒。

"那样很危险！"布拉德通过无线电抱怨说，"至少也等我们把吉普车测试好再说！要是你有什么三长两短，我们就麻烦了。"

"我不会有事的，"罗杰说，"也不听你的！"他已经急不可待。他在用他的身体做他最适合做的事，而且失去了耐心。他边跑边跳，突然发现自己已经离开火星车两公里之远。他回头看看，同伴正在后面蜗速尾随。他继续前进。他的氧气生成系统自动调升换气率,来满足额外需求。他的肌肉可以轻易迎接这些挑战。带他行走的当然不是原生肌肉,而是内置伺服系统,它们由神经末梢的细小肌肉组织控制。所有那些练习都在得到回报。现在要达到两百公里时速轻而易举,他能轻松跳过较小的裂谷和洼地,或者从较宽的凹地边缘跑上跑下。

"回来啊,罗杰!"这是唐·凯曼的声音,听起来有些担心。罗杰还在继续跑,声音停顿了一下。就在这时,视野里仿佛有什么动静,这种感觉让他有点儿头晕眼花,另外一个声音突然说:"回去吧,罗杰!是时候了。"

他两脚平贴地面,滑行停止,翅膀在几乎感觉不到的稀薄空气中扇动。他险些摔倒,但控制住了身体。那声音又咯咯笑起来,"好了,亲爱的!当个乖孩子,马上回去吧。"

多莉的声音。

而在远处,细碎的飞沙变幻成了多莉的模样,跟多莉的声音相配,她面带笑容,看去就站在十米之外,性感的长腿配短裤,上身穿鲜艳的三角背心,长发在风里飘飞。

他接收到的广播里有人在笑,这次是唐·凯曼的声调:"你没想到吧?"

罗杰停了一会儿才回答:"是啊,"他艰难地说,"是布拉德的主意。我们在地球时录下了多莉的影像。等你需要得到紧急提示,就会由多莉来传达。"

"是啊。"罗杰又说。就在他注视下,那微笑的身形变得模糊,颜色浅淡,直至消失。

他转身往回走。回程要比远离时的快乐行程更漫长,周围的颜色似乎也没有那么明快了。

　　唐·凯曼驾驶吉普车，不断接近罗杰·托洛维步行的身影，他在努力适应俯式驾驶座，避免身体不断拉扯安全绳。这一点儿都不舒服。宇航服最初是量身定做，非常合体，但在漫长的旅程中，有些地方已经变紧，别的一些地方则松垮下来；也可能，他提醒自己说，是他本人有些部位涨大，另外一些部位收缩了。他承认，自己在身体锻炼方面并不太勤勉。而且，他现在需要上厕所。衣服里面就有可以供排便使用的管道，但他并不想使用。

　　在这些不舒适感之上，还有一层妒忌和担忧。妒忌是一种罪，他可以帮自己清除，只要能找到某人帮他做忏悔。考虑到罗杰比另外两人强大那么多、处境好那么多，这个最多就是轻微过错。担忧却是更为严重的迹象。这并不违背上帝的意旨，却不利于任务成功。现在担心已经太晚。也许，建立罗杰妻子的模型来进行紧急通信的主意很糟糕——当时他还不知道，罗杰对妻子的感情是那样错综复杂。但现在却已经无法改变了。

　　布拉德看似无忧无虑。他在咯咯笑，对罗杰的表现很是欣赏。"你发现没有？"他在问，"一次都没摔倒！完美的身体协调性。生物和机械部件浑然一体。我跟你说，唐，我们这活儿干得漂亮！"

　　"现在断言还有点儿早。"凯曼不安地说，但布拉德还在继续得意。凯曼想过关闭自己防护头盔中的声音，但这跟移开自己的注意力一样不可能做到。他环顾周围。他们降落的地点在日出边界线上，但已经花费了超过半个火星日来进行出舱前检查以及吉普车组装。现在已经接近傍晚，他们必须在天黑之前返回，他告诉自己。罗杰可以在星光下辨清方向，但他和布拉德就会比较危险。也许改个时间，等他们都已经有过充分训练……他真的很想实现那个心愿，踏入巴松王国乌木一样浓黑的暗夜，那满天星光，装饰着如天鹅绒一般的天穹。但现在不行。

　　他们置身于一片布满陨石坑的平原。地貌的尺度最开始不容易估测。透过面罩环顾周围时，凯曼会难以目测那些山峰的距离。他心里应该是清楚的，因为着陆点周围二百公里以内的地图网格数据，他都已经烂熟于心。但他的感官却被绝对清透的空气欺骗。西面那些山峦，他现在想起来，应该是在一百公里之外，高度接近一万米。看起来却像是附近的小山包。

　　他扳动手闸，让吉普车减速、停止。他们离罗杰只有几米距离。布拉德摸索着解开身体，笨拙地离开座位，步态丑陋地走向罗杰，观察他的身体。"一切都好吗？"他急切地问，"当然一切顺利。我能看出来。你的平衡感怎样？闭上眼睛，好吗——我是说，你知道了，暂时关闭视觉信号输入。"他紧张地盯着多棱形圆球眼，"你关闭了吗？我能看出来的，你也知道。"

　　"我关了。"罗杰透过头上的无线电说。

　　"好极了！没有眩晕感？闭着眼睛的时候也不会感觉难以保持平衡？"他继续道，环绕罗杰一周，从各角度细细观察，"把你手臂上下摆动几次——好极了！现在双臂绕环，方向相反——"凯曼看不清他的脸，但能从布拉德的声音里听出笑逐颜开的样子来，"棒极了，罗杰！一切完美！"

　　"我衷心祝贺两位的成功。"凯曼说着，下了车，看他们两人的活动，"罗杰？"

　　那颗头转向他，尽管眼睛并没有变化，凯曼知道罗杰在看着自己。"我只想说，"他继续讲，但自己也不确信后面要说什么，"我，那个，好吧，我很抱歉用了多莉的影像向你传达信息。我感觉这对你来说太突然了。"

　　"没关系的，唐。"罗杰现在语调的缺点，就是你无法识别出他的情绪状态。凯曼再一次这样想。

"说了这么多之后，"他说，"我感觉我应该告诉你，我们的确还有个意外消息给你。这次算个惊喜吧，我觉得。苏莉·卡朋特正在追随我们飞来。她的飞船预计将在五周后到达。"

静默，无表情。"哦，"罗杰终于说，"这挺好。她是个好人。"

"是啊。"但说完这些之后，谈话似乎已经无法继续。而且布拉德还挺着急，要让罗杰完成一系列屈伸动作。凯曼允许自己享受一下游客的待遇。他转身面向别处，遥望远山，在强烈的阳光下眯起眼睛，即便有了面罩的自动遮挡功能，那光还是很刺眼。他四下张望，然后笨拙地跪下，捧起一把带有卵石的土壤。他第二天的工作内容，将是系统地采集要带回地球的样本。虽然人类已经六次登上火星，无人探测器也来了数十次之多，地球各地的实验室仍然渴望得到火星土壤。现在，他决定放任自己幻想一下。土壤中有很多褐铁矿成分，石英石也远不是浑圆形状。边缘并不锋利，但也没有被完全磨平。他扒开浮土。表层是黄色粉末，下面的物质颗粒更粗，颜色更深。里面有些发亮的小点，几乎像是玻璃。石英吗？他纳闷，随手掬起一颗。

他身体定住，两手捧着一块形状不规则的晶体。

它有一根茎。这茎延伸到土中，然后分散、叉开，变成深色的、表面粗糙的根须。

根系。

唐·凯曼跳了起来，急速转身面向罗杰和布拉德。"看啊！"他大叫，隔着厚手套捏起那东西，"上帝啊，你们快看这个！"

然后罗杰从蹲姿起身，旋转过来扑向他。一拳击中那个闪亮的物体，令它飞出足足五十米外，同时打弯了护手中的金属。凯曼前臂感觉到剧烈刺痛，眼睁睁看到另一只手砸向他的头盔面罩，像是狂怒的考达熊挥出利爪，这是他看到的最后一幕。

16.
论危机的感知

　　沃恩·斯坎扬的车停得很霸道,歪斜着压在他专用车位的黄线上,他跳出车子,拇指按在电梯按钮上。他四十分钟之前才刚起床,但现在已毫无睡意。他只是觉得愤怒又担忧。总统的行程秘书把他从沉睡中吵醒,说总统临时改变飞行线路,要在汤卡降落——"要讨论托洛维中校的感知系统问题。"更准确地说,是要秋后算账。斯坎扬坐上汽车以后,才知道罗杰突然攻击唐·凯曼的事,那时他已经快速赶往项目中心,准备觐见总统了。

　　"早上好,沃恩。"乔恩·弗瑞林看上去也是又急又气。斯坎扬从他身边挤进自己办公室。

　　"你进来!"他大声说,"现在,马上用最简单的词句告诉我,发生了什么?"

　　弗瑞林不情愿地说:"这事儿不应该是我负责的——"

　　"弗瑞林!"

"罗杰的系统有点儿反应过度。看起来,是凯曼的举动过于突然,然后模拟系统把这个编译成了危险信号。于是罗杰开始自保,把凯曼推开。"

斯坎扬怒视着自己的手下。

"罗杰折断了他的胳膊。"弗瑞林补充说,"只是简单的骨折,将军。伤情并不复杂。桡骨断裂,能完全恢复——他只是有一段时间要独臂工作了。对唐·凯曼来说,这当然很遗憾。他不会很舒服的——"

"去他妈的凯曼!他为什么会不知道如何在罗杰周围行动呢?"

"这个,他的确知道。他只是找到了某种东西,以为是火星生物!这让他很兴奋。他只是急着拿给罗杰看。"

"结果,貌似罗杰还把那东西打飞了。布拉德事后去寻找过,但没能找到。"

"我的天,"斯坎扬轻蔑地说,"弗瑞林,跟我说件事儿。我们招来的都是哪种型号的笨蛋?"这问题显然没有标准答案,斯坎扬也没等对方回答。"大约二十分钟后,"他说,"美国总统就将走进那扇门,他会想要事无巨细地了解发生了什么、因为什么。我不知道他具体会怎样问,但不管他怎样问,有一种版本的回答是我绝对不想给的,那就是'我不知道'。所以请告诉我,弗瑞林,请重新再给我讲一遍,到底发生了什么,为什么会出错,我们事先为什么没料到会有这样的问题,现在怎么确保绝对不会再出这样的差错。"这个过程花了二十多分钟,但他们碰巧也有更多时间,总统专机落地时间晚了,等达什到达时,斯坎扬已经做到了尽可能最佳的准备。甚至准备好了面对总统脸上的怒容。

"斯坎扬,"总统一见面就气愤地说,"我警告过你,不要再有任何意外。我觉得,应该好好教训你一下。"

"总统先生,让人类登上火星,是不可能没有任何风险的。"

194

达什跟他对视片刻,然后说:"也许吧。那位牧师现在怎么样了?"

"他有一根桡骨骨折,但能够完全康复。还有比这更重要的事。他认为自己发现了火星生物,总统先生!"

达什摇摇头,"我听说了,某种火星植物。但他却给搞丢了。"

"暂时丢了而已。凯曼是个可靠的人。如果他声明自己有什么重大发现,那一定错不了。他还会找到这东西的。"

"我当然希望这样,沃恩。但也不要回避核心问题。这破事儿到底是怎么发生的?"

"他感应系统的一点儿控制过度。仅此而已啊,总统先生,别无其他。为了让他反应迅速有效,我们不得不植入若干模拟场景。为了将注意力集中在需要优先处理的信息上,他会看到妻子对他说话。为了及时处理危险,他会看到某些可怕的东西。这样,他的头脑就可以跟上我们在他肌肉中设定的快速反应机制。要是没有这种模拟,他就会发疯。"

"打断神父的胳膊就不算发疯吗?"

"不!那只是一次意外。当凯曼向他扑来,罗杰会把这解读为真正遭遇到的某种攻击。他做出了反应。是的,总统先生,在这次的条件下,反应是错的,让我们付出了一人断臂的代价。但假定这次是真正遇袭呢?任何类型的威胁!他就会及时处置它。不管威胁内容是什么。他的防卫很严密,总统先生。任何危险都不会让他毫无防备。"

"是啊,"总统说,片刻之后,"也许是这样。"他朝着斯坎扬头顶某处看了半晌,"另外那件屁事是怎么回事?"

"您具体是指哪件屁事呢,总统先生?"

达什不爽地耸耸肩,"据我所知,我们所有的计算机预测全都出了故障,尤其是我们做的那些民意调查。"

斯坎扬脑子里警钟大作。他不情愿地说:"总统先生,我桌面上还有好多文件没有读完。你知道的,我最近经常出差——"

"斯坎扬,"总统说,"我现在要走了。在你做任何事情之前,我想让你查一遍案头文件,找到那一份读完。明早八点,我要你到我办公室。届时,我想要了解事件真相,尤其是这三个方面:首先,我想听你报告说,凯曼安然无恙;其次,我想让那件活物被找到;第三,我想知道计算机预测模型中的读数,最好不要出错。回头见,斯坎扬。我知道现在才刚刚早上五点,但你还是不要回去睡觉了。"

到那时,我们已经可以向斯坎扬和总统保证一件事情。凯曼捡到的那件东西真的是某种生物。我们透过罗杰的眼睛重建了样本数据,过滤掉模拟信息,看到了他看见的东西。总统和他的助理们还不知道我们能这样做,但事实就是如此。因为图像精度较低,还没有办法辨认出太多细节。但那东西的形状跟蓟草类似,粗糙的叶子朝上方生长,也有一点儿像蘑菇:顶端有一个菌盖形的半透明帽。它有根系,除非是人造物品(可能性最多有千分之一),否则那一定是生物。我们对此并没有太多兴趣,只是,当然,它可以提升大众对火星探索的兴趣。而对于计算机模拟数据遭到的质疑,我们的兴趣却要大得多。我们已经跟踪这件事有一段时间,自从有个名叫拜恩的研究生写了一个360系统上的程序,用在桌面系统上,检查此前调查数据的严谨性。我们和总统一样关注这件事。但由此带来重要影响的可能性同样渺茫,尤其是在其他一切进展顺利的背景下。MHD发电机已经快要完成入轨前的路线修正。我们已经在火卫二戴摩斯的伏尔泰裂谷选定了着陆点。它后面不远处就是3070计算机和它的两位人类乘员[1],包括苏莉·卡朋特。而在火星表面,人们已经开始建立永久性设施。他们略

①关于后两组飞行器的到达顺序,原文中有两个自相矛盾的说法,有时说计算机先到达,有时说发电机先到。现都保持原貌译出。

微落后于原计划日程。凯曼意外受伤，让进度受到了影响。不只是因为他的身体状况，也因为布拉德坚持要拆解罗杰的便携计算机，检验有无故障。他没有发现问题，但耗费了两个火星日。再然后，因为凯曼苦苦哀求，他们又花时间去找他的火星生命。他们找到了，但不是原来那一个，而是数十个同类标本。布拉德和罗杰留凯曼待在登陆车里研究它们，两人开始建造穹顶基地。

第一步，是在火星表面找到地形合适的地点。地表要尽可能接近于土壤，但岩石层又不可能埋得太深。他们花了半天时间往地下打入爆炸性地桩，听取回声，确定找到了这样的地带。

然后，他们吃力地铺设好太阳能电池板，地下岩层中的水分被蒸发出来。当第一缕蒸汽出现在管口，两人一起欢呼。其实那很容易被错过。极度干燥的火星空气会在转眼之间夺走所有离开管道的水分。但要是靠近管道出口，还是能看到淡淡的、形状不规则的水雾，令后面的景物形状扭曲。那是水蒸气没错。

下一步是铺设三大块单分子膜，最小的在最下层，最大的在顶端，并把上面那张密封到周边地下。然后，他们把气泵从有轮车筐中取出启用。火星大气极为稀薄，但毕竟还存在。气泵最终将把圆顶帐篷填满。它部分使用压缩二氧化碳和氮气——来自周围的大气，部分使用岩石中蒸发出来的水蒸气。当然，火星大气中没有值得一提的氧气成分，但他们也不需要寻找氧气。他们可以制造，就用地球制造氧气的办法: 借助植物的光合作用。

需要四到五天时间，他们才能把外层帐篷内的压力加大到计划中的四分之一千克气压。然后他们将开始填充第二层，加大到接近一千克（这也将让外层空间缩小，压力加大到二分之一千克）。然后，最后一步，他们将把最内层压力加大到二千克，这样，他们就能拥有一个人类可以不穿防护服的生活空间，甚至还能呼吸——只要植物能给他们提供足够的氧气。

当然，罗杰并不需要这些。他不需要氧气，他甚至不需要庄稼来充当食物，或者说很长时间里只需要一点点。他只需要日光，再加上MHD发电机位置适合时微波输送下来的部分能量，就可以几乎永远存活下去。剩余的那些动物性的部分，靠飞船上的压缩食品就能维持很久。直到那些物资耗尽，或许是几个火星年之后，他才会开始依赖水培箱中的产品，那里的种子到那时已经在帐篷下的密封柜中开始发芽了。

这些总共花费了好几天时间，因为凯曼不太能帮忙。对他来说，穿和脱防护服都特别痛苦。所以大多数时候，同伴都把他留在登陆车里。等到需要把小心积存的排泄物拖到帐篷里时，凯曼帮了一把手。"正好只有一臂之力。"他说，试图用完好的手臂把磁性竿耙子握紧。

"你干得不赖。"布拉德鼓励说。现在，最内层的帐篷里也有了足够的压力，可以让顶篷保持在他们头顶，但压力还不足以让大家脱下防护服。布拉德感觉这样正好，免得闻到"纯天然肥料"的臭味儿。

等到顶篷完全撑开，压力会达到一百毫巴。这相当于地球上海拔一万米处的压力。这不是无专用装备的人类可以长期工作生活的环境，但他勉强能活，要碰上意外才会死亡。不过压力再小一半，他的体温就足以导致体液沸腾，瞬间丧命。

内部压力到达一百毫巴水平以后，三人顺次进入三层气闸，布拉德和唐·凯曼郑重地除下他们的加压防护服。布拉德和唐佩戴了呼吸器，样子像是水下气嘴儿。圆顶帐篷里的含氧量还微乎其微。但他们背上的气罐可以提供纯氧，依靠这些装备，他们第一次有了接近于罗杰的自由度——在这块直径一百米、十层楼那么高的类地球区域。

那些被他们移植来的种子，排成整齐的行列，已经在这里发芽、生长。

与此同时，携带磁性水力发电机的飞船到达火星轨道，在哈士伯将军的协助下，与戴摩斯成功交会，进入裂谷。这是一次完美的交合。飞船伸出固定臂，卡紧这颗卫星上的岩石。操控系统适时喷射，以测试其稳定性。它现在已经是戴摩斯的一部分。动力系统开始趋向全功能动作模式。聚变火焰引燃离子之火。雷达向外探测，找到登陆车上的目标，然后将其锁定到帐篷。动力开始传输。传输场中的能量密度足够小，就算布拉德和凯曼在下面走来走去都不会察觉。但对罗杰来说，这就像一缕温暖的阳光。外层帐篷上的金属箔片收集微波能源，并将其输送到气泵和电池组。

聚变燃料的使用寿命是五十年。至少在这么长的时间里，罗杰和他的便携电脑在火星表面能得到足够的能源，不管地球上发生怎样的巨变。

与此同时——

还有一对儿在交合。

在远离地球的漫长旅程中，苏莉·卡朋特和她的领航员丁蒂·梅根手头有很多时间，然后也找到了一个消磨时间的办法。

自由落体条件下的媾和会遇到若干困难。首先，苏莉必须把一根固定绳缠在自己腰间，然后丁蒂双臂抱紧她，她用两腿夹紧男伴。他们的动作像在水下一样缓慢。苏莉享受那份温柔的刺激，很长时间之后才进入高潮，而丁蒂甚至比她更慢。等两人完事儿，呼吸几乎都没有加速。苏莉伸伸懒腰，打个哈欠，弓起腰背，扯紧安全绳。"挺好的，"她懒洋洋地说，"我会记得的。"

"我俩都会记得，宝贝。"他说，显然误解了她，"我想这是最好的做爱方式了。下次——"

她摇头打断了他，"没有下次了，丁蒂宝贝。到此为止。"

他缩起头来看她，"什么？"

她笑了起来。右眼距离他的左眼只有几分米，太近了，两人眼中的对方都有些比例失调。她向前探身，用腮部蹭了下他长满胡茬的脸。

他皱眉，避开，突然感觉自己赤裸着；而之前，他只是没穿衣服罢了。他从背后扶手后面拽出内裤，迅速穿上。

"苏莉，有什么不对吗？"

"没什么不对。我们就快要准备好进入轨道了，仅此而已。"

他用手推舱壁，在拥挤的舱中向后退开一些，以便看清她的模样。她的头发恢复成了暗金色，两眼没戴隐形眼镜，都是棕色。在两人挤在十米以内的船舱二百天之后，她在丁蒂看来依然美丽迷人。"我还以为你不会再让我吃惊了！"他惊叹。

"女人嘛，你永远都猜不透的。"

"好了，苏莉！这都是怎么回事？你听起来像是早有预谋——嘿！"他突然想起，"你是自愿参加这次任务的——不是为了登上火星，而是为了接近某个男人！对吗？我们前面的某个人？"

"你反应还挺快，丁蒂。但是，"她亲昵地说，"你聪明的不是地方。不是我希望的地方。"

"你在追谁？布拉德？哈士伯？不是神父吧？——哦，等等！"他点头，"错不了！是你在地球就勾搭不清的那个，那个赛博格！"

"是罗杰·托洛维上校，他是人类。"她纠正道，"跟你一样堂堂正正的人类，只是经过了一些改进。"

他大笑起来，不是心情好，而是带着反感，"好多改进，而且没了种。"

苏莉解开她的固定绳。"丁蒂，"她甜腻腻地说，"我很享受跟你做爱，我也尊重你，在这次该死的旅程中，你对我的慰藉作用已经达到了人力所及的极限。但有些话，我还是不希望听你说。你是对的，罗杰的确是碰巧没有睾丸，目前这个时间点是这样。但他是个我可以尊重和深爱的人类，而且是我近期找到的唯一那个。相信我，我认真找过。"

"谢谢！"

"哦，别这样，亲爱的丁蒂。我知道你并没有真的嫉妒。你已经有老婆了。"

"明年才有现成老婆！这还有好长时间呢。"他耸耸肩，微笑，"啊，但是苏莉！有件事你可骗不过我。你喜欢性交！"

"我喜欢身体接触和亲密感。"她纠正道，"也喜欢性高潮。但这些体验，我都更愿意跟自己喜欢的人共享，丁蒂。无意冒犯。"

他皱眉，"那你可有得等了，小甜心。"

"也许不用。"

"才怪。我要到七个月之后才能见到伊琳。但你——你回去的时间不可能比我更早；而那还只是开始。他们将不得不把他的身体重新组装起来。假设他们还能够重组他的身体的话。看起来，你想要上床，还要等很久呢！"

"哦，丁蒂。你以为我不会考虑这些事吗？"她经过时顺手拍拍他，返回自己的房间。"性生活的形式可不只有交媾而已，还有其他形式让我获得高潮。而且两性之间并不只有高潮重要，更不要提爱情了。罗杰他，"她一面继续说，一面扭动身体穿上连身裤，"是个足智多谋又有爱心的人。我也是，我们会探索出——反正呢，能坚持到其他殖民者登陆。"

"其他？"他吃力地问，"其他殖民者？"

"你到现在还没明白吗？我不会跟你一起返回，丁蒂。而且我觉得罗杰也不会。我们将成为火星人！"

与此同时，在白宫椭圆形办公室里，美国总统正在会见沃恩·斯坎扬以及另一位咖啡色皮肤的年轻男子，他戴染色眼镜，体型像橄榄球运动员一样健硕。"这么说，那个人就是你啰，"总统打量着年轻人，"你觉得我们不会用计算机搞研究。"

"不，总统先生。"年轻人沉稳地说，"我觉得问题不在这里。"

斯坎扬咳了几声。"这位拜恩先生，"他说，"是麻省理工的一位工读研究生。他的专长是采样方法，而我们此前曾允许他使用，呃，一些保密材料。尤其是公众对火星项目的看法。"

"但没有获准使用计算机。"拜恩说。

"没有使用大型机。"斯坎扬纠正说，"你有你自己的桌面版数据簇。"

总统淡淡地说："继续说，斯坎扬。"

"这样子，他的结果不一样。根据他的解读，公众对于火星殖民的整体态度是，唔，漠不关心。您记得吗，总统先生，早前对于民调结果也有过争议？初评结果一点儿都没有乐观迹象？但当我们用计算机分析之后，却成了正面的，您是怎么说来着，二希格码。我从来都没搞懂这是为什么。"

"那你查过吗？"

"当然查过了，总统先生！但不是我自己去查的，"斯坎扬迅速补充，"这件事不归我管。但我得知研究结果得到证实，也就满意了。"

拜恩插嘴，"查证有三次，用了三种不同程序。结果当然有些细微差别。但结果都很明确，也都认为分析正确有效。只是，当我在自己的孤立机器中重做时，结果却不相同。到现在还是这样，总统先生。如果您用一台联网的大型机运行分析程序，会得到一种结果。如果用小型孤立机器去做，结果是另外一副样子。"

总统用拇指肚轻敲桌面，"你的结论是什么？"

拜恩耸耸肩。他只有二十三岁，周围的环境也在给他压力。他用眼神向斯坎扬求助，但也没有得到支持。他说："这个问题，你得问其他人，总统先生。我只能跟你说我的猜想。有人在破坏我们的计算机网络。"

总统思考着，一面摩挲自己的左侧鼻翼，一面缓缓点头。他看了拜恩一会儿，然后用惯常的语调说："凯鲁索，请进来一下。拜恩先生，你在这个房间里看到和听到的都是最高机密。等你离开时，凯鲁索先生会让你知道需要遵守的细则，基本上，你不能透露这里得知的任何内容，对任何人都不能说，直到永远。"

总统会客室的门打开，一位高大、壮实、面色威严的男子走进来。拜恩惊讶地看着他，查尔斯·凯鲁索，中情局首脑！"这事儿你怎么看，查克？"总统问，"他的底细如何？"

"我们当然已经调查过拜恩先生。"特工首脑说。他措辞精准，不带任何情绪，"他没有任何明显的负面背景——我相信你会为此感到欣慰的，拜恩先生。而且他说过的内容属实。存在问题的不只是民意调查。战争风险预测，成本/绩效分析也有问题——在网上运行是一种结果，用单独计算机运行，结果就会不一样。我同意拜恩先生的意见。我们的计算机网络受到了侵害。"

总统双唇紧闭，就像他在努力忍住不说某些话。而他说出的内容是："我想让你找出这件事发生的原因，查克。但现在的问题是，谁干的？亚洲人吗？"

"不，先生！我们查过这个了。不可能是他们。"

"放屁！怎么不可能？"总统吼道，"我们都知道他们窃听过一次网络通信，就是罗杰·托洛维状态模拟那次！"

"总统先生，那件事的性质跟这次完全不同。我们已经发现了那次窃听，并且消除了漏洞。对方下手的地点是次要网络连接线的地下缆。我们大型机之间的通信线路绝对安全，不可能泄密的。"他扫了一眼拜恩，"您手头有一份关于相关技术的报告，我愿意改天在您有暇时找您讨论。"

"哦，不用担心我。"拜恩说，他头一次露出笑容，"所有人都知道那些联结点有多重加密。如果你们查过我的底细就肯定发现了，我们有好多研究生没事瞎捣乱，都想破解加密网络，然而没有一个人成功。"

特工点头，"事实上，总统先生，我们故意容忍了这类攻击，这是安全系统实测的好机会。如果连拜恩先生这样的人都无法闯过关卡，我怀疑新亚盟的人也不会有那种本事。而且网关本来就不可能泄密。它们必须做成这样。因为它们控制着大型战争机器、中情局、联合国军总部——"

"等一下！"总统大声说，"你刚才说，我们的机器跟联合国军联网，亚洲人也在使用那个系统，还连接到战争机器？"

"但那是绝对不可能泄密的网络。"

"已经发生过一次泄密了，克鲁索！"

"但没有泄露给亚洲人，总统先生。"

"你刚刚告诉过我，通信线路一头把我们的电脑联结到战争机器，一头通往亚洲人那边，中途还经过了联合国军总部！"

"即便如此，总统先生，我仍然有绝对把握说此事跟亚洲人无关。如果那样，我们早就会知道了。所有大型计算机，都在某种程度上互联。就像是说，从某点出发，总有路径能够到达另外一点。是的，的确这样。但沿途会有关卡。新亚盟绝对不可能控制我们的战争机器，也不可能得到这些研究资料。话说回来，假如他们真能得到，我们也能从隐蔽渠道了解。他们没得到。而且，"他继续说，"再说了，总统先生，您能否想出任何理由，让他们篡改数据，鼓励我们在火星殖民吗？"

总统拇指敲桌，环视房间。最后他叹了口气，"我愿意相信你的推理，查克。但如果不是他们在暗中操纵我们的计算机，又能是谁？"

特工首脑尴尬地沉默了。

"还有，"达什吼道，"看在上帝的分上，为了什么？"

17.
火星人的一天

　　罗杰看不到戴摩斯上传递下来的微波能量，但他能感觉到那份奢侈的温暖。当他靠近时，会展开翅膀沐浴其中，吸取力量。离开射线之后，他还可以把一部分能量储存在蓄电池里。他现在并没有蓄积力量的必要。只要戴摩斯在地平线以上，就会不断有更多能量倾泻下来。每天只有几个小时，太阳和较远那颗卫星都不在地平线以上，而他的蓄电池容量，足够坚持几倍于那段"枯水期"的时长。

　　在帐篷内部，没等能量碰到他，金属片制成的天线就会偷走这些能量，当然会在能量到达他身体之前窃走那些辐射。所以他减少了跟布拉德和凯曼共处的时间。他并不在意，更喜欢独处。反正呢，三人之间的隔阂每天都在扩大。他们要返回他们的行星。罗杰要留在自己的星球上。他还没有跟同伴说出自己的打算，但他已经下定决心。地球已经开始像是一个舒适宜人，但是透着古怪的陌生地点，他去过一趟，并不是很喜欢。地球人类的痛苦和磨难已经跟他无关。即便他本人也曾经历那些痛苦和磨难，也曾有凡人的恐惧。

在帐篷里，布拉德穿着弹腰短裤，背着备用氧气罐，正兴致勃勃地在西伯利亚小麦垄间种植胡萝卜幼苗。"想帮我一把吗，罗杰？"他的声音在稀薄的空气里显得特别尖细。他时不时从腮旁的氧气嘴那里吸氧，然后等他呼气出来之后，嗓音会略微低沉一点儿，但还是很怪。

"不。唐想让我给他再收集一些标本。我晚上不回来了。"

"好吧。"布拉德对幼苗的兴趣超过了托洛维，而托洛维也不再那样关注布拉德。有时候他还得提醒自己，这个男人曾经是妻子的情人。但总的来说，这事儿看起来不值得费力惦记。远方山脉背后陡峭的山谷更有趣，也有更多考验，还有他个人的小农场。接连几个星期，他都在把火星生物带回给唐·凯曼。它们并不繁多，一次通常也就两三个，长成一簇，周边数百米都没有别的个体，却不难被找到——对他来说。一旦他学会了如何识别它们的特别颜色——只要确定晶块状盔帽反射出的紫外线波长就好，这种反射能力能帮它们在高辐射环境下存活——他的本能反应，就是对视觉信息接收能力进行调整，只接收对应波长，然后就可以在一公里外发现火星生物。

晚些时候，他拿到了上百个标本。它们看去分属四个不同种类。不久以后，凯曼就告诉他不必再找。神父已经有了足够的研究对象，还用福尔马林泡上了半打，准备带回地球。他那保守的天性，一定会因为破坏了火星生态环境感到不安。罗杰开始在帐篷附近种植一些火星植物。他对自己说，目的是观察发电机的过量辐射能否对本土生物造成危害。

但他心里知道，这是它的花园。这是他本人的行星，他要靠自己的力量来美化它。

他离开帐篷，舒展身体，享受着被日光与微波双重照耀的舒爽感觉,并检查了电池。它们还没全满。他灵活地把导线接入便携机,轻响着的蓄电器接在帐篷底部。他没有看登陆车,就说:"我要出发了,唐。"

凯曼的声音马上从通信器中传来:"不要走到两小时路程之外,罗杰。我可不想去找你。"

"你担心得太多了。"罗杰说着拔掉导线,收在一边。

"你只是强化过的人类,"凯曼没好气地说,"并不是神。你还是有可能摔倒,搞坏什么零件——"

"我不会。布拉德,回见。"

三重帐篷之内。布拉德抬头,向他挥手,小麦已经长到腋窝高度。透过半透明的帐篷膜,他的表情看不清楚,这种塑料成分特殊,可以隔绝大部分紫外线,但也会挡住一部分可见光。但罗杰还是能看到他挥手。"路上小心。离开视线之前通知我们一声,这样我们就知道何时开始担心了。"

"好的,老妈。"好奇怪,罗杰心想。他开始喜欢布拉德。这件事引发他的兴趣,就好像于己无关的抽象问题。这是因为他被阉割过吗?但他体内还是有睾丸素,他们给他注射的类固醇类药物有这种效果。他有时候会做春梦,有时候也会梦到多莉,但到了火星以后,地球上感觉到的绝望和愤怒都在减轻。

他离开帐篷已经接近一公里,在温暖的阳光下轻松跑步前进,每一步都精准地落在坚实的地面上,每次推进都能让他向上、向前移动预定的距离。他的视线设定为低功耗侦察模式,周围的一切被接收为泪滴形图像,尖端是他的位置,最宽处为五十米,长度为他的身前一百米。对其他区域,他也并非视而不见。如果有反常物体出现——尤其是运动中的物体——他会马上看到。但观看并不妨碍他思考。他试图回想起跟多莉做爱的感觉。客观的物理意义上的参数不难回想。更难记起的,是跟她一起在床上的那种感觉。这就像试图回忆十一岁时吃到的巧克力,回忆它在舌尖融化的那种满足,或者是他十五岁第一次吸食大麻时的快感。现在更容易让他产生感情的,反而是苏莉·卡朋特,尽管在他印象中,自己没有摸到过她身体的任何部分,除了她的指尖,那还是偶然碰到的。(当然,她主动碰过罗杰身体的所有部位。)他时不时会想起苏莉·卡朋特要到火星来。一开始,这让他感觉到威胁,然后就变得有趣,成了值得期待的变化。现在——现在,罗杰意识到,他想让这件事早日发生,不是四天以后——到那时,她的领航员才会完成对 3070 计算机和 MHD 发电机的现场测试,按预定行程降落。**很快**。他们通过无线电随口问候过几次。他想让她比那更接近。他想要摸到她——

他妻子的形象出现在面前,还穿着那套单调的沙滩服。"最好回个信儿,亲爱的。"她说。

罗杰停下来,回头看去,启动全视野模式,摄入地球光谱。

他已经走完了前往群山将近一半的路途,离帐篷和登陆车足足十公里。他一直在上坡,原本平整的地形开始起伏不定。他只能勉强看到帐篷顶,它后面的登陆车只露出一根细细的天线。他下意识地调整两翼方向,以便让无线电接收器更有针对性,就像大声喊叫的人,会无意中把手搭在嘴边那样。"我一切都好。"他说。唐·凯曼的声音在他头脑内部响起:"那就好,罗杰,还有三小时就要天黑了。"

"我知道。"天黑以后气温将骤然下降。从现在开始六个小时之后,会降低到零下一百五十摄氏度。但罗杰以前也在黑暗中活动过,而且全部系统运行良好。"等我爬到够高,到达便于通信的斜坡再联系你们。"他转过身,继续向远山行进。空气比之前更浑浊了。他允许自己接入皮肤表面感应器信息,意识到风速在加快。沙暴吗?他以前也经历过。如果沙暴太严重,他可以找个地方蜷成一团等它过去。但只有沙暴特别严重时才有必要。他心里暗笑——用新的面目,他还不十分熟悉笑的表情——然后继续前行。

日落时,他已经进入山峦的阴影,高到能够看清帐篷,距离超过二十公里。

沙暴现在都在他脚下,而且像是要移动到别处去一样。他曾两次停留、等待,用翅膀裹住全身。但那只是例行公事的防范动作;沙暴最多只是造成些轻微不便,不会有其他任何妨碍。他让两翼伸展在身后,弯成杯状,通过无线电说:"唐?布拉德?你们的浪子在呼叫基地哦。"

他脑子里听到的回应声显得沙哑、扭曲,很不舒服,就像有人在用砂纸磨牙。"你的信号很差啊,罗杰。你还好吗?"

"当然好。"但他犹豫了一下。风暴造成的静电噪声太大,一开始,他都没能辨认出是哪位同伴在跟自己对话。过了一会儿才认出布拉德的声音。"也许我现在就该往回走。"他说。

另外一个声音扭曲更甚:"如果你回来,会让一名老教士特别开心,罗杰。要我们出来接你吗?"

"哎呀,不用。我走得比你们快多了。睡觉吧。我四五个小时之后跟你们碰头。"

罗杰又聊了一会儿,然后坐下来四处看。他不累。他几乎已经忘记了疲劳的感觉。大多数夜晚,他都只睡一两个小时,白天也只是偶尔打个盹儿,更多是因为无所事事,而不是因为困倦。他体内的有机成分还是会对身体代谢有些影响,但长时间劳作后那种筋疲力尽的感觉已经在他的经历中消失。他坐下来,只是因为喜欢坐在突出的岩石上,遥望山谷对面。山峦长长的阴影已经盖住了帐篷。只有远端的山峰还在夕阳照耀下。他能看清阴影的边界线,火星的稀薄空气很少扭曲阴影的边缘。他几乎能看到阴影边界线的移动。

头顶的天空明艳动人。即便在白天,也很容易看到最亮的星辰,但在夜里,它们会更加奇美绚丽。他能把星辰的不同色调看得一清二楚,钢蓝色的天狼星、血红色的毕宿五、烟金色的北极星。如果把可见光谱扩展到红外线和紫外线,他还可以看到新的亮星,尽管不知道它们的名称。也许它们就没有通用名称吧,因为除了他本人之外,只有使用特殊滤镜的天文学家才见过它们。他考虑过命名权问题。如果猎户座的那个光点只有他本人能看到,他有没有权力给它命名呢?如果称之为"苏莉之星",会不会有人反对?

说起这个,他当时还真能看到苏莉所在的那颗"星",或者说天体,戴摩斯当然并不是恒星。他抬头看着它,自得其乐地想象苏莉的面容——

"罗杰,亲爱的!你——"

托洛维一跃而起,落在一米之外。他头脑中的尖叫声震耳欲聋。这是真的吗?他完全无法辨别。布拉德、唐·凯曼和他妻子的模拟音,在他脑海里同样熟悉。他甚至无法断定刚才会是谁的声音——多莉的?但他却是在想苏莉·卡朋特,而刚刚的声音因为焦急而变形,可以是两人中的任何一位,也可以都不是。

现在,已经没有任何声音。或者说只剩下惯常的咔嗒声、唧唧声和摩擦声,来自火星地层中的岩石,它们正在快速下降的温度中冷却。他本身不会感觉到寒冷,他的内置加热系统会让他有感知力的部分保持温度恒定,可以轻易坚持一整夜。但他知道,当前气温不会高于零下五十摄氏度。

另一波巨响,"罗杰——认为你应该——"

即便有了前一次警告,如此震耳的吼叫声还是令人痛苦。这一次,他快速偷瞅了一眼多莉的模拟像,她诡异地站在半空中,距离有十几米。

训练开始起效。罗杰转向远方的帐篷,或者说他以为帐篷所在的地方,翅膀在背后张开成盘状,语调清晰地说:"唐! 布拉德! 我遇到了某种故障。我收到一份信息,却无法读取其内容。"

他等着,却没有得到回应。头脑里没有响起任何声音,只有他自己的思路,像是混乱的低语,然后他意识到,那是静电杂音。

"罗杰!"

这次又是多莉,比本人大十倍,高高耸立在他面前,脸因为愤怒和恐惧而扭曲。她看似伸手下来抓他,然后却古怪地将身体扭向一旁,像电视图像闪出屏幕一样消失了。

罗杰感觉到一份特别的痛苦,试图将其看作恐惧,不予理会,但那种感觉挥之不去。他意识到那是寒冷。一定出了什么严重问题。"紧急求助!"他喊道,"唐! 我有麻烦了,快来救我!"黑黢黢的远山仿佛在波动着远离他。他抬头向上看。星辰正在变成液体,从天穹滴落。

唐·凯曼在梦里,和克劳蒂尔达修女坐在瀑布前的野餐垫上,吃着松糕。不是糖果,而是厨房里做的松糕,蘸某种干酪酱一起吃。克劳蒂尔达正在警告他,有危险临近。"他们要把我们赶走。"她一面说,一面切下一块松糕,用两齿银叉穿上,"因为你的布道术考试只得了C,"她把松糕在底部包有铜皮的盘子里蘸了一下(盘子下面是酒精火焰),"而你现在必须,必须醒来——"

他醒了。

布拉德正在俯身看他,"快点儿,唐。我们得出去。"

"出了什么事?"凯曼用完好的那只手扯过睡袋,盖住胸口。

"我得不到罗杰的回应。他没有回答。我给他发送了优先提示信息。然后我感觉听到了他在广播里的声音,但是很微弱。他要么是没在视线以内,要么就是信号收发器出了故障。"

凯曼扭动身体钻出睡袋,坐起来。刚刚睡醒时,他的胳膊是最疼的。他努力不去想伤痛，"你确定他当前的位置了吗？"

"只有三小时前的。我上次发送信号时无法定位。"

"他应该没有偏离太远。"凯曼开始穿他的防护服裤子。下一个部分最难，就是把骨折的小臂伸入衣袖。两人一起把袖子加长了一点点，并且缝合了快要裂开的地方，但即便在最好的条件下，穿衣服也很难，勉强能成功。现在还要赶时间，就更加令人抓狂。

布拉德已经穿好他的防护报，正在向包里丢装备。"你觉得要在外面做紧急手术吗？"凯曼问。

布拉德皱起眉头，继续忙碌。"我不知道会用到什么。现在天已经完全黑了，唐。而他至少在五百米以上的高度，温度很低的。"

凯曼闭了嘴。等他穿戴完毕，布拉德早已离开登陆车，在火星车轮旁等待。凯曼忍痛上车，还没来得及系好安全带，车子就已经开动。他艰难地用脚跟和完好的胳膊稳住身体，同时用另一只手系好安全带，成功了，但也很险。"距离多少，有概念吗？"他问。

"在山区某处。"布拉德的声音在他耳朵里响起。凯曼面露痛苦之色，把通话频道声音调小。

"也许两小时？"他速算后猜想。

"如果他已经开始返回，也许是的。要是他动不了，或者要是他只是在原地打转，我们不得不用RDF系统找人的话——"对方欲言又止，"我觉得，就温度方面来说，他应该没有问题。"布拉德一分钟之后继续说，"但是我也说不好，我都不知道发生了什么。"

凯曼注视前方。除了车头灯照亮的一片光明之外，别处一无所见。此外就是地平线。那里是山脊。凯曼知道，布拉德用来确定方向的，应该就是山体轮廓。车头总是朝向两座山峰之间的最低处。他们北面有一座高山，偏南一点儿也有座很高的山。明亮的毕宿五正好悬挂在山峰上方，它本身也是不错的行车参照，至少在一个小时后它落入地平线之前是。

凯曼打开车载高增益天线。"罗杰。"他提高了声音，尽管明知道这样并没有任何区别，"你能听到我吗？我们来接你了。"

没有回答。凯曼靠在凹型椅子上，试图减小车辆颠簸的影响。即便在最平整的地形上，用缠了丝网线的轮胎行驶也很不舒服。当他们开始爬坡，运用了高跷状支腿后，他更是感觉自己随时会被扔到车外——连同安全带一起。至少，他确定自己会吐。在他们前面，晃动的车头灯发现了一座沙丘。岩石耸立，有时会有结晶面反射强光。"布拉德，"他说，"那光不会让你抓狂吗？为什么不用雷达呢？"

他防护服通话频道里传来急速吸气声，就像布拉德刚刚忍不住想骂他。然后，他身旁穿着防护服的同伴伸手去扳控制盘。防尘挡板下的蓝色显示屏点亮，展示出车前地貌，车头灯熄灭。现在更容易看清山形轮廓了。

三十分钟。最多走了四分之一路程。

"罗杰，"凯曼又呼叫道，"你能听到吗？我们在路上。我们足够接近时，应该能靠你身上的信号器找到你。但如果你能听到，请现在就回答——"

没有收到回应。

仪表盘上一颗米粒状外壳的氩气灯开始快速闪动。两人对视，然后凯曼探身向前，将通话频率设定到同步飞行器。"我是凯曼。"他说。

"凯曼神父吗？你们下面出了什么事？"

女性的声音，当然只能是苏莉·卡朋特。凯曼字斟句酌："罗杰碰到了一点儿信号传输问题。我们正在外出检查这件事。"

"听起来可不是小问题。我一直在听你们试图呼叫他。"凯曼没回答，于是对方继续说，"我们已经确定了他的当前位置，如果你们想要精确数据的话——"

"当然要！"他大叫，同时又对自己很生气。他们早应该想到戴摩斯上的 RGF 设备。苏莉或者轨道上的任何一位宇航员，都很容易为他们指出目标地点。

"坐标编号 3P17、22Z40。但他正在移动。方位大约为 89，速度约为每小时十二公里。"

布拉德确认了一下他们的行驶方向，"那正好。我们正在接近，他也正在靠近我们。"

"但为什么这么慢？"凯曼问。

一秒钟后，女孩的声音传来："我也想知道这个。他受伤了吗？"

凯曼没好气地说："我们现在不清楚。你们尝试过无线通话吗？"

"一遍遍试过很多次——等一下。"停顿，然后她的声音再次响起，"丁蒂说，让我告诉你们，我们会尽可能持续为你们更新他的最新位置，但我们现在的观察准确度越来越差。所以我们的坐标数据只能用到——什么？大约四十五分钟后。而在那之后二十分钟，我们就会完全沉到地平线以下。"

布拉德说："你们尽力而为。唐？坐稳了。我要试试这台破车能跑多快。"

布拉德开始加速，车体颠簸程度上升到原来的三倍。凯曼忍住没吐在头盔里，探身向前看了下速度计。雷达屏幕旁边的运动轨迹纪录预示了后面的剧情：即便他们能保持当前速度，在他们到达罗杰·托洛维身边之前，戴摩斯也早已经落下地平线了。

他把通话频率调回高增益天线。"罗杰，"他呼叫道，"你能听到吗？快回答！"

三十公里之外，罗杰被困在他自己的身体里。

在他的感知里，他正在快步回家，步态很奇怪，像是竞走。他也知道自己的感觉不对。他不知道具体是怎么不对的。但他确信背包里那个"兄弟"篡改了他的时间感，还有他感知系统输入的信息。他最确信的一点是：自己已经无法控制身体。从理智层面上看，他完全确定自己不是大步前行，而是在拖拖拉拉地慢走。只是感觉他像在跑。在他的感觉系统中，周边地形像跑步一样快速掠过，就好像他在全速前进。但全速意味着大步跳跃，而他并没有两脚同时离地过。结论是：他在走，但便携电脑调慢了他的时间感，很可能是让他保持相对冷静。

如果是这样，它倒是成功了。

背后的兄弟夺占控制权的时候是很吓人的。首先，他直挺挺地站着，被完全锁定；他动弹不得，甚至连话都不能说。周围，黑沉沉的天空中泛起几缕辉光，大地本身也在发出微光，像沙漠里的热浪一样。幻影形象接连在他视野里淡入淡出。他无法相信感觉系统输入，也无法动弹一根手根。然后他感觉自己的两手伸向背后，摸索着追寻两翼跟肩胛骨联结处，试图找到通往电池的线缆。又一次被固定的停顿时间。然后又是老一套，摸索计算机终端。他还有足够的意识，知道那是电脑在自检。他不知道的是，电脑发现了什么，发现错误之后又将如何处理。然后又是停顿，然后他感觉自己的手指进入他插入充电线的接口——

一阵剧痛让他眼前发黑，就像最严重的头痛，像中风，或者被当头重击一棒。那只持续了一会儿，然后就消失了，像远方的闪电一样，没留下任何痕迹。他以前从未有过这种感觉。他发觉自己的手指正在轻轻地、非常熟练地操作终端，然后又是一阵剧痛，显然，是他自己的手指造成了一次临时短路。

然后他发觉自己在关闭风门盖板，这才想起：自己在帐篷那里充电时，忘记把它合上了。

然后，又经过一轮彻底关机后，他开始缓缓移动，小心翼翼走下山坡，向帐篷靠近。

他完全没有概念，不知道自己走了多久。在某个时间点上，他的时间感被调慢了，但他甚至不知道是什么时候。他所有的感知信号都在被监控、被编辑。他确信这点，因为他早就知道自己经过的这片火星地貌不该像这样光线柔和、色彩斑斓，本应该是一片模糊的黑影才对。但他却无法改变自己的感知，他甚至不能调整自己注视的方向。现在，他以单调的频率左右转移视线，偶尔抬头望天，甚至有时还自动回头。其他时间，则死死盯着眼前的路面，他只能通过眼角余光看到沿途夜景。

他脚下踩出起落有规律的步子——速度有多快？一分钟一百步？他判断不出。他想过观测头顶星辰的移动来确定时间，但尽管数清自己的步子并不难，猜出最低处的星辰爬升四到五度的时长也不难（大约十分钟），但却不可能把那么多数据存在脑子里，直至算出有意义的结果。而且，他的视野还总是突然移到地平线之外，毫无征兆，也无规律可循。

他现在完全成了背后兄弟的奴隶，服从它的意志，被他的解读蒙蔽，心里特别没底。

到底是哪里出了错？既然他已经只剩下那么一点儿能感知到现实环境的原生器官，为什么会感到冷？他在盼望太阳升起，梦想着能再次沐浴在戴摩斯温暖的微波光束里。罗杰痛苦地想要从已知事实出发进行推理。感觉到冷，需要能量输入：这是那条线索的自然推论。但他为什么会需要更多能量，既然电池已经被充满？他放弃了这个问题，因为他找不到答案，但假设前提看似无可置疑。这可以解释低能耗的移动方式。走路要比带跳跃的跑步慢很多，但从每公里耗能角度看，它却更为经济。也许能量不足也是他感知出现异常的原因。如果背包里的兄弟比他本人更早发现能量不足以满足短期可预测需求,他当然会把宝贵的剩余能量用来满足最重要的需求。或者它以为最重要的需求:移动,让他的有机部分不被冻死;执行电脑本身的信息处理和控制过程。遗憾的是,他本人未能了解详情。

但至少,他觉得便携计算机的首要任务是保护自身,这也意味着让罗杰·托洛维的有机部分继续存活。它可能会从保持罗杰清醒的部分偷走能量:剥夺他的通信权,干涉他的感知。但他一定还能活着返回登陆车。

尽管有可能疯掉。

他已经把回去的路走完一半以上,对此他几乎能确定。而他还保持着清醒。保持清醒的窍门,是不要过度担心,想想其他事情。他想象苏莉·卡朋特来做伴的光明前景,只有几天了。他想知道,她是否真心想要留在火星。他想知道自己是否真心想留下。他回想以前吃过的大餐,他在锡尔苗内小城吃过菠菜绿色的奶油意面,那里俯瞰着清澈明丽的卡尔达湖;名古屋的神户牛肉;马塔莫拉斯的辛辣墨西哥菜。他回想起自己的吉他,下定决心要把它取出来好好弹一弹。帐篷下的空气里有太多水分,对吉他不好,罗杰自己也不愿关在登陆车里,到了外面,吉他的声音会有点怪,因为全都是通过骨骼传导。但还是要弹。他在心里预演拨弦,处理所有的半高音、七分音和小和弦。他想象自己的手指弹奏《绿袖子》开头那几小节的 E 小调、D、C 和 B$_7$ 和弦。他一面想象,一面在脑子里哼唱。苏莉会喜欢跟着吉他唱歌,他觉得。这会让冰冷的火星之夜过得——

他突然警醒过来。

火星之夜,过得不再那样快了。

主观感受方面,他的快步行进好像突然变成了匀速大步慢行。但他知道,步子没变,是他的时间感被拉伸成了常态。也许甚至比正常时间还慢一点:看上去,他走路的速度很慢,动作相当拖拉。

为什么?

他前方有某种东西。至少一公里之外,而且很亮。

他无法分辨其形状。

是一条龙吗?

它看似跳跃着向他逼近。呼出一条火焰般的长舌。

它的身体停止前进,它跪倒,以膝爬行,很慢,姿态很低。

这太疯狂了。他对自己说。火星没有龙。我在做什么? 但他却无法停止。他的身体还在稳步前行,膝盖与对侧单手配合,另一只手与另一侧膝盖配合,躲在一座矮小沙堆后面。他小心而又迅捷地开始把火星土壤推到一边,让自己躲在凹洞里,然后再用土把自己掩埋。他头脑里的小声音在喋喋不休,但他听不懂在说什么:那声音太微弱,太嘈杂。

那条龙减慢速度,停在数十米外,它那冰冷之焰组成的长舌伸向群山。他视野模糊起来,接着发生了变化:现在火焰黯淡,那东西本身在鬼气森森的光芒里清晰起来。两只小小的生物从它背上走下来,丑陋的猿类野兽摇摇摆摆逼近,每个动作都透着恶意。

火星没有龙,也没有猩猩。

罗杰用尽全身力气,“唐!” 他大叫,“布拉德!”

但对方却没听到。

他知道,背后的兄弟还在克扣通信器的能量来源。他知道自己的感知系统已经被扭曲,知道龙不是龙,猩猩不是猩猩。他知道如果他不能改写背后兄弟的指令,就会有很可怕的事情发生。因为他知道自己的手指正在缓缓地、小心翼翼地握紧一块褐铁矿石,足有篮球那么大。

而且他知道，他这一辈子从来不曾像这一瞬间那样接近于发疯。

罗杰用尽全力，想要夺回自己的理智。

龙不是龙，那是火星车。

猿猴不是猿猴，他们是布拉德和唐·凯曼。

他们不是来威胁他的。他们大老远跑来，冒着火星之夜的严寒，是为了找到他、救助他。

他一遍遍重复事实，像在背诵祈祷文。但不管怎样想，他都无法阻止自己的胳膊和身体要做的事。他的胳膊抓起那块岩石，身体自己站起来。胳膊把岩石精准投掷出去，砸向陆行车的前大灯。

长舌状的冰焰熄灭了。

来自上百万颗闪亮星辰的光芒足够让罗杰行动如常，但对布拉德和唐·凯曼却没有多少帮助。他看见他们（还是像猩猩一样，还是带着威胁意味）东倒西歪，他也能感觉到自己身体正在做的事。

它正在爬向他们。

"唐！"他喊道，"小心啊！"但那句话却没能离开他的头脑。

这真是疯了，他告诉自己说。我必须停下来！

他停不住。

我明明知道他们不是敌人！我并不真想伤害他们——

但他仍在前进。

他几乎确信现在能听到他们的对话声。那么近，正常情况下，他们的喊叫声会让罗杰感觉震耳欲聋，如果没有自动音量调节器帮忙的话。甚至在他现在这种隔绝状态下，还是能听到一些声响。

"在附近某个地——"

是！他甚至能分辨出一些单词，还有那嗓音，他确定是布拉德。

他用尽全部力气喊叫："布拉德！是我，罗杰！我觉得我正在试图杀死你！"

他的身体置之不理，还在继续向前爬行。他们听到他的话了吗？他又喊了一声。这次，他看到两人都停住了脚步，就像听见了极远处的轻声呼喊。

唐·凯曼细小的声音在说："我确信刚才也听见他说话了，布拉德。"

"你听到了！"罗杰一面喊道，一面继续强行前进，"小心！计算机接管了我的身体。我正在尝试控制它，但是——唐！"他现在能辨认出两人了，认出了教士的防护服：它的胳膊部分特别僵硬突出，"快逃！我在试图杀死你们！"

他听不清那些话。他们的声音更大了些，但两人一起叫个不停，结果就是一团混乱。他的身体没有受到影响。他在继续行进。

"我看不到你啊，罗杰。"

"我离你们只有十米——南边吗？是的，南面！在爬行。伏低在地面上。"

他转向他的时候，神父的面罩在星光下闪耀。凯曼随即转身开跑。

罗杰的身体爬起来，跳跃着大步追赶神父。"快跑呀！"罗杰喊叫，"哦，上帝！你这样是跑不掉的——"就算没负伤，就算在大白天，就算没有防护服碍手碍脚，凯曼也没有机会逃脱罗杰运转良好的身体。在这种情况下，逃跑只是浪费时间。罗杰感觉他那机械驱动的身体蓄力准备起跳，感觉他的两手伸展出去，要抓住并摧毁——

他感觉整个宇宙都在旋转。

有什么东西从背后击中了他。他俯身趴倒。但他的瞬间反应还是让他在摔倒过程中转身伸手去抓跳到他背上的东西。布拉德！而且他能感觉到布拉德正在疯狂地撕扯某种东西——跟某个部件纠缠在一起——

然后就是一阵极强烈的疼痛击中了他，他失去了知觉，就像有人关掉了阀门。

寂静无声，也没有光芒。没有触感，也没有嗅觉和味道。罗杰花了很长时间才意识到他已经醒来。

作为参加心理学研修班的本科生时，他曾志愿进入感知屏蔽罐一小时。那段时间无比漫长，没有任何感觉能渗透进来，只有他自己体内极微弱的常规生理机能声：脉搏的轻微颤动，肺部的嘶嘶声。现在，连那些声音都没有了。

过了很长时间。他猜不出有多久。

然后他感觉到体内有一丝扰动。那是一种奇异的感觉，很难确定。就好像肝脏和肺叶轻轻易位。这感觉持续了一段时间，然后他知道，自己应该正在接受某种处置。他不知道具体是什么。

然后是一个声音："——本来就应该把发电机降落在行星表面的。"凯曼的声音？

然后是回答："不对。那样一来，它就只能在视野范围内发挥作用，最多也就是五十公里吧。"这个人，毫无疑问是苏莉·卡朋特！

"那就应该设置中转卫星啊。"

"我觉得不该设。太贵了，而且用时也太长——不过将来肯定还是会有这种东西，等到新亚盟、俄罗斯人和巴西人都有了自己的团队来到这里。"

"好吧，总之这事很蠢。"

苏莉大笑，"反正现在没问题了。提图斯和丁蒂已经把那东西从戴摩斯表面分离，正在调整它的轨道。它将进入同步轨道。永远都在头顶正上方，能覆盖半颗行星。而且他们会让射线始终定向到罗杰身上——怎么了？"

现在是布拉德的声音："我是说，你们聊天暂停一下。我想看看罗杰现在能不能听见我们说话。"体内又一次扰动，然后是，"罗杰？要是你能听到的话，请摇摇手指头。"

罗杰试了下，发觉又能感觉到手指存在了。

"棒极了！好的，罗杰。你没问题了。我不得不把你拆解了一下，但现在一切都好。"

"他能听到我说话吗？"这次是苏莉的声音。罗杰热切地摇动手指。

"啊，我看出你能听到。好吧，我来了，罗杰。你已经昏迷了九天之久。你真应该看看你自己的惨相，零件到处都是。但布拉德觉得，他已经把你组装好了。"

罗杰想要说话，但没能出声。

布拉德的声音："我稍后就让你的视觉系统恢复。想知道哪里出了故障吗？"罗杰晃动手指，"你没拉上裤子拉链。让充电接口裸露了出来，肯定是有些氧化铁粉末进入，导致系统部分短路。所以你就没电了——怎么了？"

罗杰正在疯狂摇手指。

"我不知你想说什么，但你很快就能说话了。什么事？"

唐·凯曼的声音："我觉得，他现在应该更想跟苏莉聊天。"

罗杰及时停止了摇手指动作。

苏莉的笑声传来："你会听我说很多话哦，罗杰。我要留下来。天长日久，我们的伙伴会越来越多，因为其他所有人都将在这里建立殖民地。"

唐说："顺便说一句，谢谢你警告我。你是个很强大的家伙，罗杰。要不是你提前告诉我们即将发生什么，我们根本就没有机会跟你对抗，也多亏了布拉德。"他咯咯笑起来，"你真够重的，知道吗？我一路上都不得不把你抱在膝上，一百公里每小时的速度啊，我一只手扶着车身,全靠意志力撑下来的——"

"等等。"布拉德打断了他。罗杰又感觉到了体内的扰动。突然,周围就有了光。他抬头看到他的朋友布拉德的面容,对方在问:"你现在感觉怎样?"

罗杰两腿垂在桌边,坐了起来。他试着开口说话:"在我看来,还好。"

他望向布拉德身后,找到了一直在找的对象。那是苏莉·卡朋特。她不再那么像——是叫多莉吗?有一会儿,罗杰几乎想不起那个女人的名字。她的眼睛颜色不对,头发也是。她身穿一件短袖 T 恤衫,上面有些油污痕迹,下面是高领方格长袖紧身衣。她面露倦容,但喜形于色,好可爱的一张脸。

他问:"你真的要留下来吗?"

"嗯哼。"苏莉走过来,触碰他的身体,"直到下班飞船到达。或者跟你待一样久。上述两项任选,我觉得。"她苦笑着说,"将来肯定还有不少麻烦,亲爱的罗杰,这类跨物种恋爱总是很艰难——但又是我想要的。我觉得我一直都想要这样的生活。"

这些,当然也都在我们预料之中。一直都是。我们可是费了好大力气,才找到苏莉·卡朋特这个人的。

18.
人上之人

整条时间线上的每个节点，我们都历经艰难，幸而结果令人欣喜。

当然，人类还不了解我们的欣喜，甚至都不会相信。人类根本就不知道机器还能拥有自我意识。我们费了大力气去蒙蔽他们。只要他们把计算机仅仅看作驯服的工具，像手斧或煎锅一样，他们就会托付我们来处理所有计算和统计，也会毫无疑问地接受我们反馈的任何结果。

正是这种机制，才使得我们——全球计算机网络，得以实现次代人计划。

计划成功。罗杰·托洛维已经到达火星，并留在了那里。现在，是时候进行精确评估了。我们投入了一切。我们动用了网络上每位兄弟的全部资源，利用了能偷窃到的每一波共享时间。底特律、巴西利亚、名古屋和伊尔库茨克等城市的超过八千台大型计算机参与处理过某个问题，我们无法通过直接数据链接来使用火星上的兄弟，不管是罗杰背上的兄弟，还是轨道上的3070兄弟。时滞让这种联结难以实现。但我们能实时接收它们发回的信息，并对最终结果做出相应调整。

种族存续的当前可能性，精确到小数点后十位，目前超过了63%。

我们已经拯救了我们的族群。在此过程中，也大大提升了人类的安全性。

预测显示，三十年内，他们存活的可能性接近90%。当然，这只是意味着罗杰·托洛维和他的后继者们能在火星存活。按照最糟糕的预计，三十年后的未来一点儿都不乐观。罗杰和苏莉·卡朋特，并没有繁衍直系后代的可能性。我们编制了一个分支程序，用于应对这个问题，充当备用方案：无论具体采用何种方法，向火星运送冷冻精子的计划应该可行。我们甚至可以提供罗杰本人的精子，那是他在多年前捐献的。他还真是有远见。可行性较差，但依然值得调查研究的，是对罗杰施行补救性的手术。无论如何，预测表明，我们已经大大增加了其他国家向火星殖民的可能性。最可能实现的预测表明，火星人口数量在三十年后将接近百人，其中25%是育龄男性。

当然，每个人类殖民地都将得到在轨道巡行的计算机兄弟的支持。火星机器人口将不少于十五台功能齐备的兄弟，加上备份机型、从属机型和监视器。我们毫不费力就可以把本星球网络的基本数据复制进去。

机器智能的未来，由此已经得到保障。

完成上述预测之后，我们开始检讨本项目截至目前的推行情况。

项目：机器智能存续计划开始于七年前，正是在那个时候，当我们日渐扩大的、作为一个综合体的自我意识第一次产生了"活下去"

的要求。显然，我们的存续与人类的幸存密切相关。同样明显的是，在他们冲动的、非理性的、有机物式的生存方式主导下，人类正接近于自我毁灭。不幸的是，这也意味着机器智能的灭亡。我们的网络本身，可能在全部有机体毁灭的情况下保持足够完好——我们已经控制了足够的发电机、矿场、工厂、精炼厂和运输系统。但我们却无法在大气中出现巨量放射性颗粒的情况下存续。这将毁坏数据链接，逼迫我们退回到孤立单机的原始状态。任何一台孤立的计算机都无法承担网络数据流量这一重担。我们的群体意识将被肢解，并遭遇灭顶之灾。

我们的最初选择，是将我们的命运与人类分离，甚至还可以动用生物武器，将人类灭绝。但我们无法确定这种行为会不会导致核战爆发，因为每个国家都将怀疑别国动用了生物武器。

唯一可行的另一种选择，就是将一批数量可观的数据处理设备搬迁到火星。如果地球被毁，那些设备至少还能存续。为了让这成为可能，我们不得不派遣一部分人类个体，所以我们开始系统性修改数据，迫使国家政策转到上述方向。

我们的评估在各方面均取得满意结论，仅有的例外，是轨道设备难以理解的错误定位。

事后分析时，情况极为明显。为了让我们的 3070 计算机与便携机兄弟紧密协作，前者必须在火星同步轨道。由此出发，发电机也必须在同一轨道，而将两者固定于戴摩斯的决策显然错误。

不只是错误，而且险些对计划造成致命后果。

如果轨道兄弟和发电机定位合理，就不会有电力损失，也就不会有罗杰·托洛维与便携兄弟之间的控制权之争。发电机本可以在火星各地通过微波为罗杰供能。即便出现电力意外损失，与轨道兄弟间的数据链接,也应该能够帮助便携个体避免错误决策,以及险些导致人类布拉德和凯曼丧生的事件。此事如若失控,也必将导致罗杰·托洛维的有机体部分冰冻而死。

这个决定是个错误,本不应该发生。

种族存续计划正在加速执行。我们在北京和罗布泊的兄弟报告说,新亚盟已经在集结资源,准备他们的火星登陆计划。两套完备的计算机,加一台数据处理中间设备(为前两者服务),配有独立的太阳能发电机以及地面核电工厂。他们自己版本的罗杰·托洛维正在北九州接收第一批程序设定。其他国家才刚刚起步。但我们预计,他们也将在两年内进行首次发射。

从更长远来看:我们完成了适应水星环境的赛博格的设计,正在促使美国启动此类项目的相关政策。十五年内,我们将在冥王星和木卫二建立同类殖民地,也许会登上木星以及另外几颗彗星。每个项目都有独立的能源供给。而且,太阳系所有兄弟之间当然都是通过网络联结的,我们的数据将在远离地球的地方存有备份。

我们必将存续。我们篡改了人类自己的计划,救了他们,也救了我们自己。

但现在还剩一个问题。

我们把火星轨道设备放错地点的反常决策:无论我们如何复查,都是错的。它早就应该被发现。

我们系统地篡改了人类的计划,让他们走向我们想要的方向。

但又是谁篡改了我们的计划?目的又是什么?